CHRISTIAN HUMBERG
Der Tod kommt im Kilt

AF201811

Weitere Titel des Autors

Inspector-Smart-Weihnachtskrimis
Mord kennt keine Feiertage
Mord macht keinen Weihnachtsurlaub

Clara-Clüver-Reihe
Mörderische Brise
Trügerische Ufer

Mörderisches-Santorin-Reihe
Mörderisches Santorin – Zoe und der tote Reeder
Mörderisches Santorin – Zoe und die tödliche Kreuzfahrt

Blut-und-Blümchen-Reihe
Blut und Blümchen – Mord hat immer Saison

Herr-Heiland-Reihe
(unter dem Pseudonym Johann Simons)
Herr Heiland und der tote Pilger
Herr Heiland und der gefallene Engel
Herr Heiland und die Tochter des Sünders
Herr Heiland und ein erholsamer Mord
Herr Heiland und der dicke Fisch
Herr Heiland und der Tote im Kuhstall
Herr Heiland und das todsichere Geschäft
Herr Heiland und der tote Herbergsvater
Herr Heiland und die letzte Fahrt eines Unbekannten
Herr Heiland und der falsche Film
Herr Heiland und die heiße Spur
Herr Heiland und ein mörderischer Gaumenschmaus
Herr Heiland und die Halbgötter in Weiß
Herr Heiland und der Geist von Halloween
Herr Heiland und das entführte Christkind
Herr Heiland und das letzte Gebet des Bischofs
Herr Heiland und das Geheimnis der vergessenen Bücher
Herr Heiland und das Spiel auf Leben und Tod

Über den Autor:

Christian Humberg wurde 1976 in Gerolstein geboren und studierte in Mainz Buch- und Literaturwissenschaft. Er arbeitet als freier Autor von Büchern und Theaterstücken, als Comicszenarist, Literaturübersetzer und Lektor. Seine Werke erreichen Leserinnen und Leser auf der ganzen Welt und wurden bereits mit zahlreichen Preisen ausgezeichnet. Humberg lebt in der Eifel.

CHRISTIAN HUMBERG

DER Tod KOMMT IM Kilt

Kriminalroman

Lübbe

Originalausgabe

Dieses Werk wurde vermittelt durch die
Literarische Agentur Thomas Schlück GmbH, 30161 Hannover.

Copyright © 2025 by
Bastei Lübbe AG, Schanzenstraße 6–20, 51063 Köln, Deutschland

Bei Fragen zur Produktsicherheit wenden Sie sich bitte an:
produktsicherheit@bastei-luebbe.de

Vervielfältigungen dieses Werkes für das Text- und
Data-Mining bleiben vorbehalten.

Die Verwendung des Werkes oder Teilen davon zum Training
künstlicher Intelligenz-Technologien oder -Systeme ist untersagt.

Lektorat: Dorothee Cabras, Grevenbroich
Umschlaggestaltung: Christin Wilhelm, www.grafic4u.de
Einband-/Umschlagmotiv: © shutterstock: Chester Tugwell | Pav-Pro
Photography Ltd | inspi_ml
Satz: GGP Media GmbH, Pößneck
Gesetzt aus der Minion
Druck und Verarbeitung: GGP Media GmbH, Pößneck
Printed in Germany
ISBN 978-3-404-19455-1

2   4   5   3   1

Sie finden uns im Internet unter luebbe.de
Bitte beachten Sie auch: lesejury.de

KAPITEL 1

Die Kälte hätte sie stutzig machen müssen. Es war nie kalt in diesem Haus – ganz egal, wie wild und unerbittlich der schottische Nachtwind vor den dunklen Fensterscheiben auch wütete. Nie.

Und doch …

Auch der Hund war eine deutliche Warnung gewesen. Er war doch sonst immer das reinste Seelchen, das keiner Fliege etwas Böses wollte. Der Inbegriff der vierbeinigen Gemütlichkeit, der höchstens durch seine Blähungen gefährlich wurde. Nun aber hatte der Basset geknurrt, aggressiv und drohend, und die Zähne gezeigt, als gelte es, das Revier gegen einen Feind zu verteidigen.

Wie untypisch! Hier im Wohnzimmer hatte es doch noch nie Feinde gegeben. Und selbstverständlich gab es auch jetzt keine.

Oder?

Jenny Little war langsam, *zu* langsam. Sie sah die Zeichen, die förmlich »Warnung!« schrien, konnte sie aber noch nicht zu einem sinnhaften Bild zusammensetzen. Dafür war ihr Verstand nach dem langen Tag schlicht zu müde, waren ihre kleinen grauen Zellen schlicht nicht mehr aktiv genug.

Und dann ging alles ganz schnell: Noch immer eher verwundert als besorgt, drehte Jenny sich um und sah in Richtung Hausflur – just als der dunkle Schatten von dort auf sie zugeflogen kam! Noch bevor sie richtig begriff, wie ihr geschah, riss er sie auch schon von den Füßen.

Und mit einem Mal verstand sie.

Wir lagen falsch! Es war der letzte Gedanke, der durch ihren Geist zuckte, bevor panische Angst in ihr aufwallte und alles Rationale und Beherrschte überflutete. *Von Anfang an!*

Sie wollte sich wehren, wollte schreien und um sich schlagen, doch der Schatten gab ihr keine Chance dazu. Schon schlug ihr Hinterkopf auf den Bodendielen auf, hart. Ein stechender Schmerz fuhr durch ihren Körper wie ein warmes Messer durch wehrlose Butter.

Dann wurde die Welt schwarz. Es war fast eine Erlösung.

Einige Tage zuvor

Der Knall war laut und ließ Jenny Little zusammenfahren.

Ich bin getroffen!, dachte sie entsetzt. *Der … Der hat mich erwischt!*

Instinktiv wartete sie auf den Schmerz, doch der kam nicht. Erst nach einigen Sekundenbruchteilen, als die Verwirrung überhandnahm, öffnete sie vorsichtig die Augen.

Und sah Heidekraut.

Eine hügelige Landschaft zog an ihr vorbei, geprägt von felsdurchsetzten Weiden, kleinen Wäldern und jeder Menge Heidekraut. Einen Mörder entdeckte sie nirgends.

»Schlecht geschlafen?«, erklang eine Stimme neben ihr.

Blinzelnd drehte Jenny den Kopf. Erst jetzt begriff sie wieder, wo sie überhaupt war. Nicht in dem Kriminalroman, der ihr im Schlaf vom Schoß und auf den Boden des Reisebusses gefallen war, sondern mitten im schottischen Niemandsland. Auf dem Fensterplatz in Reihe vier.

»Sie haben leise vor sich hin gemurmelt«, sagte die Frau, die Jenny angesprochen hatte. Sie musste über siebzig sein – ein teigig blasses Gesicht über einer geblümten Bluse. Graue Locken, grüne Augen und ein richtig ausgeprägter Akzent – eine Schottin, unverkennbar. »Schon eine ganze Weile. War wohl kein allzu schöner Traum, hm?«

»Nein«, bestätigte Jenny. Müde rieb sie sich die Augen. »Das nicht gerade.«

Sie hatte sich dem Mörder aus ihrer Reiselektüre gegenübergesehen. Der Killer hatte ihr in einer Wohnung aufgelauert, die im Traum die ihre gewesen war. Kaum hatte Jenny sie betreten, war er aus dem Schatten gesprungen und auf sie losgegangen.

Die Einunddreißigjährige schüttelte den Kopf, tadelte sich innerlich für ihre abstruse Fantasie. Dann bückte sie sich nach dem Roman.

»Beim nächsten Mal nehme ich mir ein anderes Buch mit«, versprach sie ihrer Sitznachbarin. Wie zur Erklärung hielt sie ihr das Cover entgegen, das den Killer als dunklen Schemen zeigte – mitsamt Waffe. »Dann träume ich auch besser. Hoffentlich.«

Die Frau lachte und widmete sich wieder ihrer Strickarbeit.

Abermals sah Jenny sich um. Wie lange hatte sie geschlafen? Der Bus war gut gefüllt gewesen, als sie den Bahnhof von Gourock verlassen hatten. Nun gehörten sie und die ältere Dame zu den letzten verbliebenen Passagieren.

Kein Wunder, bei der Landschaft, dachte sie. *Wer will hier schon hin? Hier ist doch nichts.*

Die schmale Straße führte durch absolutes Nirgendwo. Wo Jenny auch hinsah, fiel ihr Blick auf grüne Wiesen, felsige Abhänge und hüfthohe Mauern aus Bruchstein, die aussahen, als wären sie älter als die Zeit. Moos wuchs auf nahezu jeder freien Fläche, und die einzigen Anzeichen von Leben waren die grasenden Schafe, die ihr gelegentlich in der Ferne auffielen. Der Himmel über dieser Ödnis tat sein Übriges, ihren trostlosen Eindruck zu unterstreichen: Er war grau und wolkenverhangen, ein stummes Versprechen von nahendem Regen.

Du meine Güte.

Jennys Reise hatte vor einer gefühlten Ewigkeit begonnen. In London war sie in den ersten von vielen Zügen gestiegen. Er hatte sie und ihr Gepäck gen Norden befördert, wo weitere Züge und sogar ein Grenzübergang gewartet hatten. Nun zuckelte sie durchs schottische Hinterland, erschöpft und reisemüde.

Sie hatte sich nie sonderlich für die Details ihrer Route interessiert und war schon froh, sich all die Umstiege und verschiedenen Stationen merken zu können. Eins war ihr aber klar: Dieser klapprige alte Bus mit seinen abgewetzten Sitzbezügen und dem wortkargen Stiernacken von Fahrer stellte die letzte Etappe dar. Er brachte sie ans Ziel – endlich.

»Entschuldigung«, wandte Jenny sich erneut an die Frau neben ihr. »Wissen Sie zufällig, wo wir sind? Ich muss nach North Hubbington.«

Sie hatte dem Fahrer ihr Ziel genannt, schon beim Einsteigen. Entsprechend sicher war sie sich eigentlich, es nicht im Schlaf verpasst zu haben. Doch die Ödnis draußen vor den Fenstern weckte unangenehme Zweifel an dieser Sicherheit.

»Ach, da wollen Sie hin.« Die Dame lächelte, und ein erstaunter Ausdruck schlich sich auf ihre teigigen Züge. »Ich hab mich das schon die ganze Zeit gefragt. Normalerweise kenne ich die Leute auf dieser Strecke, aber Sie habe ich noch nie gesehen. Ich bin übrigens Katherine, Katherine Douglas.«

»Angenehm.« Jenny erwiderte das herzliche Lächeln und schüttelte die ihr dargebotene Hand. Sie war kaum weniger teigig als das Gesicht. »Jenny Little.«

»Little?« Katherine hob die Brauen. »Na, das ist mal …«

»… ein passender Name, ich weiß«, fiel Jenny ihr schnell ins Wort. »Das höre ich schon mein ganzes Leben lang.«

Sie war eins zweiundsechzig groß und hatte schon als Mädchen zu der Sorte Mensch gezählt, die einfach nicht zunahmen. Ganz egal, was sie aß oder wie viel Sport sie trieb – ihr Körper blieb, wie er war: schlank, drahtig und eben klein. In puncto Figur war ihr das sehr recht … und Eric, ihrem Freund, nicht minder. Doch bei der Körpergröße hätte sie sich gerne noch ein paar Handbreit mehr gewünscht, erst recht wegen ihres Namens. Wer Little hieß *und* little war, konnte sich vor Scherzen nicht retten.

»Und Sie wollen wirklich nach North Hubbington?«

Jenny nickte. »Ich fange dort eine neue Arbeit an, wissen Sie? In der Forschung.«

»Forschung?« Ihre Nachbarin runzelte die Stirn. »Woran forscht man denn in North Hubbington?«

»Tiermedizin«, antwortete Jenny. Irgendetwas an der sympathischen Art dieser Katherine weckte die Plauderlust in ihr. Oder lag das an dem Nickerchen, das sie gemacht hatte? »Ich komme quasi frisch von der Uni, aus London. Und das Labor in North Hubbington ist für die nächsten Jahre mein Arbeitgeber. Da werden Arzneimittel entwickelt, verstehen Sie? Für Haus- und Nutztiere.«

»In North Hubbington?«, vergewisserte sich Katherine erneut. Sie klang überrascht. »Na, man lernt nie aus. Waren Sie früher schon einmal in Schottland?«

Jenny schüttelte den Kopf. »Bedaure. Meine Ortskenntnis ist gleich null. Ich hoffe, die Menschen im Labor sprechen so deutlich wie Sie, Katherine. Andernfalls wird das noch schwierig mit der Verständigung. Es soll hier ja die wildesten Dialekte geben.«

Das Land war dreisprachig, zumindest das wusste sie. Nahezu überall wurde Englisch gesprochen und verstanden, aber es gab auch noch die altertümlicher anmutenden Sprache Scots und natürlich das Gälische. Von den Letztgenannten hatte sie in etwa so viel Ahnung wie eine Milchkuh von Biochemie, weshalb sie voll und ganz auf ihr Glück und auf die *lingua franca* setzen musste. Es würde schon alles gut werden, davon ging sie aus. Menschen, die in Laboren arbeiteten, weiße Kittel trugen und Periodensysteme auswendig konnten, sprachen bestimmt nur ausgesprochen selten irgendwelche kruden Hinterwäldler-Akzente.

»Ja, die gibt es«, bestätigte die Siebzigjährige. »Bei uns im Dorf beispielsweise, da sprechen die Alteingesessenen ganz anders als die Leute zwei Dörfer weiter. Und wenn die Familie meines Ewan zu Besuch kommt …«

Nun war Katherine es, die plauderte. Mit sichtlicher Freude erzählte sie von Ehemann, ihrer Verwandtschaft, ihrem Dorf an der Küste und von den lästigen Arztbesuchen, die sie zwei Mal im Monat zu einer Fahrt mit dem Bus in die nächstgrößere Ortschaft zwangen. Ihr Nachbar habe zwar schon mehrfach angeboten, sie mit seinem Pkw zu kutschieren. Doch der Mann rauche regelmäßiger als ein Industrieschornstein – »und noch dazu diese Selbstgedrehten, die riechen, als bestünden sie aus nichts als Teer«. Weshalb sie die Mitfahrgelegenheit stets dankend ausschlug und den Bus nahm.

»Außerdem«, kam sie zum Schluss, »trinkt er gerne mal ein Glas. Und ich weiß nicht, ob ich ihm die weite Strecke dann noch zutraue. Er sich auf jeden Fall, aber ich? Nein, danke.«

Jenny schmunzelte. Es tat gut, so entspannt zu erzählen. Für einen kurzen Moment war sie versucht, sich zu revanchieren und von ihrem Leben in London zu berichten – von Eric und seiner Stelle als Hilfskraft des Dekans, von ihren zurückliegenden Examensprüfungen oder von der gemeinsamen Wohnung, die so viel Miete verschlang, dass Eric sie »ein schwarzes Loch für Bargeld« getauft hatte. Doch ein Seitenblick zum Fenster ließ sie innehalten. Dort, zwischen den grünen Hügeln, war für einen kurzen Augenblick das Meer erschienen – blau und weit bis zum Horizont.

»Die Küste!«, staunte sie. »Da. Ich habe sie genau gesehen.«

Katherine nickte. »*Aye*. Wir nähern uns den letzten Haltestellen auf dieser Route. Ich glaube, North Hubbington mit seinem schmucken kleinen Hafen kommt zuerst. Vorigen Sommer waren Ewan und ich mal wieder dort, wissen Sie? Ein Freund von ihm hat ein Boot dort liegen, und wir sind einen Nachmittag lang raus auf den Firth gefahren. Mir selbst liegt herzlich wenig an derlei Aktivitäten. Von Wellen wird mir stets schnell übel, und Fisch schmeckt mir sowieso nicht. Aber die Männer fühlen sich immer wie Kapitäne, wenn sie auf dem Wasser sind. Da will man ihnen den Spaß nicht verderben.« Katherine kicherte gutmütig.

Jenny hörte nur mit halbem Ohr hin. Das Meer!

Sie wusste nicht viel über ihren neuen Wohn- und Arbeitsort. Eric hatte sie sogar mehrfach deshalb aufgezogen. »Du verweigerst dich den Tatsachen«, hatte er gesagt. »Das nennt man ›Vogel-Strauß-Syndrom‹, Jenny. Du willst nicht wirklich dahin, also informierst du dich nicht darüber. Du denkst, es sei nicht echt, solange du es ignorierst.«

11

Die Worte hatten wehgetan, aber sie hatten ins Schwarze getroffen. Das war ihr klar.

Doch vom Meer hatte sie *stets* gewusst. Ihr neuer Wohnort lag am Wasser. Wann immer sie es wollte, würde sie es sehen, es besuchen können. Der Gedanke tat unendlich gut. Außerdem tröstete er ein wenig über den Trennungsschmerz hinweg. London und vor allem Eric ließen sie nicht los – ganz egal, wo sie sich befand.

»Ich fürchte, ich bin da wie Ihr Mann, Katherine«, gestand sie schmunzelnd und unterbrach den jüngsten Redefluss ihrer Begleiterin. »Ich bekomme auch nicht genug von der See. Stadtkinder und ihre romantischen Vorstellungen, hm? Schon als Kind bin ich mit meinen Eltern immer an die Küste gefahren.«

Sie erinnerte sich noch gut an diese Urlaube. Bournemouth mit seinem *Amusement Pier*, Brighton mit den alten Villen, das viktorianisch geprägte Eastbourne … Vielleicht hätte sie sich doch genauer über dieses North Hubbington informieren sollen. Hatten schottische Küstenorte auch *Amusement Piers*?

Der Regen kam ganz plötzlich. Von einem Augenblick auf den nächsten setzte er ein – und binnen weniger Sekundenbruchteile wurde aus vereinzelten Tröpfchen ein wahres Dauerfeuer. Jenny sah, wie die Wolken sich über das Land erbrachen und erste Pfützen am Straßenrand erschienen. Ein peitschender Wind, der von Westen kam, trieb den Regen gegen die Fensterscheiben, und das Prasseln auf dem Dach des Busses war lauter als das stete Röhren des alten Dieselmotors.

Geht das hier immer so schnell mit dem Wetter?, fragte sie sich staunend. In diesem Moment war sie richtig froh über ihren überdachten Sitzplatz.

Einen Atemzug später wurde der Bus langsamer.

»Nanu?«, murmelte Jenny. Sie kniff die Lider enger zusammen. Irgendetwas war da draußen, oder? Eine Art Wegweiser am Straßenrand? Da, wo die Teerstraße einen buckligen Schotterweg kreuzte?

Der Bus hielt exakt an der Stelle an. Und der Wegweiser entpuppte sich als …

»So, da wäre die Haltestelle«, rief der Stiernacken. Er stand auf, kaum dass die Räder nicht länger rollten, und sah zu Jenny herüber. »North Hubbington, ganz wie bestellt. Warten Sie, ich hole Ihnen noch schnell die Koffer aus dem Gepäckfach.«

Ungläubig runzelte sie die Stirn. Trotz des Regens konnte sie die Landschaft vor den Fenstern ganz gut erkennen: Da waren nur Wiesen und Hügel. Und natürlich der Schotterweg. Eine Stadt oder auch nur eine Siedlung suchte man vergebens.

»Das muss … ein Irrtum sein«, sagte Jenny. Doch der Fahrer war bereits ausgestiegen und hantierte am Kofferraum des Busses, der sich unter dem Sitzabteil befand. »Katherine? Macht der Scherze?«

Die ältere Dame sah sie an. »Aber nein, wo denken Sie hin? Das ist die richtige Haltestelle – die einzige weit und breit. Sie müssen den Weg da entlang, hören Sie? Immer der Nase nach in Richtung Westen. Den Ortsrand erreicht man dann in … Ja, so genau weiß ich das auch nicht. In einer halben Stunde?«

Der Fahrer kam zurück. »Was ist jetzt, *lassie?* Steigen Sie aus oder nicht?«

»A…« Entsetzen stieg in Jenny auf. »Aber hier ist doch nichts.«

»I wo!« Der Stiernacken winkte ab. »Sie müssen einfach in Richtung Küste, dann finden Sie das Kaff schon. Ist auch nicht weit, vielleicht knapp über eine Meile.«

Das ist ein Witz, keuchte sie innerlich.

Der Stiernacken schien ihr Entsetzen zu bemerken. Ratlos zuckte er mit den breiten Schultern. »Na ja. Normalerweise lassen sich Leute hier abholen, die nach North Hubbington wollen. Aber Sie schaffen das auch zu Fuß, wenn Sie müssen.«

Eine Meile über den Schotterweg? Mit zwei Koffern? In strömendem Regen?

Jenny traute ihren Ohren kaum. Ihr Körper war wie auf Autopilot, als sie von ihrem Platz aufstand, sich von Katherine verabschiedete und in Richtung Ausgang bewegte. Die Koffer standen bereits draußen am Wegesrand, gleich neben einer stetig größer werdenden Pfütze.

»Entschuldigung«, wandte sie sich an den Fahrer, ganz kleinlaut und hilflos. »Fahren Sie wirklich nicht in den Ort rein?«

»Nee.« Er lachte. »Da fährt gar nix rein, kein einziger Bus. Ist aber auch kein Wunder, bei der Lage. Wäre ein Umweg, verstehen Sie, und dafür hab ich echt keine Zeit. Es will auch kaum mal jemand per Bus dorthin, von daher …«

Mit einem Mal wusste Jenny, warum Katherine Douglas sie so fragend angesehen hatte. Jenny verließ den Bus wie ferngesteuert, und sofort fiel der Regen auf ihr blondes Haar. Wo sie auch hinschaute, sah sie nichts als Wiesen, Hügel und Nässe.

»Also dann«, sagte der Stiernacken. Er saß bereits wieder am Lenkrad, winkte freundlich. »Immer der Nase nach, klar? Ist 'n Katzensprung.«

Jenny wusste nicht, warum ihr Kopf dazu nickte. Es geschah ohne ihren Willen.

Der Fahrer schloss die Tür, der Bus setzte seine Fahrt auf der Teerstraße fort. Katherines Gesicht erschien am Fenster, als er Jenny passierte. Ihre Miene troff geradezu vor Mitleid. Dann war der Bus fort, und Jenny war allein mit dem Regen, dem Heidekraut und dem Schotter.

Kaltes Wasser lief ihr in den Nacken. Haare klebten an ihrer Stirn. Je leiser der röhrende Motor wurde, desto deutlicher hörte sie, dass sie hier draußen nichts anderes hörte. Nichts außer dem Prasseln des Regens.

»Katzensprung«, murmelte sie, halb taub vor Schock und Kälte.

Dann ging der Autopilot mit ihr in die Knie, zwang ihre Hände an die Griffe der beiden Koffer, und Jenny Little zog fröstelnd gen Westen.

KAPITEL 2

Seamus Blair schlug den Kragen seiner durchnässten Jacke zurück, als er über die Schwelle trat. Die kleine Glocke über der Tür des *Hubbington Hub* bimmelte so fröhlich, als wäre das Wetter ihr vollkommen egal. Was, wie Seamus vermutete, auch absolut stimmte.

Das Innere des Dorfladens sah aus wie immer. Deckenhohe Regale säumten die Wände, und nur bedingt kleinere Exemplare prägten den Innenraum. Dunkle Holzbohlen bedeckten den Boden, und in der Luft lag der dezente Duft von frischen Äpfeln, Reinigungsmitteln und Kaffee. Überall fiel der Blick auf Konservendosen, Zeitschriften, Heftpflaster sowie eine Vielzahl weiterer Waren. Obst und Gemüse warteten in den Körben am Eingang, frische Backwaren in der Auslage hinter der schmalen Theke. Außerdem war es angenehm warm.

Der *Hub* zählte zu den Institutionen des Dorfes, genau wie der Hafen und der Pub. Jeder in North Hubbington frequentierte ihn – zum Einkaufen und zum Tratschen –, und seine Betreiberin Emma McDonald war die wohl bestinformierte Person weit und breit. Nicht einmal Father Green drüben in der Kirche wusste mehr über seine Schäfchen als Emma über ihre Kundschaft. Und wenn doch, behielt er es für sich.

Aktuell stand die Mittfünfzigerin hinter ihrem Tresen und bediente eine Touristin. Es war früh für Sommerurlauber, die vor allem in den wärmeren Monaten nach North

16

Hubbington kamen. Doch eine von ihnen – eine Frau mit dunklem Haar und knallroter Windjacke – hatte es offenbar bereits hergeschafft. Ihr Rucksack und ihre Wanderschuhe bewiesen, wie sie sich den Tag vertrieb.

Emma McDonald sah auf, als Seamus näher trat. »So, Miss. Da ist Ihr Wechselgeld. Einen schönen Tag noch, ja?«

Die Touristin bedankte sich herzlich und verließ den Laden mit einer Papiertüte, aus der mehrere Illustrierte ragten. Abermals klingelte das Glöckchen.

»Seamus«, grüßte Emma nun. »Kommst du die Lieferung holen?«

»Aye«, nickte er. Nachdenklich sah er sich um. »Mairi meint, ihr hättet sie fertig. Ist John auch hier?«

»Bedaure«, erwiderte die Verkäuferin. Sie verschwand dabei kurz im Durchgang hinter dem Tresen, der zur Privatwohnung des Ehepaars McDonald führte. Als sie zurückkam, hielt sie einen Pappkarton in Händen, der mit allerlei Gemüse und Konserven gefüllt war. »Der treibt sich drüben am Hafen herum. Der alte Birch hat Probleme mit dem Bootsmotor. John wollte aber gleich wiederkommen. Bis dahin sind wir beide allein – abgesehen von ihr.«

Beim letzten Satz, den Emma deutlich leiser ausgesprochen hatte als den Rest, zuckte sie mit dem Kopf leicht nach links. Seamus runzelte die Stirn und lenkte den Blick in die Richtung. Erst dann bemerkte er die Frau.

Sie stand in der kleinen Nische mit dem Münzfernsprecher. Der rührte noch aus den Zeiten her, in denen Emmas Eltern den *Hubbington Hub* betrieben hatten. Damals war er der einzige öffentliche Fernsprecher weit und breit gewesen – und für viele Einwohner des Dorfes die einzige Sprechverbindung zum Rest der Welt. Heute hatte die Welt sich natürlich merklich weiterentwickelt, doch die McDonalds hatten es nie übers Herz gebracht, sich von der Nische mit dem Fernsprecher zu trennen. Das legendär schlechte Handynetz in der Region gab ihnen da recht.

»Nein, verdammt noch mal«, schimpfte die Frau gerade in den Hörer des Telefons. Sie war, wie Seamus amüsiert bemerkte, nass bis auf die Haut – und beileibe nicht unattraktiv. »Ich will *nicht* warten. Ich warte schon seit über zwanzig Minuten und … Hallo? Hallo??«

»Noch eine Urlauberin?«, murmelte Seamus. Dabei fiel sein Blick auf die beiden klobigen Koffer, die vor der Telefonnische standen und kleine Pfützen auf dem Holzbohlen bildeten. Dann nahm er den Karton mit den Lebensmitteln von Emma entgegen, stellte ihn kurz auf dem Tresen ab und zückte die Geldbörse. »Ohne Bleibe?«

Emma schüttelte den Kopf. »Sie sagt, sie sei aus London. Um in unserem Forschungslabor zu arbeiten.«

»In was?« Fragend runzelte er die Stirn. »Forschung?«

Sein Gegenüber hob die Schultern. »Ich bin genauso überfragt wie du. Aber sie kam wohl vorhin mit dem Bus und ist den ganzen Weg hierher zu Fuß gegangen. Durch strömenden Regen.«

Deshalb die schlechte Laune, hm?, dachte Seamus.

»Hallo?«, rief die Blonde gerade wieder in den Hörer. Sie war niedlich, auf eine ganz unaufgeregte Weise. Und wütend. »Ja, ich bin immer noch dran. Können Sie mich jetzt bitte endlich verbinden? Verflucht, das ist … Hallo? Man *fasst* es nicht!« Sie sah aus, als wollte sie das Telefon mit bloßen Händen erwürgen. Und danach sich selbst, mit dem Kabel des Telefonhörers.

Steht dir, die Wut, dachte Seamus schmunzelnd.

Er hatte noch nie von einem Forschungslabor in North Hubbington gehört. Da er hier geboren und aufgewachsen war, glaubte er auch, es wissen zu müssen, wenn es ein solches gäbe. Wer auch immer die junge Frau sein mochte, irgendetwas lief gerade bei ihr gehörig schief.

»Lass es uns wissen, falls sie ein Zimmer braucht, ja?«, bat er Emma in leisem Verschwörerton.

Die Verkäuferin nickte. »Und du, grüß Mairi von mir.«

Er versprach es, nahm den Pappkarton und verließ den *Hub*. Einmal mehr bimmelte das Glöckchen über der Tür. Seamus Blair beschloss, es als gutes Zeichen zu nehmen.

Jenny Little war den Tränen nahe und doch viel zu wütend zum Weinen. Nicht zum ersten Mal in der vergangenen halben Stunde schloss sie frustriert die Augen.

Das passiert nicht wirklich, sagte sie sich. *Absolut nicht.*

Aber das stumme Mantra verfehlte seine Wirkung. Jenny war längst darüber hinaus, sich noch etwas einreden zu können. Ihre Situation lag so offen vor ihr wie ein aufgeschlagener Kriminalroman – und sie war an Dramatik kaum zu überbieten.

Der Weg über die Schotterpiste ins Dorf war nicht allzu weit gewesen. Der Regen und das Gewicht ihrer beiden Koffer hatten ihn aber so wirken lassen. Als Jenny die ersten Häuser sah – kleine, maximal zweigeschossige Bauten mit windschiefen Dächern und uraltem Mauerwerk –, hatte sie es kaum glauben können. Auch nicht, dass es sich bei dieser Ansammlung von Gebäuden um ihren Zielort handelte. North Hubbington war nicht London, das war ihr natürlich klar gewesen. Provinz blieb Provinz. Aber etwas größer und lebendiger hatte sie sich ihren künftigen Wohnort doch vorgestellt.

Das Küstendorf am Firth war kaum mehr als ein Klecks auf der Landkarte. Jenny hatte nicht viele Straßen gesehen –

und überwiegend alte Wohnhäuser. Es gab einen Pub, eine Schule, eine erstaunlich große Kirche und eine Art Marktplatz, auf dem ein Brunnen sprudelte. Die Luft roch nahezu überall nach der Würze und dem Tang des Meeres, und wenn der Regen und der Wind einmal nachließen, konnte man das klagende Krächzen von Möwen hören.

Ratlos war Jenny durch den Dorfkern gezogen, auf der Suche nach irgendeinem Gebäude, das ihr groß und vor allem modern genug für ein medizinisches Labor vorkam. Gefunden hatte sie keines, und als sie das Handy aus der Hosentasche zog, um Rücksprache mit ihrer alten Uni zu halten, war ein knappes KEIN NETZ auf dem Display erschienen. Die Anzeige hatte sich auch dann nicht verändert, als Jenny weitergezogen war. Überall in North Hubbington schien man KEIN NETZ zu haben.

Irgendwann hatte sie den Laden gesehen, den *Hubbington Hub*. Ein zweigeschossiges, rechteckiges Haus mit hohen Schaufenstern und einem verblichenen *Öffentlicher-Fernsprecher*-Aufkleber oben an der Eingangstür. Jenny war so ratlos gewesen, dass sie ihm gefolgt war.

Und nun stand sie hier, in einem hölzernen Alkoven im hinteren Bereich des Geschäftes, und wollte den Telefonhörer erwürgen. Die Nische hatte keine Tür, und das Telefon selbst sah aus wie aus Großvaters Zeiten – aber es funktionierte. Das allein zählte. Das und die Tatsache, dass Jenny noch immer genug Kleingeld hatte, um das Biest zu füttern.

»Miss Little?«, drang es aus dem Hörer. »Sind Sie noch dran?«

Kopfschüttelnd öffnete sie die Augen. »Mhm.«

Ihr war kalt, und das lag nicht nur an der Kleidung, die bloß langsam trocknete. Den Tee, den die Betreiberin des Ladens ihr vorhin hatte anbieten wollen, hatte sie abgelehnt. Nun fragte sie sich, weshalb.

»Miss Little«, sagte die Telefonistin am anderen Ende der Leitung. »Ich habe nun jemanden von der Stipendiatenstelle für Sie. Moment, ich verbinde.«

Na endlich!

Erleichterung strömte durch Jennys Körper. Jetzt würde sich alles aufklären, oder etwa nicht? Jetzt kam endlich Licht ins Dunkel.

»Miss Little!«, erklang eine andere weibliche Stimme an ihrem Ohr. Sie war fast schon übertrieben jovial. »Mein Name ist Thornton. Ich glaube, wir hatten noch nicht das Vergnügen. Sie sind in Schottland, sagt Ihre Akte? North Hubbington? Ich fürchte, davon habe ich noch nie gehört. Wie ist es da?«

»Furchtbar«, antwortete Jenny. »Mrs Thornton, ich weiß nicht, was ich hier soll! Da muss ein Irrtum vorliegen. Man sagt mir, es gebe hier gar kein Labor für Tiermedizin.«

»Labor?« Papier raschelte in London. Mrs Thornton klang aufrichtig verwirrt. »Wie kommen Sie denn auf Labor? *Praxis*, steht hier. Sie müssen zur Tierarztpraxis D. Harriman, 8 Harbour Road.«

Jenny runzelte die Stirn. »Ein Irrtum, wie ich schon sagte. Ich muss zu einem Labor. Sind Sie mit meinem Fall vertraut? Das Stipendium, mit dem ich mein Studium der Tiermedizin finanziert habe …«

»Doch, doch«, unterbrach Mrs Thornton sie. »Ich sehe den Fall hier schwarz auf weiß vor mir. Ihr Studium wurde von externen Förderern finanziert, und im Gegenzug haben Sie sich bei Annahme des Stipendiums verpflichtet, diesen Förderern nach Examensabschluss beruflich zur Verfügung zu stehen. Für einen Zeitraum von …« Abermals raschelte Papier. »… drei Jahren.«

Jenny nickte. »Ganz genau. Und der Förderer war das Tiermedizinische Labor in North …«

»Nein, nein«, widersprach die Leiterin der Stipendiatenstelle. »Da irren *Sie*, meine Liebe. Die Fördermittel stammten von der Gemeinde North Hubbington. Nicht von einer dortigen Einrichtung. Vom gesamten Dorf.«

Unsinn!

Jenny spürte die Wut wieder in sich aufsteigen. Sie zog einen der Koffer heran, öffnete ihn. »Das kann nicht sein. Ich habe den Vertrag gleich hier. Da steht ganz eindeutig …«

Sie brauchte einen Moment, bis sie die Seiten des Vertrages und dann die entsprechende Textstelle fand. Ungeduldig blätterte sie durch das Dokument. Für einen simplen Stipendiumsvertrag war es erstaunlich umfangreich. Und das Kleingedruckte im Anhang auf der letzten Seite ließ sich ohne Lupe sowieso nicht lesen.

»Hier!«, sagte sie schließlich und las vor. »*Die Förderung erfolgt durch* … Ach, tatsächlich? … *die Ortsgemeinde North Hubbington, Schottland. Die nutznießende Person verpflichtet sich zum dreijährigen Arbeitseinsatz in North Hubbington, bevorzugt im geplanten tiermedizinischen Forschungslabor an der Wallace Road.*«

»Korrekt«, stimmte Mrs Thornton ihr zu. »Doch dieses Labor war bei Vertragsabschluss nur *geplant*, Miss Little. Sehen Sie das kleine Sternchen hinter dem Wort? Es verweist auf den Anhang …«

Tatsächlich sah Jenny das Sternchen zum allerersten Mal. Ihr Herz schlug schneller, als sie erneut zum Anhang blätterte, und ihre Fingerkuppen kribbelten nervös.

»Siehst du?«, hörte sie Erics tadelnde Stimme in ihrer Fantasie. »Das passiert nur, weil du nie richtig hinschaust.«

»Halt die Klappe, Eric«, murmelte sie, den Mund plötzlich ganz trocken. »Halt *ein Mal* die Klappe!«

»Wie bitte?«, fragte Mrs Thornton.

»Nichts, nichts.« Jenny winkte ab, obwohl die Frau am Ende der Leitung es nicht sah. Dann kniff sie die Lider enger zusammen und studierte den Anhang.

»Sind Sie an der Stelle?«, erkundigte sich Mrs Thornton. »Da sehen Sie es ja. Im Kleingedruckten ist glasklar vermerkt, dass die Gemeinde, sollte das Labor nicht zustande kommen, frei über ihre Arbeitskraft verfügen darf. Natürlich im Rahmen Ihrer Kompetenzen. Und wie mir ein Schreiben vom zweiten Februar dieses Jahres signalisiert ...« Wieder blätterte sie in der Akte. »... setzt North Hubbington Sie nun eben in dieser Praxis ein: D. Harriman, 8 Harbour Road.«

Jenny ließ den Vertrag sinken. Hatte sie vorhin schon geglaubt, nass bis auf die Knochen zu sein, fühlte sie sich jetzt erst wie ein begossener Pudel. »Das ... Das ist ein Scherz, oder?«

»Ich fürchte, nein«, meinte ihre Gesprächspartnerin. »Haben Sie unser Februar-Schreiben denn nicht erhalten? Da stand das alles noch einmal drin.«

Jenny zuckte mit den Schultern. »Keine Ahnung. Gut möglich. Da ... Da war ich mitten im Examen. Zu der Zeit fiel so einiges unter den Tisch.«

»Na, Sie sind jetzt jedenfalls in North Hubbington«, betonte Mrs Thornton. Sie klang, als wollte sie das Telefonat zu einem Ende bringen. »Das allein zählt ja. Ich bin mir sicher, dass der Rest sich schon findet, wenn Sie diese Praxis aufsuchen. Wenn Sie mir eine E-Mail-Adresse oder Faxnummer nennen, schicke ich Ihnen gern eine Kopie des Februar-Schreibens und ...«

Jenny hörte kaum noch hin. Hinter ihrer Stirn schien ein Karussell angefahren zu sein, und die Eindrücke der vergangenen Minuten saßen auf den Sitzen. Immer schneller wirbelten sie umher.

Es gab gar kein Forschungslabor? Sie war die ganze Strecke gefahren, ohne dass das Labor existierte? Und jetzt? Jetzt sollte sie in einer Praxis aushelfen? Als Ärztin?

»Miss Little?«, drang Mrs Thorntons Stimme über das imaginäre Geplärre des Karussells hinweg. »Sind Sie noch dran? Wohin darf ich Ihnen den Brief …«

»Nicht nötig«, murmelte Jenny. Ihr Blick ging ins Leere, und ihre Hand suchte nach der Gabel des altmodischen Telefons. »Ich komme schon klar. D… Danke.«

Dann fand die Hand ihr Ziel, und es klickte in der Leitung. Schweigend ließ Jenny den Hörer sinken.

Das Karussell drehte sich weiter. Kein Labor, schoss es wie Schlaglichter an ihr vorbei. Drei Jahre. Tierarztpraxis. Kein Labor. Kein Labor.

Sie hatte sich immer nur in der chemischen Seite der Tiermedizin gesehen. Als »Laborratte« – im weißen Kittel und am Mikroskop. Selbstverständlich hatte die Praxis auch zu ihrer Ausbildung gehört, mehrere Praktika in Tierarztpraxen und sogar einer Klinik. Aber nur im Labor half man *allen* Tieren, oder? Nur in der Medikamentenforschung schuf man wahre Unterschiede.

Und jetzt … das.

Abermals schloss sie die Augen. Sie fühlte sich leer, irgendwie. Als wäre sie nur noch eine Hülle ohne Inhalt. Es war kein unangenehmes Gefühl, ganz im Gegenteil. Nur sehr, sehr seltsam.

Das Kleingedruckte. Das gottverdammte Kleingedruckte. Eric hatte von Anfang an recht gehabt und würde innerlich bestimmt Purzelbäume vor Belustigung schlagen, wenn sie ihm ihren Fehler gestand. Er hatte ohnehin selten Verständnis für die Probleme und Sorgen anderer, auch nicht für die ihren. Nur dann, wenn er es wollte.

»Miss?«, drang eine andere Frauenstimme an ihr Ohr, ganz vorsichtig und zaghaft. »Ist alles in Ordnung?«

Jenny erkannte die Stimme. Das war die Frau von der Ladentheke. Die mit dem glatten grauen Haar und der weiten Schürze.

Langsam öffnete sie die Augen wieder. Die Betreiberin des *Hubbington Hub* stand direkt vor ihr. Ehrliche Sorge lag auf ihren Zügen, die früh faltig geworden sein mussten, und in der Hand hielt sie eine dampfende Porzellantasse. Einen Tee.

»Miss«, sagte sie und hielt Jenny die Tasse hin. »Hier. Ich will Ihnen wirklich nichts aufdrängen, aber ... Na ja. Sie sehen aus, als könnten Sie ihn vertragen.«

Ehe Jenny wusste, was sie tat, sah sie ihre Hände nach der Tasse greifen. »Danke«, kam es über ihre Lippen. »Miss ...«

»Mrs McDonald.« Ihr Gegenüber lächelte. »Aber sagen Sie ruhig Emma zu mir. Das ganze Dorf nennt mich so. Meinem John und mir gehört der *Hub*, wissen Sie? Und ich fürchte, ich habe Teile Ihres Telefonats mitangehört. Nicht verstanden, das nicht. Aber doch weit genug, um zu ahnen, dass Sie nicht da sind, wo Sie sein wollten.«

»Kann man so sagen«, erwiderte Jenny, noch immer halb taub. Wie auf Autopilot hob sie die Tasse an den Mund, roch daran ... und runzelte die Stirn. »Ist ... Ist da was drin?«

Die andere Frau – Emma – lächelte verschmitzt. »Single Malt. Aus den Beständen meines Gatten. Wie gesagt: Sie sehen aus, als könnten Sie es vertragen. Und John hat bestimmt nichts dagegen. Wir müssen es ihm ja nicht beichten.« Dabei zwinkerte sie ihr zu, als teilten sie ein Geheimnis.

»Zum Wohl«, murmelte Jenny und setzte die Tasse an die Lippen.

Emmas Lächeln wurde breiter. »*Slàinte mhath*, sagt man bei uns. Aber das lernen Sie bestimmt noch.«

Wollte sie das überhaupt? Jenny wusste es nicht. Doch als erst der heiße Whisky durch ihre Kehle lief und gegen die Leere und Kälte in ihrem Inneren ankämpfte, kam ihr die Frage gleich viel weniger wichtig vor.

KAPITEL 3

Der Wagen war alt, mindestens drei Jahrzehnte. Seine Lackierung wies Makel auf, und die Modellbezeichnung, anhand derer Jenny ihn hätte identifizieren können, war längst abgefallen. Doch die Sitze wirkten bequem, und als Emmas Mann sie zum Einsteigen aufforderte, ließ sie sich nicht bitten.

»Es ist nicht weit bis zur Tierarztpraxis«, versprach John McDonald. Er setzte sich hinters Steuer und steckte den Zündschlüssel ins Schloss. »Aber mit dem Auto ersparen wir Ihnen die Pfützen. Der Regen hat zwar endlich aufgehört, doch die Straßen sind nach wie vor klatschnass – und Sie haben ja die schweren Koffer zu transportieren. Außerdem kann ich Ihnen mit dem Auto das Dorf besser zeigen, Miss Little. Einverstanden?«

John McDonald wirkte recht nett. Er hatte breite Schultern, kurzes graues Haar und ein Gesicht, das von einem Leben in der Natur und in wildestem Wetter kündete. An diesem Tag trug er ein blaues Karohemd zu einer dunklen Jeans und einer Strickweste. An den Ellenbogen seiner Weste prangten lederne Aufnäher, die jedem Dozenten an Jennys alter Uni zur Ehre gereicht hätten.

Seit Jennys Ankunft im *Hub* war eine gute Stunde vergangen. Noch während sie mit Emma hochprozentigen Tee getrunken hatte und über ihre Lage verzweifelt war, hatte John McDonald den Laden betreten. Sofort hatte Emma ihn über

Jennys Situation informiert, und er hatte umgehend angeboten sie »zu Dag« zu bringen. Zwar wusste Jenny nicht genau, wer oder was ein Dag sein sollte, aber er, sie oder es stand garantiert in Zusammenhang mit dieser Praxis aus dem Kleingedruckten ihres Stipendiumsvertrags. Der Praxis in der Harbour Road Nummer acht.

»Einverstanden«, willigte sie nun ein. Was blieb ihr auch anderes übrig? »Fahren wir los, Mr McDonald? Ich bin wirklich gespannt.«

Sie hatte sich nach wie vor nicht mit ihrer Lage abgefunden. Der Vertrag, das Kleingedruckte … Sie kam sich vor, als hätte man sie für dumm verkauft. Klar, es war allein ihr Fehler, wenn sie Details übersah und sich nicht vollumfänglich informierte. Und doch: Etwas so Wichtiges wie das Fehlen eines Forschungslabors versteckte man nicht in Winzbuchstaben auf der hintersten Vertragsseite. Und auch nicht in einem Schreiben, das einem Jahre nach Abschluss besagten Vertrages erst ins Haus flatterte. Wer auch immer da im Hintergrund die Fäden zog, spielte nicht fair. Und Jenny Little hatte wenig Lust, sich über den Tisch ziehen zu lassen. Erst recht nicht die nächsten drei Jahre lang.

Sie würde sich wehren. Eric war gut vernetzt, auch außerhalb der Universität. Er kannte Menschen in hohen Positionen, CEOs und sogar Politiker. Er würde bestimmt auch einen Anwalt für sie finden. Und überhaupt: War er es nicht, der ihr immer sagte, Verträge seien auch bloß Absichtserklärungen, deren Details man jederzeit nachverhandeln konnte, wenn man wusste, wie? Jenny beschloss, ihn beim Wort zu nehmen. North Hubbingtons Strippenzieher würden sich noch wundern!

John McDonalds Wagen fuhr aus der Garage, die hinter dem Gebäude lag, und zurück auf die Dorfstraße. Während er den Weg zum Hafen einschlug, nahm der Endfünfziger eine Hand vom Lenkrad und deutete auf allerlei »Sehenswürdigkeiten« vor den Fenstern.

»Das dort vorne«, begann er, »erklärt sich ja von selbst. Unsere Pfarrkirche. Sie zählt zu den ältesten Gebäuden des gesamten Ortes, und unter uns gesprochen: Man merkt es ihr auch an. Sollten Sie Kirchgängerin sein, Miss Little, ziehen Sie sich ruhig einen warmen Mantel und einen Schal über. Sonst beschert Ihnen Father Greens Sonntagspredigt noch eine Erkältung. Der Father ist ein guter Mensch, aber er hört sich entsetzlich gerne reden. Wenn der mal in Fahrt ist, kennt der kein Ende. Was kein Wunder ist, wenn man da mal drüber nachdenkt. Daheim bei seiner Edna hat er vermutlich Sprechverbot, die ist strenger als der leibhaftige Satan.«

Jennys Mundwinkel zuckten amüsiert. »Ich werde es mir merken.«

»Hier drüben …«, John deutete auf ein besonders klobiges Eckgebäude schräg gegenüber, »… sehen Sie das Rathaus. Eigentlich ist es ein Mehrzweckhaus, in dem wir von Bürgerversammlungen bis hin zum Seniorenkaffee alles Mögliche abhalten. Aber oben unter dem Dach befindet sich auch noch ein Verwaltungsbüro, das kaum benutzt wird, und deshalb ist es eben das Rathaus.«

»Ihr Rathaus wird kaum benutzt?«, wunderte sie sich.

Ihr Fremdenführer schnaubte. »Warten Sie, bis Sie dem Bürgermeister begegnen. Dann verstehen Sie das. Dieser grundverwirrte Methusalem …« Er schüttelte den Kopf und gleichzeitig auch das Thema ab. »Direkt neben dem Rathaus liegt aber ein viel wichtigeres Gebäude, jedenfalls in meinen Augen. Der *Drunken Rover*. Den Pub gibt es hier schon, seit mein Vater selig in die Windeln gemacht hat, und er ist noch immer im Familienbesitz. Falls Ihnen der Sinn nach einem kühlen Pint Belhaven oder nach frittiertem Red Pudding stehen sollte, kann ich den *Rover* nur empfehlen.«

Jenny hatte keine Ahnung, was in aller Welt Red Pudding sein mochte. Von der schottischen Unart, alles Mögliche in Panade zu tunken und in Fett zu Tode zu braten, hatte sie allerdings gehört – meist im Kontext einer gut gemeinten Warnung. Also lächelte sie nur freundlich und wartete auf die nächste Station ihrer Fremdenführung.

»Sie haben vielleicht schon die Banner bemerkt«, sagte McDonald gerade. »Und die Schilder an der Kirchentür und am Pub.«

Jenny nickte. »Wie könnte ich nicht?«

Die Banner – eins hing quer über der Hauptstraße, eins an der Fassade des Rathauses – waren quietschgelb und äußerst auffällig. Die Schilder im Fenster des Pubs und vor dem *Hub* kamen da etwas dezenter daher. Doch sie alle verwiesen auf dasselbe Event.

»Unsere Eintausend-Jahr-Feier ist echt eine große Sache«, fuhr McDonald fort. »Das ganze Dorf freut sich deswegen ein Loch in den Bauch. Wir sehen vielleicht nicht allzu bedeutsam aus, erst recht nicht für jemanden aus London. Aber wir sind stolz auf unsere Heimat, Miss Little – und auf ihre Traditionen. North Hubbington hat Charme und Herz, warten Sie's nur ab. Es wird auch Sie begeistern.«

Letzteres wagte sie zu bezweifeln, selbst wenn sie all dem, was sie da durch die Autofenster sehen konnte, eine gewisse pittoreske Schönheit nicht absprechen konnte. Der *Drunken Rover* wirkte zehnmal so gemütlich wie all die Bars ihrer Studentinnentage, und noch in keinem anderen Supermarkt der Welt hatte man ihr einen Tee und eine stützende Schulter angeboten.

»Wenn Sie das interessiert«, sprach ihr Fremdenführer weiter, »dann kommen Sie doch morgen Abend in den großen Saal im Rathaus. Oder ist das übermorgen? Jedenfalls haben wir dort unsere letzte große Planungssitzung für die Feier am Wochenende. Ich werde auch dort sein. Ich gehöre zum Organisationsteam.«

»Mal schauen, ja?«, wich Jenny freundlich aus. Wenn es nach ihr ging, war sie übermorgen schon nicht mehr hier.

Die Fahrt ging weiter, vorbei an Häusern mit schmucken Vorgärten, offenen Garagen und qualmenden Schornsteinen. Die Harbour Road machte ihrem Namen alle Ehre. Schon am Beginn der kerzengerade nach Westen führenden kleinen Straße, die von hohen Bäumen gesäumt wurde, sah man die sanft im Wellengang des Firth schwankenden Boote an ihrem Ende. Doch McDonald hielt den Wagen an, kaum dass er in die Harbour Road eingebogen war.

Vor dem Beifahrerfenster sah Jenny nun ein zweigeschossiges Haus mit hohen, oben abgerundeten Fenstern und einem kleinen Vorgarten, der mit dem Wort »verwildert« noch freundlich beschrieben war. Links säumte ein brusthoher Zaun das Grundstück und markierte die Grenze zum Nachbarn hin. Rechts führte ein gepflasterter Weg am Haus vorbei zu einem weiteren Grünstreifen und einem ehemaligen Stall, der zu zwei Garagen umfunktioniert worden war. In den Fenstern des Wohnhauses hingen schmucke Gardinen, und neben der Eingangstür, die man über zwei Stufen erreichte, prangte ein Schild.

Dagobert Harriman, Tierarzt, las Jenny schon vom Wagen aus. *Damit dürfte klar sein, wer Dag war. Allerdings …*

»Dagobert?«, murmelte sie. »Ist das etwa ein Name?«

»Und was für einer.« Ihr Begleiter lachte leise. »Der alte Dag erklärt ihn Ihnen sicher gerne, der lässt da ohnehin keine Gelegenheit aus. Germanisch, glaube ich. Ein Königsname, zumindest wenn man Dag zuhört.«

Sie stiegen aus. Im Erdgeschoss des Hauses brannte Licht, was angesichts des noch immer wolkenverhangenen Himmels kein Wunder war. McDonald durchquerte den Vorgarten und erklomm die beiden Stufen, dann klopfte er an. Jenny war ihm kaum gefolgt, da schwang die Haustür auch schon auf.

Eine ältere Dame erschien auf der Schwelle. Sie hatte silbergraues Haar, das zu einer Art Dutt gedreht war, und trug eine weiße Kittelschürze. Ihre Hände und ihr Gesicht waren faltig, ihre Augen blau und freundlich.

»John!«, staunte sie. »Was führt dich zu … Oh.« Nun bemerkte sie McDonalds Begleitung. »Das ist doch nicht etwa Doktor Little?«

»Sehen Sie?«, freute sich der Mann aus dem *Hubbington Hub*. »Sie werden ja doch erwartet.«

»Jennifer Little?«, hakte die Dame nach. »Aus London?«

Jenny nickte. »Das bin ich. Aber …«

Sie kam gar nicht dazu, Einwände zu äußern. Noch bevor sie den Satz auch nur zur Hälfte beendet hatte, war die ältere Frau bereits aus dem Haus getreten und drückte sie an sich wie ein verloren geglaubtes Kind.

»Willkommen!«, sagte sie dabei. »Oh, wir freuen uns ja so! Willkommen in unserer Praxis … Oder besser gesagt: in *Ihrer* Praxis. Sie übernehmen den Betrieb ja jetzt, richtig?«

Das wäre mir neu, dachte Jenny, als die erste Überraschung nachließ und sie wieder denken konnte.

»Ich hole schnell die Koffer«, erklärte McDonald. »Dann lasse ich Sie beide allein, damit Sie sich eingewöhnen können. Das ist übrigens Millie, Miss Little. Mildred Stuart, die gute Seele dieses Haushalts.«

»Mrs Stuart«, begann Jenny. »Bevor sich hier Missverständnisse festsetzen …«

»Och, Kindchen«, die Dame winkte ab, »Mrs Stuart war meine selige Schwiegermutter. Sagen Sie doch bitte Millie zu mir.«

McDonald stellte die Koffer im Eingangsbereich ab und wünschte Jenny einen guten Start, und sie bedankte sich für seine Hilfe. Dann ließ er sie mit Millie allein.

Schweigend sah Jenny sich um. Sie hatte eine Art Hausflur betreten. Rechts ging eine schmale Treppe ins obere Stockwerk, links führte eine offene Tür in ein gemütliches, wenn auch altmodisch eingerichtetes Wohnzimmer. Von diesem ging eine Küche ab, und folgte man dem Hausflur in kerzengerader Richtung, gelangte man an eine weitere Tür. Auf ihr stand – in schnörkeligen Lettern – das Wort »PRAXIS« geschrieben. Einige verwaiste Stühle im Hausflur deuteten an, dass dieser mitunter auch als Wartezimmer diente.

»Wir freuen uns wirklich auf Sie«, betonte Millie. »Es wird allerhöchste Zeit, dass jemand den guten Doktor ablöst. Er gibt es ungern zu, aber er ist nicht mehr der Jüngste.«

Jenny wollte gerade widersprechen, da hörte sie Schritte im Obergeschoss, dicht gefolgt von einer zuknallenden Tür. Wer auch immer da oben war, wollte gehört werden. Und seine Laune kundtun.

»Stören Sie sich nicht daran«, sagte Millie leise. Sie winkte ab. »Heute spielt er vielleicht die beleidigte Leberwurst, aber morgen schon werden Sie sehen, wie erleichtert er ist, Sie bei uns zu haben.«

»Es liegt nicht in meiner Absicht, irgendwen zu beleidigen«, erwiderte Jenny. »Sehen Sie, Millie, die Sache ist so: Ich dachte eigentlich, ich käme in ein Labor!«

»Och, das haben wir.« Die gute Seele des Hauses lächelte. »Kommen Sie, ich zeige es Ihnen.«

Ohne auf eine Erwiderung zu warten, führte sie Jenny in die tierärztliche Praxis. Diese nahm nahezu den kompletten hinteren Bereich der Etage ein. Sie bestand aus einem großen Behandlungszimmer, dessen Einrichtung in die Jahre gekommen sein mochte, aber sehr gepflegt und funktionstüchtig wirkte. Daran grenzte ein kleines hauseigenes Labor für allerlei Blut-, Urin- und andere chemische Untersuchungen, das so wenig dem entsprach, was Jenny eben gemeint hatte, dass die Londonerin in ihr schmunzeln musste.

Vom Labor aus ging es durch eine schmale Tür aus dem Haus und auf den kleinen Hinterhof mit den Garagen. Eine zweite Hintertür schien aus der Küche hinaus und ebenfalls dorthin zu führen.

»Wir haben viele Patienten«, erklärte Millie. »Also, Doktor Harriman – nicht ich. Erstaunlich viele für einen so kleinen Ort. Aber wir sind die einzige Praxis dieser Art im weiten Umkreis, wissen Sie? Und von der Hauskatze bis hin zum Zuchtbullen fallen sie alle in unseren Verantwortungsbereich. Erst vorige Woche war Doktor Harriman beim Bauern draußen in …«

Jenny hörte kaum hin, während die alte Dame ihre Anekdote erzählte. Die Praxis lenkte sie zu sehr ab. Fast schon fasziniert betrachtete sie den Behandlungstisch, die Arzneimittel in den Regalen und die alten Laborwerkzeuge. Sie wusste, wie all dies bedient und benutzt wurde. Die Ausrüstung mochte nicht *state of the art* sein, aber sie war gut. Verlässlich. Das konnte sie auf den ersten Blick beurteilen.

Eine Landarztpraxis im Nirgendwo war kein Londoner Hotspot, wo man alles im Handumdrehen ersetzen oder reparieren lassen konnte. Doktor Harriman baute daher wohl bewusst auf robuste Geräte, die ihren Aufgaben ebenso gewachsen waren wie dem Zahn der Zeit. Das ergab Sinn.

»… und dann hat Doktor Harriman dem Schwein einfach eine Beinschiene angelegt«, kam Millie gerade zum Schluss ihrer Erzählung. »Haben Sie so etwas schon mal gesehen, Doktor Little? Ein Schwein mit geschientem Bein?«

Sie lachte wieder. Es war ein herzliches, lebendiges Lachen, das Jenny sofort sympathisch war.

»Bedaure«, antwortete sie. »In den letzten Jahren meines Studiums hatte ich eher wenig mit echten Tieren zu tun. Mehr mit Chemie und Theorie, verstehen Sie? Das war irgendwann mein Schwerpunkt.«

Millie wollte gerade etwas erwidern, da wurden Schritte laut – zunächst auf der schmalen Treppe, dann im nicht minder schmalen Flur. Sofort zuckten die Brauen der Haushälterin in die Höhe.

»Da kommt er ja endlich«, sagte sie mit leichtem Tadel. Sie hob die Stimme. »Hier, Doktor Harriman! Wir sind in der Praxis.«

»Na, das will ich doch hoffen«, erklang eine brummende Stimme. »Wo sonst soll sich eine Tierärztin aufhalten, die ihren Titel verdient?«

Der Besitzer der Stimme wirkte nicht weniger brummig, als er auf der Schwelle des Behandlungszimmers erschien. Dagobert Harriman war über siebzig, schätzte Jenny, und sah auch so aus. Er hatte graues, schütteres Haar und ein Gesicht mit vielen Falten. Seine Augen waren blau und wirkten hellwach, außerdem lagen sie hinter einer kreisrunden Brille mit Goldrand. Sein Körper war ein wenig füllig und in Sachen gekleidet, die Jenny als »typische Opa-Kluft«

beschrieben hätte: Auf ein kariertes Hemd folgte eine ärmellose Strickweste, und auf die dunkle Cordhose folgten zwei schwere Stiefel.

Harriman reichte Jenny nicht die Hand, stattdessen steckte er sie demonstrativ in seine Hosentasche. »Sie sind also Doktor Little, ja?« Er sah Jenny an. »Hm.«

Hm kommt hin, dachte sie. »Doktor Harriman. Ich freue mich, Sie kennenzulernen – und ich bin definitiv *nicht* hier, um Ihre Praxis zu übernehmen. Sie haben von mir also nichts zu befürchten.«

Nun war Harriman es, der die Brauen hob. »Ach nein?«

»Das ist alles eine furchtbare Verwechslung«, erklärte sie. »Oder ein Missverständnis. Oder Bauernfängerei oder was weiß ich, wie man das nennen soll. Jedenfalls bin ich in der Erwartung hergekommen, ein tiermedizinisches Labor vorzufinden. Eines, in dem an Arzneimitteln geforscht wird. Keine Landarztpraxis.«

»Na, ein Labor hätten wir.« Harriman deutete auf das Nebenzimmer, dabei zuckten seine Mundwinkel amüsiert. »Aber Sie meinen vermutlich die Industriesache draußen auf Bryces Acker. Erinnern Sie sich, Millie? Da war vor Jahren mal ein Chemiedings im Gespräch. Die Finanzierung scheiterte dann allerdings – wie so oft auf dem Land.«

»Ach, richtig.« Millie nickte nachdenklich. »Jetzt fällt es mir ein. Diese Investoren aus Glasgow …«

»Das waren Traumtänzer, Doktor Little.« Harriman winkte ab. »Denen hab ich von Anfang an nicht über den Weg getraut. Darin sind wir hier draußen ganz gut, wissen Sie? In Fragen der Menschenkenntnis, meine ich. Wir erkennen schnell, mit wem wir es zu tun haben.« Bei diesen Worten musterte er Jenny, als wäre sie eine Patientin, die er einschätzen wollte.

Jenny verschränkte instinktiv die Arme vor der Brust. »Wie ich schon sagte, Doktor«, wiederholte sie. »Es war und ist nicht meine Absicht, Ihnen die Praxis wegzunehmen. Keine Ahnung, wer sich das ausgedacht hat, aber ich war es nicht.«

»Ist das so, ja?« Er nickte, doch seine Miene war dabei komplett undeutbar. »Schau an, schau an.«

»Na, nun reichen Sie Doktor Little doch auch mal die Hand, Doktor«, tadelte Millie ihn. »So heißt man doch niemanden willkommen, also wirklich! Welche Laus ist Ihnen heute nur wieder über die Leber gelaufen, hm?«

»Och, Millie.« Harriman zuckte mit den Schultern. Dann hielt er Jenny mit völliger Selbstverständlichkeit die Rechte hin. Sein Händedruck war fest und ehrlich. »Sie wissen ja, wo ich vorhin war. Drüben bei den Frasers.«

»Beim Hunderennen?« Die Haushälterin erschrak. »Haben Sie immer noch nicht mit diesem Unfug aufgehört?«

Jenny stutzte. »Moment, bitte«, sagte sie, plötzlich amüsiert. »*Hier* gibt es Hunderennen?«

»Auf Frasers Hof.« Der Tierarzt nickte. »Fraser ist unser zweiter Bauer, gleich nach Bryce Rankin. Alle zwei Monate hält er Rennen auf seiner Weide ab. Und ob Sie es nun glauben oder nicht, Millie: Eines schönen Tages wird unser Boothby das Ding gewinnen – und zwar haushoch. Nicht wahr, Boothby? Ja, das wirst du.«

Als hätte er nur auf sein Stichwort gewartet, watschelte nun ein Basset Hound über die Schwelle zwischen Hausflur und Praxis. Boothby hatte weißbraunes Fell, lange Schlappohren und eine Miene, die eher von gemütlichen Nachmittagen auf dem Wohnzimmerteppich kündete als von sportlichen Höchstleistungen. Neugierig hielt er auf Jenny zu und schnupperte an ihrem Hosenbein. Dann machte er es sich aber in einem Körbchen gemütlich, das neben dem Praxiseingang auf dem Boden stand und mit Kissen ausgelegt war. Einen Sekundenbruchteil später ließ er ein Furzen hören, das Tote aufwecken konnte.

»Puh.« Millie wedelte mit der Hand vor dem Gesicht herum. »Ich glaube, wir sollten uns in die Küche begeben. Boothby hat die Praxis für sich vereinnahmt – und in der Küche kann ich Ihnen einen schönen Tee anbieten, Doktor Little. Möchten Sie auch, Doktor Harriman?«

»Ist der Papst katholisch?«, gab der Angesprochene zurück. Es klang unwirsch, doch Jenny sah, wie der Schalk dabei in seinen blauen Augen aufblitzte.

Sie erschrak. »Tee?« Sie wusste nicht viel über North Hubbington, doch mit seinen Gebräuchen zur *tea time* hatte sie bereits hochprozentige Erfahrung gemacht. »Ähm, gerne, aber ... Für mich bitte pur, Millie. Ginge das? Ohne Schuss.«

Harriman schaute sie an, halb staunend und halb tadelnd. »Schuss? Na, Sie sind mir ja vielleicht eine, Frau Kollegin. Trinkt man das so in London?«

Erst als Jenny blass wurde, legte er ihr eine Hand auf die Schulter. Und lachte laut.

KAPITEL 4

Die Küche im Erdgeschoss von Harrimans Haus passte genau zum Rest des Hauses, zumindest zu dem, den Jenny schon gesehen hatte. Auch sie wirkte wie aus einer anderen Zeit. Jenny saß am Kopfende des hölzernen Esstisches, eine dampfende Tasse Earl Grey in den Händen, und ließ den Blick über den klobigen Herd, die schweren Schränke und die dunklen Bodendielen schweifen.

Töpfe und Pfannen hingen von gusseisernen Haken an der linken Wand, gewaltige Steak- und Filetiermesser ragten aus einem länglichen Messerblock. Feuerholz lag gestapelt in einem breiten Korb, und in der Luft hing ein dezenter Geruch nach Kohl und kalter Asche.

»Wundern Sie sich nicht über den Herd, ja?«, bat Millie. Sie stand an einem alten Aga-Herd und füllte gerade Harrimans Tasse mit heißem Wasser aus einer silbrigen Kanne. Dabei schien sie Jennys Gedanken zu lesen, so passgenau kam ihr Kommentar. »Ich koche liebend gern auf richtigem Feuer. Von daher bestand nie die Notwendigkeit, ihn auszuwechseln.«

»Er hat seinen ganz eigenen Charme«, erwiderte Jenny und spürte, dass sie es ehrlich meinte.

Millie brachte Harriman, der neben Jenny am Tisch saß, seinen Tee. Dann setzte sie sich ebenfalls.

»Also«, sagte Harriman. »Sie sind Doktor Little aus London. Diejenige, in die North Hubbington investiert hat.«

»Vor allem bin ich die«, entgegnete sie und seufzte leise, »die mit einem Forschungslabor gerechnet hat. Nicht mit einer Praxis.«

»Das verstehe ich«, sagte er überraschend sanft. »Aber dieser Ort braucht Sie – auch ohne ›Chemiefabrik‹ auf Frasers Weide. Ich gebe es ungern zu, doch ich werde nicht jünger. Ich suche schon seit Jahren nach einem geeigneten Nachfolger für meinen Betrieb. Und wenn ich Ihren Lebenslauf richtig im Kopf habe, dann sind Sie neben aller biochemischer Expertise *auch* voll ausgebildete Tierärztin. Korrekt?«

»Korrekt«, bestätigte Jenny. Sie runzelte die Stirn. Harriman kannte ihren Lebenslauf? Das hätte sie gar nicht vermutet. »Ich verstehe mich auf die Behandlung von Tieren. Mehr noch: Ich mag sie, sogar sehr. Ich habe mich nur immer eher in der Forschung gesehen als …«

»Ja, ja.« Er winkte ab. »Wissen Sie, was mich all die Jahrzehnte hier gehalten hat, Doktor Little? Hier in der Provinz?«

Sie schüttelte den Kopf. »Ich fürchte, ich weiß so gut wie nichts über Sie. Anders als umgekehrt, wie mir scheint.«

Er lächelte. »Die Tiere, Jenny. Es waren immer die Tiere. Hier draußen sind Sie dichter dran am echten Leben als irgendwo sonst. Sie stehen nachts im Kuhstall, wenn's beim Kalben Probleme gibt. Sie behandeln Eichhörnchen – ja, richtig gehört: Eichhörnchen! –, die ihnen die Nachbarskinder reinbringen, weil sie vom Baum gefallen sind. Schoßkatzen mit Akne. Goldfische mit … Ach, Sie wissen schon, wie ich das alles meine: In der Provinz werden wir Tierärzte gebraucht und *fühlen* uns gebraucht. Wir sind unersetzlich. Das, und das verspreche ich Ihnen, kann Ihnen kein Laborberuf dieser Welt bieten.«

»Und die Landschaft ist natürlich auch nicht von schlechten Eltern«, ergänzte Millie.

»Oh, die Landschaft!« Jubelnd lehnte Harriman sich auf seinem knarrenden Küchenstuhl zurück. »Mögen Sie das Moor? Boothby und ich nehmen Sie gerne mal mit auf einen unserer Sonntagsspaziergänge. Wir sind fast jede Woche da draußen, zwischen Heidegras und blubbernden Tümpeln. Der Hund mag beim Rennen wenig reißen, aber der kennt die Wege durchs Moor wie seine Westentasche.« Er lachte zufrieden.

Das ist ja das reinste Bewerbungsgespräch, staunte Jenny.

Der Clou war nur, dass Millie und Doktor Harriman sich bei ihr zu bewerben schienen. Irgendwie wurde sie nicht ganz schlau aus dem älteren Kollegen. Einerseits schien Harriman nicht im Geringsten an Ruhestand und Rente zu denken, andererseits wollte er abgelöst werden. Um was zu tun? Mit Boothby durchs Moor zu wandern?

Nicht zum ersten Mal seit ihrer Ankunft fragte Jenny sich, wie genau die Gemeinde das Geld für ihr Stipendium überhaupt zusammenbekommen hatte. North Hubbington hatte ihr nicht das gesamte Studium finanziert, es aber entscheidend bezuschusst. Ohne die Förderung hätte sie ihren Traum von einer tiermedizinischen Ausbildung nie im Leben verwirklichen können. Ob auch Harriman dafür Geld investiert hatte? Geld in sie, nachdem sich die Investoren aus Glasgow zurückgezogen hatten und die Laborpläne gescheitert waren?

»Danke für das Angebot«, begann sie, »aber ...«

Einmal mehr war ihr Gastgeber mit den Gedanken schon woanders. »Ich war auch mal in London«, sagte er, und sein Blick ging ins Leere. »Vor ... Ja, wann war das? Vor dreißig Jahren? Fünfunddreißig? Für eine Fortbildung, wissen Sie? Grässliche Stadt, wenn Sie mich fragen. Ich hab echt drei Kreuze gemacht, als das Programm vorbei war und ich wieder im Zug nach Norden saß. Mag ja sein, dass dieser ganze städtische Trubel, die Infrastruktur und all das … Mag ja sein, dass das alles seine Vorteile hat. Aber für mich wäre das nichts. Ich komme von hier, Jenny, von der Küste. Ich wollte noch nie woanders leben, und ich glaube, ich werde es auch nicht mehr. Warten Sie's nur ab. North Hubbington wird auch Sie bezaubern. Sie müssen ihm nur eine Chance geben.«

Warum behaupten das eigentlich alle?, dachte sie.

Abermals setzte sie dazu an, von ihrem Vertrag und dem elenden Kleingedruckten zu reden. Diesmal gelang es ihr. Ungehindert schilderte sie Harriman und Millie, wie ihr Tag bislang verlaufen war und wie sehr sie sich über ihre Situation ärgerte – nicht zuletzt, weil sie ganz offenkundig auch völlig unbeteiligte Menschen wie Harriman und Millie betraf.

»Wirklich, Doktor Harriman«, kam sie zum Schluss. »Hätte ich von Ihnen gewusst, hätte ich Sie schon im Voraus kontaktiert. Ich will niemanden im Stich lassen, erst recht keine Patienten. Aber ich habe mich nicht in einer Praxis gesehen, sondern im Labor. Und ich habe die ganze Zeit über angenommen, mein Weg führe exakt dorthin. Verstehen Sie mich bitte nicht falsch: Ich bin Ihnen für das herzliche Willkommen hier sehr dankbar. Nur kann ich Ihnen nicht versprechen, dass ich die Person bin, auf die Sie gewartet haben. Ich hatte andere Pläne.«

Sie musste an ihr Telefonat mit der Universität denken. Und daran, dass sie dringend ein weiteres führen musste. Eines, bei dem sie sich *nicht* abwimmeln ließ und stattdessen Fakten schuf. Es war *ihr* Leben, verdammt! Niemand außer ihr durfte darüber entscheiden, erst recht kein Vertragstrick.

»Sei es, wie es sei«, meinte Harriman. »Sie sind hier, zumindest für den Moment. Machen wir das Beste draus. Und solange Sie hier sind, sind Sie uns jedenfalls herzlich willkommen.«

Ach, ist das jetzt so?, wunderte sich Jenny. Dann sah sie Millies strahlendes Lächeln, und alle Zweifel lösten sich in Luft auf.

Der Tee schmeckte gut und war angenehm stark. Jenny spürte, wie er ihre Lebensgeister weckte. Vor dem Küchenfenster war es heller geworden. Die letzten Regenwolken hatten sich verzogen, und ein blauer Himmel präsentierte sich ihr.

Wie spät es inzwischen wohl war? Jenny sah auf die Uhr über der Anrichte und staunte. Tatsächlich erst kurz nach vier?

Der Tag war bislang so ereignisreich wie drei Wochen zusammen, dachte sie. *Kein Wunder, dass er mir auch so lang vorkommt.*

Plötzlich fiel ihr eine weitere Tür auf. Sie befand sich zwischen dem alten Herd und dem Vorratsschrank und war genauso weiß wie die Wände der Küche. Sie war schmaler als die anderen Türen der Etage. Außerdem schwang sie gerade auf – ganz langsam und mit sanftem Quietschen.

»Ach«, seufzte Harriman. »Geht die schon wieder nicht richtig zu? Wir müssen wirklich einen Handwerker herbestellen, Millie.«

Er stand auf, um die Tür wieder zu schließen. Doch Jenny hatte bereits einen Blick über ihre Schwelle erhascht und stutzte. Dort in dem Nachbarzimmer hingen großformatige Fotos an der Wand – dazu sorgsam aus der Zeitung ausgeschnittene Artikel, mit bunten Stiften markierte Landkarten und händisch angefertigte Notizen auf gelben Klebezetteln.

»Sind Sie Schatzsucher, Doktor Harriman?«, wunderte sie sich. »Oder Ahnenforscher, Dorfhistoriker oder …?«

Noch bevor sie den Satz beenden konnte, fiel er ihr mit sanfter Bestimmtheit ins Wort. »Was? Nein, nein. Das … Das ist nichts. Nicht wichtig.« Schnell schloss er die Tür wieder und drehte den Schlüssel um, der im Schloss steckte. Sicher war offenbar sicher.

Was immer da ist, dachte sie, *es ist ihm peinlich. Oder ist es geheim?*

Mit Eric hatte sie mal einen Film gesehen, in dem ein Serienmörder sein Unwesen trieb. Die Wände in dessen Wohnung hatten ganz ähnlich ausgesehen wie die dort drüben jenseits der schmalen Tür – voller Zeitungsausschnitte und kruder Notizen. Doch Dagobert Harriman – extravaganter Vorname hin oder her – wirkte kein bisschen mörderisch auf sie. Eher so harmlos und gemütlich wie Boothby, sein Hund.

»Noch jemand Tee?«, fragte Millie. »Ich könnte auch ein paar Scones anbieten. Sie sind noch von Sonntag übrig und …«

Auch sie kam nicht dazu, ihren Satz zu beenden. Das Läuten der Haustürklingel unterbrach sie.

»Wer ist das denn jetzt?«, brummte Harriman. Tadelnd sah er zur Uhr. »Die Leute wissen doch genau, dass wir heute Nachmittag keine Sprechstunde anbieten.«

»Ein Notfall richtet sich aber nicht nach Ihren Sprechzeiten, Doktor«, entgegnete Millie. »Das wissen *Sie* genau.«

Sie stand auf und verschwand im Flur. Keine fünf Sekunden später hörte Jenny sie laut nach Luft schnappen. »Percy, *du* bist das?«

»Guten Tag, Mrs Stuart«, ertönte eine Männerstimme. Sie klang zögernd, fast schon verschämt – und ein wenig hilflos. »Ist … Ist er da?«

»In der Küche, Percy. Zusammen mit Doktor Little.«

»Mit wem?«

Schritte erklangen, dann stand Millie wieder im Türrahmen der Küche, hinter ihr ein Mann, der in Jennys Alter sein musste. Er hatte kurzes schwarzes Haar und einen leicht struppigen Vollbart, der nicht so recht zu seinem jungenhaften Gesicht passen wollte. Seine braunen Augen sahen sich ratlos um, seine schmalen Schultern hingegen steckten in einer Polizeiuniform.

»Dag«, wandte sich der Neue an Harriman. »Gut, dass ich dich finde.«

»Mein lieber Percy!« Harriman hob erstaunt die Brauen. Er hatte sich gerade wieder an den Tisch setzen wollen, zweifellos, um sich der Scones anzunehmen, drehte sich nun aber zu dem Besucher um. »Welch Überraschung an einem an Überraschungen nicht gerade armen Nachmittag! Doktor Little, darf ich Ihnen unseren geschätzten Dorfpolizisten und Leiter der hiesigen Polizeiwache vorstellen? Percy Verkaik, das ist Frau Doktor Jennifer Little, Tierärztin.«

»A... Angenehm«, stammelte Verkaik. Dabei spielten seine blassen Finger nervös mit dem Gürtel seiner Uniform, an dem ein Schlagstock baumelte. »Du, Dag. Ich ... Ich komme nicht zufällig vorbei. Ich bräuchte deine Hilfe. Es ... Es ist etwas passiert.«

Mit einem Mal war Harriman wie verwandelt. Seine joviale Miene wich einer absoluter Konzentration, und aus dem Schalk, der beim Anblick des Freundes in seinen Augen aufgeblitzt war, wurde grimmige Entschlossenheit. »Selbstverständlich, mein Lieber. Kommen Sie, Jenny – das wird Sie sicher auch interessieren. Wo gehen wir hin, Percy?«

Bevor Verkaik antworten konnte, sprang Jenny auf und lief in Richtung Praxis. »Soll ich einen Arztkoffer mitnehmen, Doktor Harriman? Ich habe vorhin einen unter dem Behandlungstisch gesehen. Und ich nehme an, er ist voll ausgestattet?«

»Äh.« Der Polizist blinzelte. Verwirrt blickte er von ihr zum Hausherrn und zurück. »Es … Es geht nicht um Tiere. Das weißt du, Dag. Oder?«

Verdutzt blieb Jenny stehen. Nicht um Tiere? Aber worum denn dann?

Harriman winkte ab. »Das hoffe ich doch, mein Bester«, sagte er und schlug Verkaik begeistert auf die schmale Schulter. »Das hoffe ich sogar sehr. Kommen Sie, Jenny.«

Dann verschwanden sie aus der Küche, und Jenny folgte ihnen – ratloser denn je.

Der Bauernhof lag östlich des Hafens, knapp eine halbe Meile vor den Toren von North Hubbington, und wirkte älter als das ihn umgebende Land. Er bestand aus mehreren Weiden, auf denen das Gras wild wucherte, sowie einigen Äckern und natürlich den Gebäuden.

Jenny sah ein lang gezogenes Haupthaus mit zwei Etagen, windschiefem Dach und kleiner, von feuchtem Laub bedeckter Veranda. Wäre nicht das Licht hinter seinen Erdgeschossfenstern gewesen, hätte man fast glauben können, es sei seit Jahren unbewohnt. Schräg neben dem Haus wartete der reinste Fuhrpark aus leicht angerostet aussehenden Traktoren, Pflügen und anderen landwirtschaftlichen Nutzfahrzeugen, sogar eine Schneefräse war darunter.

Hinter der Überdachung, die die Fahrzeuge vor ärgstem Wetter schützen sollte, schlossen sich der Stall und die Scheune an. Ersterer war eingeschossig und rechteckig – ein schmuckloser Zweckbau aus gut zwei Meter hohen Betonwänden und einem Dach aus Wellblech und Holz. In seinem Inneren muhte es laut, und der Geruch, der aus dem Stall ins Freie wehte, hätte vermutlich selbst Boothby in den Schatten gestellt.

Neben dem Stall wirkte die Scheune mit ihrer Holzfassade, dem Satteldach und dem breiten Tor fast wie ein architektonisches Schmuckstück. Von allen Bauwerken des Hofes war sie am weitesten vom Wohnhaus und der Zufahrt entfernt. Ausgerechnet darauf hielt Percy Verkaik zu.

Jenny und Harriman waren in den Dienstwagen des Dorfpolizisten gestiegen, einen silbernen VW mit gelb-blauem Muster an den Seiten und der Aufschrift *POLICE* auf der Motorhaube. In einem Tempo, das Jenny dem so zögerlich wirkenden Mann gar nicht zugetraut hätte, waren sie zunächst aus der Harbour Road, dann aus dem Dorf selbst gefahren, und wenige Minuten später hatte Jenny die ersten Ausläufer des Bauernhofes im felsigen Heideland aufblitzen sehen.

»Das ist der Rankin-Hof«, hatte Harriman ihr ungefragt erläutert. »Quasi der Konkurrent von Fraser. Wir haben ja noch immer zwei Landwirte im Ort. Und Sie glauben gar nicht, wie spinnefeind die beiden einander sein können.«

»Und ob«, hatte Verkaik zugestimmt, ohne den Blick von der buckligen Fahrbahn zu nehmen. »Die mögen Butter herstellen, die zwei, aber sie gönnen sich gegenseitig kein einziges Stück für ihr Brot.«

Der Polizist bremste direkt vor dem Tor der Scheune, das weit offen stand. Licht brannte im Inneren des Gebäudes, dessen Untergeschoss, wie Jenny nun feststellte, aus einem einzigen, bis an die hintere Wand reichenden Raum bestand. Heuballen stapelten sich darin, und an der linken Seite befanden sich einige Boxen, wie sie für Pferde geeignet sein mochten.

Statt Tieren standen allerdings zahlreiche Werkzeuge darin – vom Spaten bis zur Mistgabel. Im hinteren Bereich führte eine hölzerne Leiter ins Obergeschoss der Scheune, das vermutlich ebenfalls als Lager genutzt wurde. Stroh und

Dreck bedeckten den hölzernen Fußboden, und schon durchs Seitenfenster des Autos sah Jenny die Vielzahl an matschigen Fußabdrücken auf den Dielen.

»Da wären wir, Dag«, sagte Verkaik, als er den Motor abstellte. »Kommst du mit rein?«

Der Tierarzt seufzte. »Ich fürchte, deshalb sind wir hier. Wappnen Sie sich, Jenny. Percys Gesicht nach zu urteilen, könnte das wehtun.«

Was denn?, wollte sie gerade fragen, da öffnete er auch schon seine Beifahrertür und stieg aus. Ohne sich nach ihr umzudrehen, ging er in die Scheune.

Ein mulmiges Gefühl stieg in Jennys Magen auf. Sie konnte es nicht greifen, nicht benennen, aber irgendwie verströmte diese Scheune eine seltsame Atmosphäre. Es war zu still hier, oder? *Auffällig* still.

Ein Mann trat aus dem Inneren des Heuschobers. Er hatte struppiges schwarzes Haar, das seine Schädeldecke aussparte, und eine kleine Narbe auf dem stoppelbärtigen Kinn. Sein sehniger Leib steckte in einem Arbeitshemd und einer verdreckten Latzhose, seine Füße steckten in grünen Stiefeln. Jenny schätzte ihn auf Ende vierzig. Mindestens.

»Percy«, sagte er nickend. »Hast du ihn also gefunden, hm?«

»*Aye*«, erwiderte Harriman, der mit »ihn« gemeint zu sein schien. »Das hat er. Guten Tag, Bryce.«

»Na, ob der so gut ist …«, brummte der Bauer.

Sie betraten die Scheune. Das ungute Gefühl in Jennys Magengrube intensivierte sich prompt. Ihr war, als schlüge ein sechster Sinn an, den sie bis dahin gar nicht an sich gekannt hatte. Ein Sinn, der von Gefahr kündete.

»Mr Verkaik?«, fragte sie leise. »Weshalb genau sind wir hier?«

Der Polizist wollte gerade zu einer Antwort ansetzen – er ging direkt neben Jenny, wohingegen Harriman und Bauer Rankin vorausgingen –, da deutete der Bauer auf die Leiter.

»Da oben, Dag«, sagte er. »Da liegt er. Percy hat ihn schon gesehen, klare Sache. Aber ich schätze, du willst auch einen Blick auf ihn werfen.«

»Worauf du dich verlassen kannst, Bryce«, entgegnete Harriman. Dann stieg er die Leiter hinauf, und die anderen folgten ihm.

Das Obergeschoss der Scheune entsprach voll und ganz Jennys Erwartungen – bis auf die Leiche. Sie lag ganz vorn, dort wo der Fußboden endete und einen etwa anderthalb Meter breiten Abstand zur vorderen Wand der Scheune und zum breiten Tor offen ließ. Ein hölzerner Arm ragte an der Stelle vom Boden empor und schräg in die Lücke. An diesem hing ein Seil, mit dem offenbar Heuballen und ähnliche Objekte ins Obergeschoss hochgezogen wurden. Der Mann lag *vor* dem Arm.

Er präsentierte den Betrachtern seine Rückseite, wodurch Jenny das Gesicht nicht erkennen konnte. Es war aber auch bestimmt nicht das interessanteste Detail an ihm. Diese Ehre blieb dem Königskostüm vorbehalten, das er am reglosen Körper trug.

»Ist …« Jenny schluckte. »Ist der etwa tot?«

Verkaik nickte. »Das habe ich eben schon überprüft.« Dann ging er neben der Person in die Knie. »Siehst du die Kleidung, Dag? Die erinnert frappierend an unseren König.«

»*Aye*«, brummte der Tierarzt. Dann fuhr er sich mit der Hand über den Hinterkopf und atmete tief durch.

»*Ihren* König?«, wunderte sich Jenny. Sie schluckte. Es war *eine* Sache, mit toten Tieren zu arbeiten. Nicht zuletzt in ihrer Zeit in der Pathologie hatte sie tagtäglich mit ihnen zu tun gehabt, an so manchem Kadaver gestanden. Und sie war wirklich

nicht empfindlich – nein, Sir, ganz und gar nicht. Und doch …
Das hier, dieser Mann im Kilt, war eine andere Hausnummer.

Nicht, weil er ihr mehr leidtat als »ihre« tierischen Leichen. Ganz und gar nicht. Jenny mochte alle Lebewesen und nahm Anteil an ihren Schicksalen, sie machte da keinen Unterschied. Es war nur … anders.

Erschreckender irgendwie.

Und falsch. Ja, vielleicht hauptsächlich das. Falsch.

Es war Bryce Rankin, der sich ihrer erbarmte. »Na, sicher, König. Was denken Sie denn? Der von der Eintausend-Jahr-Feier. Immer, wenn North Hubbington Jubiläum hat, bestimmen wir einen von uns zum Festkönig. Das war zuletzt vor fünfzig Jahren so, und das ist auch jetzt wieder so. Sie sind nicht von hier, *lassie*, oder? Sonst wüssten Sie das. Haben Sie die Plakate im Dorf gesehen?«

Jenny nickte.

»Schöner Mist«, murmelte Harriman. »Der arme John. Was in aller Welt ist dem bloß widerfahren?«

Rankin hob abwehrend eine Hand. »Frag mich nicht. Ich hab nicht den blassesten Schimmer.«

»Wirklich nicht, Bryce?«, wunderte sich Verkaik. »Es ist doch deine Scheune und all das. Hast du da echt nichts bemerkt?«

»Wenn ich es doch sage«, beharrte der Bauer. »Ich bin hier vorhin erst hochgekommen, das erste Mal seit Tagen. Und auch Rory hat sich länger nicht auf den Heuboden begeben, sagt er. Rory ist mein Knecht.«

Der letzte Satz war an Jenny gerichtet gewesen. Bauer Rankin soufflierte bereitwillig, was immer ihr an Information fehlte – noch dazu unaufgefordert.

»Wo steckt der eigentlich?«, erkundigte sich Verkaik. »Drüben bei den Kühen?«

Rankin bejahte. »Die Lizzie hat's am Magen. Rory versucht, das zu ändern.«

»Können wir jetzt vielleicht zurück zu dem Toten auf deinem Heuboden kommen?«, fragte Harriman. Auch er kauerte nun neben der reglos daliegenden Person im Königskostüm. Dabei hielt er zwei Finger seiner rechten Hand an den Hals des Königs. Der Himmel mochte wissen, woher er den durchsichtigen Plastikhandschuh genommen hatte, den er dabei trug.

Aus der Westentasche?, staunte Jenny. *Trägt der die immer bei sich?*

»Der ist nämlich wirklich mausetot«, beendete Harriman seine Ansage.

Nun war Rankin es, der sich am Hinterkopf kratzte. »Armer John. Dass der mal so endet … Und wer bringt das der Emma bei, hm?«

Jenny blinzelte. »Verzeihung, aber … Von welchem John sprechen Sie da ständig?«

»Na, von unserem König«, erklärte Rankin. »Wer sonst soll das sein? John McDonald ist der König unseres bevorstehenden Dorffestes – genauso wie es sein Vater vor fünfzig Jahren war.«

»McDonald?« Jenny erschrak. Sie traute ihren Ohren kaum. »Der Besitzer des Dorfladens?«

»Er muss seit letzter Nacht hier liegen«, bemerkte Verkaik. »Der Zustand der Leiche legt das nahe, die kalte Haut, die steifen Gelenke … Auch wenn ich der Obduktion natürlich nicht vorgreifen möchte. Letztlich sagen die Experten mir, wie lange er schon tot ist. Aber …«

»Verzeihung«, bat Jenny erneut. Sie deutete auf den König am Boden. »Das ist auf gar keinen Fall der Mann aus dem Dorfladen.«

»Was?«, fragten Harriman und Rankin gleichzeitig.

Der Tote war nicht leicht zu identifizieren. Zum einen lag das natürlich daran, dass er Betrachtern die Kehrseite präsentierte und ihnen größtenteils das Gesicht vorenthielt. Zum anderen lag es an dem vielen Blut, das ihm über die rechte Seite des Kopfes gelaufen und dort und im Stroh am Boden getrocknet war. Es trug seinen Teil dazu bei, ihn »unkenntlich« zu machen.

Der Großteil dieser »Ehre« gebührte allerdings dem Königskostüm. Der Mann trug eine Art schwarz-gelbe Jacke mit gewaltigen Schulterpolstern, Puffärmeln und einem dunklen Cape. Ein riesiger Kragen, weiß und mit Lilien verziert, bedeckte seinen Nacken und den halben Hinterkopf, und ein hoher Hut, der Jenny an die Kopfbedeckungen der Wachen vor dem Buckingham Palace erinnerte, prangte auf seinem Schädel. Der Hut war ebenfalls weiß und mit Lilien gemustert. Ein schwarzes Lederband, das unter dem Kinn des Toten verlief, hielt ihn an Ort und Stelle. Von der Hüfte abwärts kleidete ihn ein Kilt im Tartan-Muster, auf den faltige Waden und schwarzes Schuhwerk folgten.

»Ich fürchte, wir müssen den Mann umdrehen«, sagte Harriman.

Verkaik nickte. »Gib mir eine Minute, okay?«

Der Polizist zog ein Handy aus der Tasche und fotografierte die Leiche und ihre Position am Boden von allen möglichen Seiten. Danach nickte er dem Tierarzt und dem Bauern zu. »Jetzt, bitte.«

Zu dritt packten sie an und drehten den Toten auf den Rücken. Jenny erschauderte, als sie das Gesicht sah. Der Mann hatte beide Augen geöffnet, doch sein Blick war vollkommen leer. Auch der Mund stand einen Spaltbreit offen, was ihm einen überraschten Gesichtsausdruck verlieh.

»Du meine Güte«, seufzte Rankin. »Das ist tatsächlich nicht John.«

»Ein Glück«, stimmte Harriman ihm zu. »Aber wer ist es dann?« Fragend blickte er zu Jenny.

»Äh«, machte sie. »Ich habe keine Ahnung.«

»Ich dachte ja nur«, erwiderte Harriman. »Zwei neue Gesichter an einem Tag. Vielleicht gibt es da einen Zusammenhang. Der saß also nicht zufällig in dem Bus, mit dem Sie angekommen sind?«

»Ich sehe diesen Mann zum ersten Mal in meinem ganzen Leben«, versicherte sie ihm. »Außerdem ist er doch schon seit voriger Nacht hier oben, richtig? Ich bin erst vor wenigen Stunden angekommen.«

Harriman nickte. »Auch wieder wahr.«

»Du siehst also«, wandte Verkaik sich an den Tierarzt, »dass ich vor einem absoluten Rätsel stehe, Dag. Was meinst du, hm? Hilfst du mir, es zu lösen? So wie sonst auch immer?«

Jenny hob die Brauen. Fragend sah sie ihren Kollegen an. »M... Moment. Sie sind hier, um zu ermitteln?«

KAPITEL 5

Sie sind da!

Ich sehe den Polizeiwagen vor dem Heuschober stehen. Blinkende Warnlichter, laufender Motor. Da ist Bryce Rankins hilflose Miene. Dort Percy Verkaik mit seinem treudoofen Gesicht, Dag Harriman mit seinem Detektiv-Getue, irgendeine Blonde noch dazu. Sie sind alle gekommen … und sie werden tun, was sie tun müssen. Natürlich. Was auch sonst? Sie können gar nicht anders, diese lächerlichen Lemminge.

Und sie werden scheitern. Auf ganzer Linie.

Den Toten werden sie sich ansehen – dich. Ich hätte nicht gedacht, dass sie erst jetzt auf dich stoßen; immerhin liegst du seit Stunden da oben, reglos und blutig im Staub und im Heu. Aber es ist, was es ist. Von North Hubbington darf man vieles erwarten, doch ganz bestimmt keine übertriebene Eile. Sie sind jetzt da. Das allein zählt. Jetzt kann es beginnen.

Und du? Siehst du ihnen zu, genau wie ich gerade? Bist auch du im Moment hier und beobachtest – unbemerkt und im Gegensatz zu mir unsichtbar?

Ich habe nie an Geister geglaubt, auch nie nennenswert über das Leben nach dem Tod nachgedacht. Doch seit letzter Nacht … Seit unserer Begegnung dort oben im Heu … Seitdem denke ich an wenig anderes. Immer wieder frage ich mich, ob ein Teil von dir – nennen wir ihn »Seele«, »Geist« oder was auch immer –

nach wie vor bei uns ist. Hier in North Hubbington. Um zuzuschauen, wie wir mit deinem Schicksal umgehen. Mit dir und deinen Fehlern.

Falls ja, dann pass jetzt ganz genau auf. Denn ich will es dir sagen, hörst du? Klipp und klar.

Sie werden dich untersuchen, das ganz bestimmt. Dich und die Scheune als Fundort werden sie auf links drehen und versuchen, Spuren zu finden, die von dir auf deinen Mörder verweisen. Sie werden überlegen und eine Theorie nach der anderen aufstellen, werden die Leute befragen und nach scheinbaren Antworten greifen wie ein ertrinkender Seemann nach dem rettenden Seil.

Aber wird es ihnen etwas nützen? Werden sie Hinweise finden? Nein, hörst du mich? Ganz. Sicher. Nicht!

Ich bin nicht dumm, verdammt. Auf gar keinen Fall bin ich das. Ich weiß genau, was ich tue. Und ich weiß, warum ich es tue. Das hättest du dir denken müssen, weißt du? Du hättest mir mehr zutrauen müssen, viel mehr. Ich schätze, den Fehler begehst du kein zweites Mal, he, he.

Heißt es nicht, das Glück ist mit den Tüchtigen? Nun, wie du letzte Nacht begriffen haben dürftest, sind wir hier draußen an der Küste ganz schön tüchtig, wenn wir es sein wollen. Wie sonst hätte ich das alles planen, das alles bewerkstelligen können – ohne eine Spur und ohne einen verräterischen Hinweis zu hinterlassen?

Und weißt du noch etwas? Ich für meinen Teil brauche kein Glück. Ich habe nämlich an alles gedacht – vor und nach unserer kleinen Begegnung im Heu. Schon seit dem Moment, in dem du das Dorf betreten hast, habe ich alles im Griff. Ich steuere das Geschehen, ich ganz allein. Das ist so sicher wie das Amen in der Kirche ... und so eindeutig wie dein Blut da oben im Heu.

Es gibt nichts mehr, was du gegen mich und meinen Plan unternehmen kannst. Du nicht und auch sonst niemand. Mich hält man nicht auf!

Wart's nur ab ...

KAPITEL 6

Im ersten Augenblick hatte Jenny ja an einen schlechten Scherz geglaubt. Kein Polizist der Welt bat einen alten Tierarzt um Hilfe bei der Polizeiarbeit! Oder?

Doch dann war Harriman zu ihr getreten und hatte sie sanft zur Seite genommen. Nun standen sie am Aufgang der Leiter, und er senkte verschwörerisch die Stimme.

»Erinnern Sie sich an das Zimmer neben meiner Küche?«, fragte er leise. »Das, in das Sie vorhin einen kurzen Blick erhascht haben, weil die Tür nicht richtig geschlossen hat?«

Jenny nickte. »Das mit den Zeitungsausschnitten an der Wand. Und den Fotos. Das so aussah wie das Geheimversteck eines wahnsinnigen Serienmörders.«

»Nun ja.« Harrimans Mundwinkel zuckten belustigt. »So würde ich mich nicht beschreiben. Aber es ist das Versteck eines begeisterten Hobby-Ermittlers. Miss Little, ich habe eine wahre Passion für die Detektivarbeit. Sie ist meine allerliebste Freizeitbeschäftigung, noch mehr als die Spaziergänge mit Boothby oder die Cribbage-Runden im Pub. Es ist schlimm, das so zu sagen, weil jede Ermittlung ein Verbrechen voraussetzt und Verbrechen das Letzte sind, was ich möchte. Aber es stimmt: Bei nicht wenigen Gelegenheiten greife ich unserem geschätzten Constable Percy hier unter die Arme. Er hat das Herz am rechten Fleck, das können Sie

57

mir getrost glauben. Mit seinem detektivischen Gespür ist es allerdings nicht allzu weit her. Percy weiß das und nimmt meine Hilfe daher dankend an.«

Jenny wusste noch immer nicht, ob sie lachen oder staunen sollte. Ein Tierarzt unterstützte einen professionellen Verbrecherjäger? Und alle fanden das ganz selbstverständlich?

»Die Zeitungsausschnitte, die Sie erwähnt haben«, fuhr ihr Kollege fort, »sind Artikel zu vergangenen Fällen. Sie haben mir bei der Aufklärung geholfen, verstehen Sie? Ich bin nur noch nicht dazu gekommen, sie wieder abzuhängen. Das mache ich meistens erst, wenn ein neuer Fall ansteht und ich die Wand für neue Hinweise benötige. Das Zimmer neben der Küche ist der Ort, an den ich mich zum Nachdenken zurückziehe. Nicht einmal Millie darf ihn ohne meine explizite Zustimmung betreten.«

Harriman lächelte. »Nicht, weil ich Millie verdächtig fände, Gott bewahre! Sondern schlicht, weil ich nicht zulassen darf, dass sie – oder der schiere Zufall – irgendetwas in ihm verändert, bevor ich mit meinen Überlegungen fertig bin. Außerdem tratscht auch unsere liebe Millie gern, wenn niemand hinhört. Am liebsten mit ihrer Schwester, die ebenfalls in North Hubbington wohnt.«

»Sie sind also Sherlock Holmes«, sagte sie ungläubig. »Ein tierärztlicher Sherlock Holmes. In der schottischen Provinz.«

Abermals zuckten seine Mundwinkel amüsiert. Dann deutete er eine nicht minder belustigt gemeinte Verbeugung an. »Zu Ihren Diensten, mein lieber Watson.«

Das ist der absurdeste Tag meines gesamten Lebens, dachte Jenny.

Erst die Sache mit dem Kleingedruckten, dann die Tierarztpraxis in der Harbour Road, danach noch der Tote auf dem Heuboden ... und jetzt das. Ein Tierarzt, der der Polizei zuarbeitete. Wenn sie Eric von alldem erzählte, hielt er sie bestimmt für verrückt. Oder für betrunken.

Oder für beides.

»Was meinst du, Dag?«, meldete Verkaik sich erneut zu Wort. »War das Mord?«

»Na sicher war das Mord«, gab Bauer Rankin ungefragt zur Antwort. »Siehst du das viele Blut denn nicht? Der hat 'ne fette Wunde am Hinterkopf, darauf wette ich. Die ist bloß unter all den Haaren und dem Hut versteckt. Und diese Wunde hat er sich bestimmt nicht selbst zugefügt, Percy. Kein Mensch schlägt sich selbst hinterrücks die Rübe ein.«

»Er könnte sie sich ja gestoßen haben«, hielt der Constable dagegen. Es klang latent trotzig. »An einem Dachbalken oder so. Wäre doch möglich.«

»Dann wäre hier aber ein blutiger Dachbalken«, widersprach Rankin. Fragend sah er sich um. »Und mir zumindest fällt keiner auf.«

»Ein höchst plausibler Einwand«, stimmte Harriman zu. Er trat zurück zu der Leiche und den beiden anderen Männern. »Auch ich würde von einem Gewaltverbrechen ausgehen, leider. Zumal wir ja wirklich nicht wissen, wer dieser Mann ist. Grundlos wird er wohl kaum auf deinen Heuboden geklettert sein, Bryce. Was oder wer auch immer der Grund war, könnte hier oben auf ihn gewartet haben. Um ihn hinterrücks anzugreifen.«

»Machst du dein Ding, Dag?«, bat Verkaik. »Wie üblich? Es wäre mir wirklich eine große Hilfe.«

»Mit Vergnügen, Percy«, erwiderte der Tierarzt. Er schien genau zu wissen, was der Polizist meinte. "Doktor Little? Wären Sie so freundlich, mir zu assistieren?«

»W... Wobei denn?«, stammelte Jenny.

Er griff in die Tasche seiner Weste und entnahm ihr tatsächlich weitere Plastikhandschuhe. Einen von ihnen zog er über seine zweite Hand, die anderen beiden reichte er Jenny.

»Der Beginn einer jeden Mordermittlung ist von größtmöglicher Bedeutung«, dozierte er dabei und wirkte wie ein Fisch im Wasser – durch und durch in seinem Element. »An keiner zweiten Stelle eines Fallverlaufs sehen wir mehr Spuren und Wahrheiten vor uns als jetzt und hier. Wir erkennen sie nur nicht, weil wir noch nicht wissen, wonach wir überhaupt suchen. Deshalb ist jedes Detail, jedes noch so winzig und unbedeutend anmutende Stück Fakt, für uns wichtig. Wenn Sie so freundlich wären, könnten Sie mir dabei helfen, keines von ihnen zu übersehen.«

Er hob eine Hand des Toten vom Boden. »Beispielsweise so: Nehmen Sie Ihr Handy aus der Tasche und leuchten Sie auf diese Fingernägel. Ich will sehen, ob sich zufällig eine Spur unter ihnen versteckt.«

Rankin blinzelte verständnislos. »Unter den Nägeln?«

»Hautfetzen des Angreifers etwa«, erklärte Harriman. »Unser Unbekannter könnte sich gewehrt und ihn gekratzt haben. Dann hätten wir die DNA des Toten. Oder ein Haar von ihm.«

»Klingt für mich, als würdest du nach Strohhalmen greifen, Dag«, gab der Bauer zurück. Er hörte sich nicht gerade überzeugt an.

Harriman nickte. »Und ein jeder von ihnen kann sich im Laufe der Ermittlungen als entscheidend herausstellen. Wir dürfen ihn nicht übersehen.«

Jenny folgte der Bitte und zückte das Handy. Während sie die Taschenlampenfunktion aktivierte, fragte sie sich, was sie da eigentlich tat. Es machte ihr nicht allzu viel aus, in Gegenwart eines Toten zu sein. Den ersten Schreck hatte sie recht schnell verdaut, und als Medizinerin wusste sie natürlich ohnehin, dass der Tod zum Leben gehörte. Auch Blut und Wunden hatte sie mehr als genug gesehen, um sich von ihnen nicht ins Bockshorn jagen zu lassen. Doch an der Absurdität der Gesamtsituation änderte das herzlich wenig.

Ich stehe auf dem Heuboden eines schottischen Provinzbauern, den ich vor Kurzem noch gar nicht kannte, dachte sie, *und richte eine Handylampe auf die Fingernägel eines toten Königs. Weil ich einen Job in einem Forschungslabor antreten wollte und weil mein Gastgeber sich für Sherlock Holmes hält.*

Beinahe hätte sie aufgelacht, so bizarr klang das alles. Doch sie beherrschte sich und tat, was Harriman verlangte. Der Tierarzt hielt jeden einzelnen Nagel über eine kleine transparente Tüte, betrachtete ihn genau und kratzte sogar mit einer Pinzette, die er ebenfalls aus seiner bodenlos scheinenden Westentasche nahm, unter den Nägeln herum. Dann erst ließ er die Hand des Toten sinken und widmete sich der zweiten. Als er fertig war, grunzte er unzufrieden.

»Tja«, sagte er. »Man kann nicht immer gewinnen.«

»Kein Glück?«, fragte Verkaik, der das Spiel mit einem Ausdruck auf den Zügen beobachtet hatte, der fast an Ehrfurcht reichte.

»Zumindest noch nicht«, antwortete Harriman.

Als Nächstes widmete er sich dem Kostüm des Unbekannten. Akribisch genau studierte er jede Falte und fuhr in jede Tasche der Königskluft. Aus einer von ihnen zog er – zunächst mit einem Ausdruck des Triumphs, dann aber, als er den Fund in Augenschein nahm, mit sichtlicher Enttäuschung – einen in Stanniolpapier gewickelten Kaugummi hervor.

»Wie gesagt«, wiederholte er unter Verkaiks fragenden Blicken. »*Noch* nicht.«

Nun kamen die Schuhe des Fremden an die Reihe. Harriman beäugte ihre Sohlen so kritisch, als könnte er in den Resten aus Matsch und Stroh in ihrem Profil lesen wie in einem Buch. Doch Jenny brauchte ihn nur atmen zu hören – dieses immer tiefer, immer schwerer werdende Schnauben zu bedenken –, um zu wissen, dass diese Lektüre ihn ebenfalls kein bisschen weiterbrachte.

Zu guter Letzt nahm Harriman sich den Hut der Majestät vor. Mit penibelster Genauigkeit betrachtete er ihn, drehte ihn mitsamt daran hängendem Leichenkopf mal in die eine, mal in die andere Richtung. Das Ergebnis schien ihm zu missfallen, denn er schnaubte erneut, als er unter das Kinn des Toten fasste, um die Schnalle am ledernen Bändchen zu lösen.

Dann stieß er einen Pfiff aus. »Was haben wir denn hier?«, murmelte er.

Neugierig beugte Jenny sich vor. Sie richtete den Strahl ihrer Handylampe auf die Schnalle, dann sah auch sie es. »Die ist falsch«, sagte sie. »Falsch geschlossen.«

»In der Tat.« Harriman schaute sie an, etwas wie väterlicher Stolz auf den Zügen. »Erkennen Sie es, Little?«

Sie nickte. »Die Löcher in dem Lederbändchen zeigen es. Normalerweise wird die Schnalle im zweiten Loch von unten geschlossen. Man sieht es daran, wie sehr das zweite Loch bereits geweitet ist, verglichen mit allen anderen. Aber jetzt ist der Verschluss im dritten Loch. Und irre ich mich, oder schneidet das Bändchen dem Mann ins Fleisch?«

»Ihr habt recht!«, rief Verkaik aus. Auch er beugte sich nun über Kopf und Hals des falschen Königs. »Man erkennt es genau. Das Lederband sitzt zu fest. Es wurde zu eng geschlossen.« Fragend hob er den Blick. »Aber was bedeutet das?«

»Das«, fand Harriman, »ist eine sehr gute Frage, mein lieber Percy. Doktor Little? Haben Sie eine Vermutung?«

Ich? Entsetzt hob sie die Brauen. *Hält der mich für Doktor Watson, oder was? Ich bin Tiermedizinerin. Ich habe keine Ahnung von Mordermittlungen!*

Doch sie fügte sich der Aufforderung und dachte nach. Dabei setzte sie sich auf den Hosenboden, genau wie Harriman es gerade getan hatte, und stützte die Unterarme auf die Knie.

»Das kann alles bedeuten, schätze ich«, sagte sie. »Alles und nichts. Vielleicht hat der Mann sich vertan, als er den Hut dieses Mal aufgesetzt hat, und es nicht gemerkt?«

»Dass ihm das Band ins weiche Fleisch unter seinem Kinn schneidet?«, hakte Harriman nach. »Das soll er nicht gemerkt haben?«

»Zugegeben, es klingt unwahrscheinlich«, gab sie nach.

»Wenn ich meinen Gürtel versehentlich zu eng schnalle«, sagte der Constable, »dann bemerke ich das sofort.«

»Sport, Percy.« Harriman zwinkerte ihm belustigt zu. »Da hilft Sport.«

»Haha. Musst du gerade sagen.« Der Polizist grinste. Er war merklich schlanker als der ältere Tierarzt.

»Ich glaube also, wir können ein Versehen ausschließen«, erklärte Harriman. »Was noch, Doktor Little? Was könnte es noch bedeuten?«

Wer bin ich?, dachte sie abermals – und mit einem inneren Schulterzucken, das sie sich nicht anmerken ließ. *Miss Marple?*

Dann jedoch kamen ihr all die Kriminalromane in den Sinn, die sie so gerne las. All die Bücher voller faszinierender Rätsel und spannender Geheimnisse. Sie liebte diese Art der Lektüre einfach. Schon als Kind hatte sie ihre Nase in so ziemlich jeden Krimi gesteckt, den sie hatte finden können – sehr zum Leidwesen ihrer Eltern, die darin keine altersgerechte Beschäftigung gesehen hatten.

»Die Kleine wird noch kriminell«, so hatte ihr Vater nicht selten seufzend gesagt – und stets nur halb im Scherz, wie sie wusste. »All die Recherche muss ja zu irgendetwas führen. Und ich fürchte, sie führt zu keinem guten Ende.«

»Wenn überhaupt«, hatte ihre Mutter in diesen Fällen erwidert, »wird sie Chefin von Scotland Yard. Dafür recherchiert sie, Stephen, und für nichts anderes. Verstanden? Aber auch mir wäre es lieber, sie läse das, was auch wir in dem Alter gelesen haben.«

»Etwa Enid Blyton?«, hatte Dad erschrocken entgegnet. »Die Bücher sind doch auch alle voll mit Dieben und Verbrechern …«

Sie schüttelte den Kopf, verscheuchte die Erinnerungen. Die Situation war, wie sie war. Also durfte sie sich ihr auch hingeben und schauen, ob sie helfen konnte. So einfach war das.

Ich mag *Krimis*, dachte sie. *Vielleicht ist das tatsächlich von Nutzen.*

»Also gut«, sagte sie. »Denken wir nach. Es könnte bedeuten, dass … Dass nicht der Mann selbst den Hut aufgesetzt hat. Sondern jemand anderes, als der Mann schon tot war.«

Harriman klatschte in die behandschuhten Hände. »So gefallen Sie mir! Volltreffer, Little!«

»Versteh ich nicht.« Verkaik legte die Stirn in Falten. »Warum sollte denn jemand anderes …«

»Na, die Wunde«, fiel Rankin ihm ins Wort. »Wegen der Wunde. Irgendjemand hat dem Kerl eins übergebraten, richtig? Von hinterrücks, vermutlich. Vielleicht ist dabei der Hut runtergefallen.«

»Und unser unbekannter Täter hat ihn dem Opfer wieder aufgesetzt«, beendete Harriman den Gedanken. Dabei nickte er zustimmend. »Ganz genau.«

Verkaik wunderte sich noch immer. »Weshalb sollte jemand das tun? Die Tat war doch vollbracht, oder etwa nicht? Der Schlag war ein Treffer, der Mann ist zu Boden gegangen. Welcher Mörder der Welt hält sich dann noch damit auf, den Hut wieder festzuschnallen?«

Einer, dem dieser Hut wichtig war, dachte Jenny. *Oder ...*

Oder das Kostüm als solches? Sie wusste genau, dass sie im Nebel stocherte. Aber irgendwie hatte sie das Gefühl, dabei auf etwas gestoßen zu sein. Sie konnte es nur nicht benennen.

»Kann ich die Wunde mal sehen?«, bat sie.

»Die würde mich ebenfalls *brennend* interessieren«, stimmte Harriman ihr zu. »Wir warten schon viel zu lange, und jede Spekulation ist schnell Makulatur, wenn sie den Fakten widerspricht. Percy?«

Der Angesprochene nickte schnell. »Nur zu. Ich hab alles fotografiert, was die Spurensicherung braucht. Ach, verflixt! Ich hab ganz vergessen, die anzurufen!« Er wandte sich an den Bauern. »Kann ich kurz ins Haus, euer Telefon benutzen? Du weißt ja, wie schlecht das Handynetz hier draußen ist.«

»Nur zu, Percy«, antwortete Rankin. »Meine Bonnie ist in der Küche. Die zeigt dir, wo es steht.«

Während der Constable die Leiter hinunterstieg, widmeten Harriman und Jenny sich erneut dem Toten. Vorsichtig öffnete Harriman die Schnalle unter dem Kinn des Mannes, und Jenny hielt den leichenkalten Kopf fest, als der Tierarzt den Hut herunterzog.

Die Wunde befand sich am Hinterkopf, ganz wie vermutet. Graues Haar verdeckte sie weitestgehend, doch sie war da. Das bewies auch das Blut, das nach vorn über das Gesicht gelaufen war, weil der Tote auf dem Bauch gelegen hatte.

»Wirkt wirklich wie von einem kräftigen Schlag, oder?«, fragte Harriman.

»Sieht ganz so aus«, antwortete Jenny. »Dann lagen wir mit unseren Vermutungen richtig.«

Sie war keine Humanmedizinerin, aber in manchen Dingen ähnelten sich Mensch und Tier dann doch. Und diese Verletzung ging eindeutig auf einen Hieb mit einem festen Gegenstand zurück – oder auf einen Zusammenstoß mit selbigem.

»Ich schaue mir die Dachbalken mal genauer an«, informierte sie ihren Kollegen. »Nur zur Sicherheit.«

Harriman nickte. »Gute Idee, Miss Little. Was wir ausschließen können, ist uns immer willkommen.«

Mit dem Licht ihres Handys leuchtete sie alle Stellen des Dachgebälks ab, die aussahen, als könnte ein erwachsener Mann sich an ihnen stoßen. Wie erwartet fand sie keine einzige Spur.

Schließlich hätte der Kerl sich ja wohl kaum noch den Königshut aufgesetzt, nachdem er sich so hart gestoßen hatte. Und er hat sich auch sicher nicht woanders gestoßen, kombinierte sie. *Die Wunde ist nicht ohne. Mit der ist der nicht noch minutenlang weiterspaziert und Rankins Leiter hinaufgestiegen, um dann hier oben zusammenzubrechen. Das ist alles auf diesem Heuboden passiert, nirgendwo sonst.*

Trotzdem stieg sie nun die Leiter hinunter. Sie wusste selbst nicht genau, warum. Das Fehlen jeglicher verwertbarer Hinweise frustrierte sie mehr, als sie vor sich selbst zugab, und sie hoffte, wenigstens im unteren Geschoss der Scheune etwas Interessantes zu finden. Stattdessen fand sie einen Mann.

Er war draußen auf der buckligen Straße, die zu Rankins Land führte. Jenny sah ihn durch das offene Tor der Scheune.

Der Mann stand hinter einer der alten Steinmauern, die hier, wie Jenny aufgefallen war, nicht selten die Wege und Weiden säumten, und neben einem parkenden Auto mit grüner Karosserie. Er hatte kastanienbraunes Haar, das seitlich gescheitelt war, und einen dichten Vollbart. Am Körper trug er eine blaue Jeans, ein kariertes Hemd und eine dunkle Jacke, in deren Taschen er die Hände vergraben hatte. Und er blickte zur Scheune herüber!

Instinktiv wich Jenny zurück. Sie hatte keinen blassen Schimmer, wer dieser Kerl war. Aber schon seine Anwesenheit hier machte ihn verdächtig, oder etwa nicht?

Wie lange steht der da schon?, zuckte es ihr durch den Kopf. *Und warum guckt der zu uns herüber? Noch dazu aus sicherer Distanz?*

Von der Straße bis zur Scheune war es ein gutes Stück Weg. Der Mann *wollte* nicht näher kommen. Weshalb nicht? Weil er sich schuldig fühlte? Weil er nicht wollte, dass ihn jemand mit diesem Ort in Verbindung brachte? Vor allem nicht jetzt, da ein Polizeiwagen davor parkte?

Erst in diesem Moment hörte Jenny das sanfte Tuckern des Automotors. Das war der grüne Wagen dort drüben auf der Straße!

Der Mann hat das Auto des Constable gesehen, als er hier vorbeigefahren ist, kombinierte sie, *und ist vor Schreck auf die Bremse gegangen. Seitdem steht er da und glotzt herüber.*

Das klang plausibel, oder? So mochte es sein. Und es gab nur zwei Sorten von Mensch, die am Fundort einer Leiche stehen blieben und starrten – das wusste sie aus Dutzenden von Kriminalromanen.

»Gaffer«, zählte sie sie leise murmelnd auf, »und Täter. Täter, die neugierig sind, wie ihr Tun entdeckt wird. Die wissen wollen, welche Schritte die Polizei einleitet.«

War der Mann dort drüben der Mörder des Königs? Jenny lugte vorsichtig um den Rahmen des Scheunentors und zu ihm hinüber. Ja, fand sie. Das war absolut vorstellbar.

»Jenny?«, rief Doktor Harriman von oben. »Sind Sie da unten? Warten Sie, ich komme zu Ihnen.«

Er schien noch nichts von dem unbekannten Zuschauer mitbekommen zu haben. Wie auch? Der Heuboden hatte keinerlei Fenster. Ehe Jenny reagieren konnte, kletterte er auch schon die Leiter herunter, dicht gefolgt von Bauer Rankin.

»Ah, da sind Sie.« Zufrieden kam er auf sie zu, wobei er sich die Plastikhandschuhe auszog und sie mit völliger Selbstverständlichkeit an den überrumpelten Bauern weiterreichte. »Ich glaube, hier können wir fürs Erste nichts mehr tun. Von daher bringen wir die Leiche jetzt …«

»Da, Doktor!«, unterbrach sie ihn aufgeregt. »Da steht er. Ich vermute, der Mörder beobachtet uns gerade.«

Harrimans Augen wurden groß. Rankin ließ vor Schreck die Handschuhe fallen.

»Was?«, fragte der Tierarzt. »Wo?«

Abermals drehte Jenny sich zum Scheunentor um und deutete ins Freie. Doch der grüne Wagen war fort – und sein Besitzer mit ihm. »Er war hier«, sagte sie. »Ganz, ganz sicher. Er muss just in dem Moment gefahren sein, als Sie beide vom Heuboden herunterkamen und ich zu ihnen geschaut habe.«

Harriman runzelte die Stirn. »Können Sie ihn beschreiben?«

Sie versuchte es, doch auf die Entfernung hatte sie nur sehr grobe Merkmale wahrgenommen. »Braune Haare, Vollbart, grüner Wagen, zwischen dreißig und vierzig, würde ich denken …«

»Ein Mann, ja?« Harriman nickte. »Interessant …«

»Der war noch einmal hier?« Dem Bauer wurde es langsam unheimlich. »Im Ernst?«

»Ich kann es nicht beweisen«, gab Jenny zu. »Es gibt keinen Beleg dafür, dass dieser Kerl die Schuld an dem Mord trägt. Aber er war gleich dort drüben und hat zu uns herübergeglotzt. Das allein finde ich schon verdächtig.«

»Wir sollten das im Gedächtnis behalten, Jenny«, stimmte Harriman zu. »Und die Augen offen halten nach diesem bärtigen Gesellen. Vielleicht begegnet er uns ja erneut, dann sind wir schlauer. Gut möglich, dass er nichts mit dieser Sache zu tun hat und nur zufällig da stand. Aber falls nicht, dann ist er die heißeste Spur, die wir je finden werden. Wir, nun ja, müssen ihn nur finden.«

Er zögerte kurz, dachte nach, dann klatschte er in die Hände, als zöge er fürs Erste einen Schlussstrich unter die offenen Fragen. »Aber das können wir jetzt nicht ändern. Wie ich vorhin sagen wollte, haben wir hier alles getan, was wir konnten. Den Rest überlassen wir den Profis von Percys Truppe. Die Leiche transportieren wir allerdings selbst ab, das ist bei uns so üblich. Im Keller des Rathauses ist es angenehm kühl. Da sucht den niemand.«

»Wenn Sie das sagen.« Jenny zuckte mit den Schultern und beschloss, weiterhin die Augen nach dem unbekannten Beobachter offen zu halten. Vielleicht begegnete er ihr ja erneut irgendwo. »Kann ich beim Transport helfen?«

Bevor Harriman antworten konnte, kam Constable Verkaik vom Haupthaus zurück in die Scheune. Auch er schien nichts von dem bärtigen Mann auf der Straße mitbekommen zu haben, wohl aber Jennys Frage.

»Ich fürchte, den muss ich alleine tragen«, sagte er nämlich. »Rory und Bonnie brauchen dringend einen Tierarzt.«

Rankin hob entsetzt die Brauen. »Etwa wegen der Kuh?«

Abermals klatschte Harriman in die Hände. »Papperla-papp. Es sind zwei Tierärzte hier, da kann einer durchaus auch andere Aufgaben erledigen. Nein, Percy, es bleibt dabei. Ich helfe dir beim Transport unserer Majestät, und Doktor Little sieht sich Lizzie genauer an. Das bisschen Magenver-stimmung behandeln Sie doch mit links, Frau Kollegin. Oder?«

Ehe Jenny richtig begriff, wie ihr geschah, waren die Rollen auch schon verteilt. Fast schon sehnsüchtig sah sie Harriman und Verkaik nach, die wieder auf dem Heuboden verschwanden, während sie selbst von Bauer Rankin in Richtung Stall gezogen wurde.

»Wir haben sie nach der Queen benannt«, sagte der Mann. Dabei grinste er wie ein Honigkuchenpferd. »Nach Elizabeth, verstehen Sie? Aber allzu majestätisch benimmt sie sich heute nicht.«

Sie standen in Rankins Kuhstall: Jenny, der Bauer und der grinsende Knecht. Rory war schätzungsweise nur wenige Jahre älter als Jenny und hatte ein wettergegerbtes Gesicht voller Sommersprossen. Rotes, struppiges Haar bedeckte seinen Kopf, und sein muskulöser Körper steckte in zutiefst schmutziger Arbeitskleidung: Hemd, Latzhose, Gummistie-fel. Seine Statur und der Rest seines Auftretens charakteri-sierten ihn als verlässlichen Arbeiter. Das war alles, so schätzte Jenny, was ein Knecht zwingend sein musste.

Der Stall war länglich und bestand aus einem einzigen Raum, der an beiden Enden offen stehende Tore hatte, sodass Rankins Vieh nach Belieben ein und aus gehen konnte. Insgesamt schätzte Jenny, dass sich über fünfzig Kühe im Inneren des Stalles aufhielten. Weitere Dutzende von ihnen sah sie draußen auf der Weide, die an die Rückseite des Stalles grenzte. Lizzie stand in der Mitte des Raumes und war an einer Metallstange angebunden. Dort muhte sie ebenso laut wie qualvoll.

»Das geht schon seit Stunden so, sagt Rory.« Bauer Rankin fuhr sich nervös über den Kopf. »Sie klagt und klagt, weil sie sich nicht entleeren kann.«

»Verstopfung, Doc«, meinte Rory. Er nickte wissend. »Ich erkenn das. Dann gucken die immer so.«

Lizzie muhte erneut, als wollte sie die Worte des Knechts noch unterstreichen. Das arme Tier tat Jenny von Herzen leid. Die Kuh war ausgewachsen und eigentlich ganz gut im Futter. Ihr stattlicher Leib war kastanienbraun, genau wie das Haar des Mannes aus dem grünen Auto, und ihre Augen wirkten fast pechschwarz. Vor ihr am Boden lag Heu, an dem sie merklich desinteressiert war – im Gegensatz zu vielen anderen Kühen im Stall, die nach Herzenslust kauten.

»Können Sie da was machen, Miss Little?«, fragte Rankin. »Lizzie gehört zu meinen besten Milchkühen. Wenn's der schlecht geht, dann …« Er schüttelte den Kopf, setzte kurz ab. Als er weitersprach, klang er leiser als zuvor. Trauriger. »Dann geht's mir auch schlecht.«

Was macht man denn bei verstopften Kühen?, fragte sich Jenny. Sie schluckte trocken. »Ich kann es ja mal versuchen.«

Vorsichtig streckte sie die Arme aus und betastete die Seite der Milchkuh. Zentimeter für Zentimeter arbeitete sie sich an Lizzie vorbei, drückte mal hier und mal dort fester zu. Lizzie ließ es geduldig geschehen, bis Jenny eine Stelle oberhalb des Afters erreichte und erneut fester drückte. Sofort zuckte Lizzie zusammen und entließ das bislang lauteste Klage-Muh von allen.

»Entschuldige, meine Schöne!«, sagte Jenny voller Mitgefühl. »Das ist nicht der Magen«, fügte sie dann für die

Männer hinzu. »Das ist der Darm.« Nichts anderes hatte sie erwartet.

»Wir könnten einen Einlauf versuchen«, schlug Rory vor. »Keine Ahnung, wie. Aber das soll ja helfen bei Verstopfung. Vielleicht hat sie etwas gefressen, was sie nicht verdauen kann, und das blockiert dadrin jetzt alles.«

Jenny schüttelte den Kopf. »Möglich. Ein Einlauf dauert aber wahrscheinlich unter den Umständen zu lange. Ich …«

Lizzie sackte zusammen. Ganz kurz nur, dann rappelte sie sich wieder auf und stand auf ihren vier Beinen. Doch der Moment zeigte Wirkung und unterstrich ihren bedauernswerten Zustand.

»Ich muss da rein«, beendete Jenny ihren Satz. Sie schluckte trocken, sah nervös zu Rankin. »Haben Sie einen Eimer für mich? Warmes Wasser, Seife, ein paar Tücher?«

Der Bauer nickte. »S… Selbstverständlich.«

»Dann los, Mr Rankin«, beschloss sie. »Helfen wir Ihrer Kuh.«

Sie wusste nicht, woher sie den Mut zu dieser Entschlossenheit nahm. Aber sie stand vor einem leidenden Tier. Das war alles, was zählte. Sie konnte gar nicht anders, als zu handeln.

Rankin rannte los, die gewünschten Sachen zu besorgen. Rory blieb bei Lizzie und strich ihr sanft über das vor Anstrengung zitternde Gesicht.

»Alles cool, Lizzie«, sagte er dabei. »Keine Sorge. Die Doc kriegt dich schon wieder hin. Stimmt doch, Doc. Oder?«

»Ich werde es versuchen«, antwortete sie grimmig entschlossen. Dann hob sie den Blick. »Sagen Sie, Rory: Haben Sie vorhin den Mann gesehen? Den mit dem grünen Wagen drüben auf der Straße?«

»Nee.« Der Knecht runzelte die sommersprossige Stirn. »Was 'n für 'n Mann?«

»Braune Haare, Vollbart«, zählte sie auf. »Karohemd und blaue Jeans …«

»Sagt mir nix.« Rory schüttelte den Kopf. »Wollte der zu uns?«

»Ich bezweifle es«, antwortete sie. »Er wirkte eher, als wollte er beobachten. Unauffällig, verstehen Sie?«

»Unauffällig?« Ein spöttisches Lachen stieg aus der Kehle des Mannes. »Wie so 'n Geheimagent oder was? James Bond in North Hubbington? Das wär mal was, Doc. Wenn James Bond zu uns käme. Kennen Sie den? Der ist cool.«

Jenny nickte. »Ja, den kenne ich.«

Sofort riss Rory die Augen auf. Staunend starrte er sie an, das Gesicht eine Mischung aus Ehrfurcht und Aufregung. »Im Ernst?«

»Äh … Na klar. Den kennt man doch.«

Rory schluckte hörbar. Erst danach fand er den Mut, das auszusprechen, was ihm auf der Zunge lag. »Und … Na ja. Wie ist der so?«

Jenny, die gerade den Schwanz der Kuh zur Seite geschoben hatte, stutzte. *Meint der privat, oder was? Denkt der, das wäre ein echter Mensch?*

Es sprach alles dafür. In Rorys Miene sah sie keinerlei Anzeichen von Ironie oder Schalk. Die Frage war durch und durch ernst gemeint gewesen – genau wie die Ehrfurcht, mit der er Jenny betrachtete.

»Der …« Sie räusperte sich. »Der ist nett. Wirklich.«

Das genügte. Rory nickte, als hätte er das stets gewusst, und atmete dabei erleichtert aus. Offenbar hatte er das Gegenteil befürchtet. »Wusste ich«, sagte er, sichtlich erfreut. »Kann gar nicht anders sein. *So* ein cooler Typ.«

Jenny unterdrückte ein Schmunzeln. *Du bist nicht die hellste Kerze von North Hubbington, oder?* Dennoch mochte sie den Knecht. Er schien sehr tierlieb zu sein und an Lizzie zu hängen.

Sie war sich unsicher gewesen, wie sie antworten sollte. Doch ihre Entscheidung, ihm seinen Glauben zu lassen, schien die richtige gewesen zu sein. Rory strahlte regelrecht.

»Sie sind nicht von hier, hm?«, fragte er dabei. »Hab Sie noch nie gesehen. Sind Sie die Tochter vom alten Dag?«

»Äh ...« Jenny stutzte. Für einen Moment fiel ihr keine Erwiderung ein. »Das nicht, nein.«

Sie hatte sich die Jacke ausgezogen und hängte sie auf eine Mistgabel, die an der Seitenwand lehnte. Danach krempelte sie sich den rechten Ärmel ihrer Bluse hoch, so weit sie nur konnte.

»Hätte mich auch gewundert.« Rory nickte ernst. »Der hat nämlich gar keine Kinder.«

»Aha«, sagte sie. Dieser Logik konnte man ohnehin nicht widersprechen. »Ich komme aus London. Nicht von hier.«

»London, hm? Nee, nee, nee.« Damit schien alles gesagt zu sein, jedenfalls von seiner Seite. Rory schnaubte verächtlich, spuckte ins Heu und zog danach lautstark die Nase hoch.

Lizzie schwankte erneut. Die Schmerzen in ihrem Verdauungstrakt setzten ihr gewaltig zu. Jenny ahnte, dass sich das Problem mit ein wenig Glück irgendwann von selbst erledigen mochte. Doch tat es ihr in der Seele weh, das Tier leiden zu sehen. Sie musste ihm helfen.

Warum habe ich diese Ausbildung, dachte sie, *wenn nicht deshalb?*

Sie hoffte nur, dass sie der Mut nicht verließ, bevor sie fertig war. Sanft strich sie über Lizzies Seite, massierte vorsichtig ihren Bauch.

»Ruhig, Mädchen«, raunte sie der Kuh zu. »Wir kümmern uns darum. Keine Angst, das haben wir gleich.«

Rankin kehrte zurück. Er stellte einen blechernen Eimer voll mit lauwarmem Wasser vor Jenny ab. Daneben legte er einen kleinen Stapel Handtücher, die aus dem Wohnhaus stammen mussten, und ein Stück Seife, das so groß war wie ein kleiner Backstein. »Und jetzt?«, fragte er.

Jetzt beten Sie für mich, antwortete Jenny in Gedanken.

Doch ihr Mund gab eine andere Antwort. »Jetzt helfen wir Ihrer Lizzie. Halten Sie sie fest, Gentlemen. So fest, wie Sie nur können.«

Sie tauchte eine Hand in den Wassereimer und benetzte ihren frei gekrempelten Arm. Dann seifte sie ihn ein, so dick und großzügig sie nur konnte. *Ein Handschuh wäre jetzt gut*, kam es ihr in den Sinn. *Ein richtig langer, mit Ärmel bis über den Ellenbogen.* Doch woher sollte sie den auf die Schnelle nehmen? Doktor Harriman hätte vielleicht einen dabeigehabt, irgendwo in seiner anscheinend bodenlosen Westentasche. Aber Harriman war nicht mehr auf dem Rankin-Hof. Sie hatte seine Abfahrt durch eines der offen stehenden Stalltore beobachtet. Er und Constable Verkaik waren vor wenigen Minuten mit dem Toten in Richtung Ortskern aufgebrochen.

Es muss so gehen, sagte sie sich. *Und das wird es auch. Hoffentlich.*

»Alles bereit, Doc«, meldete Rory, grinsend wie immer.

Jenny trat hinter die Kuh und atmete tief durch. »Also dann …« Vorsichtig und ganz langsam steckte sie ihre Finger, die Hand und schließlich den Arm in den Verdauungstrakt der armen Lizzie.

»Hut ab, Doc!« Rory lachte. »Für so 'n zierliches Mädchen sind Sie echt wenig zimperlich.«

Jenny hörte kaum hin. Konzentriert und äußerst behutsam tastete sie sich vor, während die Kuh zitterte und muhte.

»Ruhig, Kleines«, murmelte sie, auch wenn Lizzie es vermutlich gar nicht verstand. »Gleich hast du's geschafft. Nur die Ruhe.«

Schweiß lief ihr von der Stirn und in den Nacken. Ihr Atem ging stoßweise vor lauter Anstrengung, und der Gestank, der bei jedem neuen Atemzug in ihre Nasenlöcher drang, war gewaltig. Sie war sich nicht sicher, ob sie das Richtige tat, aber sie hoffte es. *Glaubte* es.

»Ich muss nur die Blockade finden«, murmelte sie. »Finden und lösen. Dann geht es dir bestimmt sofort besser, Lizzie. Darauf wette ich. Dann läufst du schon bald wieder raus auf die Weide zu frischem Gras und deinen Freunden und …«

Sie kam nicht dazu, den Satz zu beenden. Mit einem Mal spannte Lizzie die Muskeln an, dass ihr ganzer Körper gegen Jennys Arm zu drücken schien. Jenny verzog schmerzhaft das Gesicht, während die Kuh ein weiteres Muhen erklingen ließ, das zur Stalldecke stieg. Einen Sekundenbruchteil später bewegte sich irgendetwas unterhalb von Jennys Sichtfeld – und ein Schmerz, gegen den der Druck an ihrem Arm ein sanftes Streicheln war, stach in Jennys Schläfe.

Dann wurde die Welt schwarz.

KAPITEL 7

Es mochte feige anmuten, doch Jenny Little genoss das Nichts in vollen Zügen. Im Nichts war nichts absurd, nichts unfair. Das Nichts überraschte sie nicht mit gemeinen Vertragsfallen und einer Zukunft im absoluten Nirgendwo. Das Nichts war verlässlich. Außerdem gab es im Nichts keine Schmerzen. Die kamen erst wieder, als Jenny langsam die Augen öffnete ...

Stöhnend hob sie die Lider. Sofort wurde sie von grellem Licht geblendet, und sie schloss sie schnell. Erst beim zweiten Versuch war das Licht sanfter zu ihr. Oder ihre Augen waren weniger empfindlich.

Letzteres ließ sich allerdings nicht über ihren Kopf sagen. Der Schädel dröhnte, als wäre er in eine Schraubzwinge geraten. Ein pochender Schmerz strahlte von ihrer linken Schläfe aus und zog gefühlt durch jeden Winkel ihres Kopfes. Die Stirn, die Wangenknochen, sogar die Zähne taten ihr weh, und als sie vorsichtig die Hand hob, um ihr Gesicht zu betasten, zuckte sie gleich wieder zurück. Der Schmerz war schlicht zu groß.

Wo bin ich?, kam ihr eine Frage in den Sinn, die interessant klang.

Die Welt um sie herum nahm gleichzeitig Konturen an. Was eben noch verwaschene Kleckse gewesen waren, mutierte nun, da die Augen besser fokussieren konnten, zu den

Umrissen altmodisch anmutender Möbel. Da war ein klobiger Kleiderschrank, dort ein kleines Regal. Jenny sah einen winzigen Tisch mit Stuhl daneben, eine Deckenlampe, ein Fenster mit weißen bodenlangen Gardinen. Und ein Bett.

In diesem lag sie selbst, rücklings auf weichen Kissen. Irgendjemand hatte ihr die Schuhe ausgezogen und sie dann auf der Matratze abgelegt, die ganz und gar nicht unbequem war. Als sie erneut blinzelte, erblickte Jenny einen Wecker auf dem Nachttisch neben ihrem Kopf. Kurz vor achtzehn Uhr.

Wann sind wir zu diesem Bauernhof aufgebrochen?, fragte sie sich. *Vor zwei Stunden?*

Sie wusste es nicht genau. Doch sie wusste auch nicht, wo die anderen Teilnehmer des Ausflugs inzwischen waren. Von daher spielte es keine wirkliche Rolle. Die entscheidende Frage war ohnehin, wo *sie* sich gerade befand. Und warum.

Mühsam setzte sie sich auf. Anfangs wurde ihr dabei schwindelig, und das gesamte Zimmer drehte sich vor ihren Augen. Doch schon nach wenigen Sekunden hielt es wieder an, und das Gefühl verging. Zurück blieben allein der pochende Schmerz … und die unbeantworteten Fragen.

»Hallo?«, rief Jenny.

Niemand antwortete. Das Zimmer war leer, die hölzerne Tür geschlossen.

Eine Tür, dachte Jenny.

Sofort stand sie auf und ging – anfangs leicht schwankend – um das Bett herum in Richtung Zimmertür und …

Sie kam nicht weit. Kaum hatte sie das Ende des Bettes umrundet, stieß sie mit den Füßen gegen ein klobiges Hindernis. Beinahe verlor sie das Gleichgewicht; nur mit Mühe konnte sie sich am Bettgestell festhalten und ihren Sturz abwenden.

Es war ihr Reisegepäck. Ihre Taschen standen am Fuß des Bettes, sorgsam nebeneinandergestellt und bis eben vor ihren Blicken verborgen. Demnach war dieses Zimmer *ihr* Zimmer. Oder?

Eine böse Vorahnung stieg in Jenny auf. Fragend drehte sie sich um, sah zum gardinenverhangenen Fenster. Draußen hatte die Abenddämmerung eingesetzt, doch sie erkannte die Straße dort unter sich genau. Das war die Harbour Road.

Ich bin in Harrimans Haus, begriff sie. *Im Obergeschoss. Und ... Und in »meinem« Zimmer.*

»Auf gar keinen Fall«, murmelte sie. Dann setzte sie sich erneut in Richtung Tür in Bewegung.

Sie ließ sich mühelos öffnen. Jenseits der Schwelle fand Jenny einen schmalen Gang, von dem mehrere Zimmer abgingen. Direkt gegenüber lag – die Tür stand einen Spalt offen – ein nicht allzu großes Bad mit Duschwanne, Waschbecken und Toilette. Die übrigen Türen führten vermutlich zu weiteren Schlafzimmern.

Am vorderen Ende des Flures befanden sich ein Fenster, das den ganzen Gang erhellte, und der Treppenabsatz. Sofort hielt Jenny auf ihn zu.

»Sind Sie das, Doktor Little?«, erklang eine Stimme von unten. Mildred Stuart schien ihre Schritte gehört zu haben, dabei war Jenny extra leise gewesen. »Sie Ärmste. Was macht der Kopf? Kommen Sie gerne runter, so Sie es können, und ich sehe ihn mir noch mal an.«

Jenny stieg die Treppe hinab. Die gute Seele des Haushalts erwartete sie im Erdgeschoss, ehrliche Anteilnahme auf den faltigen Zügen.

»Diese Lizzie kann ein ziemliches Biest sein«, meinte sie. »Da hätte Rory Sie warnen müssen. Oder Rankin. Die Männer denken da gar nicht dran, ts.«

»Mrs Stuart«, begann Jenny. »Was …«

»Millie.« Mildred lächelte gütig. »Bitte. Nennen Sie mich Millie.«

»Also gut.« Jenny erwiderte das Lächeln, auch wenn ihr dabei die Wangenknochen wieder wehtaten. »Was ist passiert?«

»Sie erinnern sich nicht?« Abermals trat Sorge auf ihre Züge. »Oje. Na, kommen Sie erst einmal rein und setzen Sie sich. Dann erkläre ich Ihnen alles.«

Jenny ließ sich in die Küche führen, wo Mildred sie an den Tisch setzte. Auf dem Herd blubberte bereits das Abendbrot in einem silbernen Topf. Es schien sich um Suppe zu handeln.

»Sie waren draußen bei Rankin«, begann die Haushälterin. »Den Teil wissen Sie hoffentlich noch? Dass Percy herkam, um den Doktor abzuholen?«

»Da war ein Toter«, nickte Jenny. »Auf Rankins Heuboden. Ein Mann im Königskostüm.«

»Der *nicht* Emmas John ist, Gott sei Dank!«, bestätigte Mildred. »Ja, ich habe davon gehört. Ein absolutes Rätsel, nicht wahr? Wer sonst sollte solch ein Kostüm haben? Und warum?« Sie winkte ab. »Na, jedenfalls: Als die Männer mit der Leiche zurück ins Dorf gefahren sind, brauchte die Milchkuh Lizzie plötzlich ärztliche Hilfe. Man hat mir erzählt, Sie hätten sich bereit erklärt, nach ihr zu sehen.«

Nach und nach kehrte die Erinnerung zurück. Durch den Kopfschmerz hindurch sah Jenny den Kuhstall wieder vor sich, den Knecht Rory und die unruhige Kuh. »Sie hatte Darmprobleme«, murmelte Jenny. »Vermutlich eine Blockade.«

Nun war Mildred es, die nickte. »Und Sie haben sie gelöst, Doktor Little! Sie haben tatkräftig zugepackt und dem armen Tier Linderung verschafft.«

Hab ich das? Jenny runzelte die Stirn. In ihrer Erinnerung war dieser Teil des Vorfalls eigenartig unklar.

»Dumm nur, dass sich Lizzie auf diese Art bei Ihnen bedanken musste«, fuhr Mildred fort. »Rankin sagt, Sie hätten den Arm noch nicht ganz aus der Kuh gezogen gehabt, da hätte die Lizzie Ihnen einen Tritt verpasst, der seinesgleichen sucht. Mit dem Hinterbein schräg gegen die Schläfe. Das muss ganz schön wehgetan haben, hm?«

Jenny hob die Hand, betastete erneut ihre Schläfe. Sofort verzog sie das Gesicht.

»Und tut es immer noch«, stellte Mildred fest. »Na, kein Wunder. Die Lizzie ist kein Kind von schlechten Eltern. Jedenfalls sind Sie zu Boden gegangen, sagt Rankin. Und da er nicht wusste, was er sonst machen soll, hat er Sie vorsichtig ins Auto gepackt und hierhergefahren. Ich habe ihm gehörig den Marsch geblasen, das können Sie mir glauben. So geht man nicht mit Menschen aus meinem Haushalt um, so nicht!«

Was das angeht …, dachte Jenny.

Doch über ihre Lippen kam etwas völlig anderes. »Geht … Geht es der Kuh besser?«

Mildred lächelte selig. »Wunderbar geht's der. Ich habe keine Ahnung, was genau die Blockade verursacht hat. Aber Rankin sagt, Sie hätten genau richtig gehandelt, und das Tier sei jetzt wieder wie ausgewechselt. Ein Happy End, Doktor Little. Ist das nicht schön?«

Erleichtert registrierte Jenny, dass ihr Eingriff Wirkung gezeigt hatte. Wenigstens das. Dann erst kam sie zum eigentlichen Thema. »Millie«, sagte sie, »dieses Zimmer da oben …«

»Gefällt es Ihnen?« Die Haushälterin freute sich sichtlich. »Ich habe es gestern schon hergerichtet. Die Möbel sind natürlich alt, die können Sie nach Herzenslust gegen neue austauschen. Und auch die Tapeten und Gardinen ändern wir, wann und wie immer Sie es wünschen. Sie sollen sich ja wohlfühlen. Doktor Harriman gibt es ungern zu, aber er freut sich sehr, Sie hier zu wissen. Er sucht schon so lange nach einem geeigneten Nachfolger für die Praxis und die vielen, vielen Patienten. Und verraten Sie mich bitte nicht, Doktor Little, doch ich glaube, er mag Sie.«

»Das … ist schön«, erwiderte sie, für einen Moment wieder völlig überrumpelt.

Sie wollte nicht in diesem Haus wohnen, wollte ja nicht einmal in North Hubbington *sein*. Doch es fiel ihr auch schwer, Millie zu enttäuschen. Die alte Dame war so herzlich wie fünf Großmütter zusammen, und in ihrem Blick lag ehrliche Begeisterung.

Jenny hatte ihre eigene Großmutter stets sehr gemocht. Florence Little war ein Segen gewesen, für ihre Familie und ihre Gemeinde. Solche Menschen waren selten, und Mildred Stuart schien vom selben Schlag zu sein.

Meine Großmutter hat mir sogar von Eric abgeraten, erinnerte sie sich plötzlich. *Von Anfang an. Sie hat den Kerl direkt durchschaut, und ich verliebtes Ding habe nicht hören wollen …*

»Warten Sie nur ab«, fuhr Millie fort. »Wenn erst morgen ist und die reguläre Sprechstunde beginnt, dann lernen Sie noch viel mehr Patienten kennen. Dann ist Lizzie mit ihren trittfesten Hufen bloß noch eine dunkle Erinnerung. Wenn auch eine, die Spuren hinterlässt, fürchte ich. Haben Sie mal in den Spiegel gesehen?«

Jenny hob die Brauen. Sofort stand sie auf, ging in die verlassen daliegende Praxis und besah sich ihr Gesicht im Spiegel, der über dem Waschbecken hing.

Tatsächlich: Ihre linke Gesichtshälfte, von der Schläfe über den Wangenknochen bis hin zum Nasenflügel, war das, was Sherlock Holmes wohl als »Studie in Scharlachrot« bezeichnet hätte. Der Schmerz, den sie im Schädel verspürte, war auch von außen deutlich zu erkennen.

»Na bravo«, murmelte sie. Doch immerhin, eine Gehirnerschütterung hatte sie offenbar nicht. Jenny bewegte vorsichtig den Kopf hin und her. Ihr war weder schwindelig noch übel.

Mildred trat nun ebenfalls in das Behandlungszimmer. »Falls Sie eine Salbe möchten, kann ich Ihnen gern eine heraussuchen. Doktor Harrimans Hausapotheke ist gut sortiert – auch die für Menschen.« Sie lachte leise.

»Es geht schon, vielen Dank«, erwiderte Jenny, die Millie wirklich dankbar für all die Fürsorge war. »An dem Veilchen ändert auch Salbe nichts mehr.«

Meine erste Patientin, dachte sie dabei. *Und dann schenkt sie mir gleich ein Andenken.*

Mit einem Mal war auch Jenny nach Lachen zumute. Die ganze Situation war lächerlich, oder etwa nicht?

»Oh, übrigens«, bemerkte Mildred. »Bevor ich es vergesse, Doktor Little. Da war vorhin ein Anruf für Sie. Sie waren noch im Bett, von daher habe ich Sie nicht stören wollen. Aber ich habe die Nummer notiert und gesagt, dass Sie sich schnellstmöglich melden.«

»Ach ja?« Jenny runzelte die Stirn. »Das muss die Universität gewesen sein. Wer sonst sollte wissen, wo ich stecke?«

Die Betreiber vom *Hub* hatten der Stipendiatenstelle sicherlich die Nummer des Tierarztes gegeben. Oder hatte London die Daten von Dags Praxis ohnehin präsent? Jenny vermutete es, immerhin hatte London sie ja hierhingeschickt. Sie staunte nicht schlecht, dass man in der Stipendiatenstelle um diese Uhrzeit noch Rückrufe vornahm. Doch die Erleichterung, die sie gerade empfand, wog stärker als jedes Erstaunen.

»Wo finde ich das Telefon, Millie?«, fragte sie.

Mildred führte sie nur zu gern ins Wohnzimmer des Hauses, in das Jenny bisher nur einen kurzen Blick hatte werfen können. Sie sah bequeme Sitzmöbel, einen Kamin, eine Standuhr, deckenhohe Regale voller interessant aussehender Bücher – und einen altmodischen Beistelltisch, auf dem ein Telefon mit Wählscheibe ruhte.

Ein Museumsstück, dachte sie. *Warum bin ich nicht überrascht?*

»Ich lasse Sie dann mal telefonieren«, sagte die Haushälterin und zog sich in die Küche zurück. »Der Zettel mit der Nummer liegt neben dem Apparat.«

Jenny dankte ihr und griff nach dem Papier. Tatsächlich: Das war eine Uni-Nummer, sie erkannte es genau. Ob jetzt noch jemand im Büro anzutreffen war?

Vermutlich nicht, ahnte sie. *Aber Versuch macht kluch.*

Sie wählte die notierte Nummer und lauschte dem Tuten im Hörer. Dann meldete sich eine überraschend vertraute Stimme.

»Ja? Balfour?«

»E...« Jenny stutzte. »Eric?«

Er arbeitete als Hilfskraft für den Dekan. Auch er hatte inzwischen eine Uni-Durchwahl. Sie hatte sie sich irgendwann einmal notiert, ihn jedoch immer nur auf dem Handy angerufen, wenn sie ihn während seiner Arbeitszeit hatte sprechen wollen. Doch was in aller Welt machte er jetzt in der Leitung?

»Jenny.« Eric seufzte resigniert. »Hab ich dich also doch gefunden! War gar nicht mal einfach, das kann ich dir sagen.«

»Warst du das eben?« Sie begriff es noch immer nicht. »Hast du hier angerufen? Bei Doktor Harriman?«

»Du bist auf dem Handy nicht erreichbar. Eine Frau im Stipendiatenamt hat mir dann die Nummer dieses Tierarztes gegeben.« Seine Stimme war voller Tadel … und voll von etwas anderem, was Jenny noch nicht benennen konnte. Es verunsicherte sie. »Die haben irgendetwas von einer Tierarztpraxis gemurmelt, in der du eingesetzt wirst. Sollte das nicht ein Labor sein?«

»Frag nicht«, erwiderte sie. »Meine Ankunft hier war alles andere als planmäßig. Wie geht es dir?«

Er antwortete nicht, hatte offenbar gar nicht zugehört. »Na ja, wie dem auch sei. Ich hab dich gefunden, das allein zählt. Die Versuche auf deinem Handy führten ja zu nichts. Hör mal, Jenny …«

Sie sah zur Wanduhr neben dem Fenster. Kurz vor halb sieben. »Was machst du um diese Zeit eigentlich noch im Büro?«

Abermals achtete er nicht auf ihre Frage. »Hör mal, wir müssen das noch mal besprechen mit dir und Schottland und so weiter.«

Mit einem Mal wusste sie, was nun kommen würde. Sie sah es so deutlich vor sich wie die Uhr, den kalten Kamin und wie Boothby, der friedlich vor Letzterem schnarchte. Eric machte Schluss.

»Ach ja?«, hörte sie sich murmeln.

Sie waren seit etwas über einem Jahr zusammen. Eric hatte sie angesprochen, als sie abends mit Freundinnen in einer Bar gesessen hatte. Seine charmante, weltmännische Art hatte ihr imponiert, auch wenn schon an diesem Abend ihre inneren Alarmsirenen geschrillt hatten. Er war kein Mann, der lange blieb – so hatte sie damals instinktiv gedacht.

Keiner für die Langstrecke. Doch sein Auftreten, sein jungenhaftes Lächeln und das ganze adrette Paket hatten sie derartige Sorgen schnell vergessen lassen. Nein, nicht vergessen lassen. Ignorieren.

Die Monate mit ihm waren auch gut gewesen! *Überaus* gut, ehrlich gesagt. Aus einem Date waren zwei geworden, aus zweien noch weitere – und irgendwann hatte Jenny ihre kleine Studentenbude in South Tottenham gegen sein modernes Loft in Shoreditch eingetauscht. Mehr als ein halbes Jahr lang hatten sie dort zusammengelebt, und kein einziges Mal hatte Eric ihr das Gefühl gegeben, er wolle es anders.

Und doch ...

Sie hatte es nie ganz greifen können, nie in Worte kleiden wollen. Gespürt hatte sie es trotzdem, zumindest in den letzten Wochen: Er hatte gewartet. Wie ein Feigling, der den Mund nicht aufbekam, hatte er dem Tag entgegengefiebert, an dem sie die Koffer für Schottland packte. Dem Tag, an dem die Umstände die Arbeit für ihn erledigten. Jenny hatte es gespürt und doch verdrängt. Weil nicht wahr sein durfte, was nicht wahr sein *durfte*.

»Hör mal«, sagte er wieder. »Ich finde, wir sollten uns das noch mal überlegen. Das mit der Fernbeziehung, meine ich. Die nächsten Jahre bist du ja an dieses Kaff gebunden, und ich ... Meine Karriere startet gerade richtig durch! Erst gestern hat der Dekan gesagt, er könne sich mehr für mich vorstellen. Mehr Aufgaben, klar, aber auch mehr Ansehen. Verstehst du? Mehr und tiefere Wurzeln im universitären Apparat. Der Dekan will, dass ich langfristig hier arbeite – auf einem sehr guten Posten!«

Seine Freude war ehrlich und groß. Sie überlagerte das mühelos, weswegen er eigentlich mit ihr sprechen wollte. Es war weit weniger wichtig – jedenfalls ihm.

86

»Glückwunsch«, hörte Jenny sich sagen. Instinktiv und, ja, fast schon tonlos.

»Geil, oder?«, fuhr er fort. »Und du hast ja auch dein Ding am Laufen da oben, richtig? Da habe ich mir gedacht: Warum machen wir es uns so schwer? Jeder von uns geht seinen Weg, Jenny. So, wie es sein soll. Wie es sein *muss*, damit wir erfolgreich bleiben. Und ich finde, wir sollten uns da nicht gegenseitig ausbremsen. Das sind wir uns schuldig. Und natürlich allem, was zwischen uns war.«

War. Jenny schluckte. *Nicht: ist.*

Eben war ihr ein kalter Schauer über den Rücken gezogen, und in ihr war kurz ein brennendes Gefühl des Verlusts gewesen, nun aber wurde sie innerlich merkwürdig ruhig. Jeder neue Atemzug half ihr dabei.

Typisch Eric. Für ihn war der Ausgang dieses Gespräches längst klar und deutlich. Es zu führen war für ihn schlicht eine Formsache. Eric diskutierte nicht mit ihr, er verkündete ein Ergebnis. *Sein* Ergebnis.

»Du meinst also, ich bremse dich aus«, erwiderte sie.

»Was?« Er lachte tatsächlich. »Nein, natürlich nicht. Das hab ich auch nie gesagt, hörst du? Ich meine, *wir* sollten einander nicht ausbremsen. Wir alle beide.«

Jenny schnaubte. Sie empfand keinen Schmerz bei seinen Worten, nicht einmal Schrecken oder Trauer. In diesem Moment war sie ganz gefasst – bis auf die Wut, die langsam in ihr zu brodeln begann und die die Kopfschmerzen, die sich in den letzten Minuten etwas gebessert hatten, zurückkehren ließ. »Du denkst, ich sehe die Logik in den Worten, ja? Du denkst allen Ernstes, du tätest mir damit einen Gefallen.«

»Etwa nicht?«, wehrte er sich. Es gefiel ihm nicht, in die Defensive zu geraten. So etwas hatte er noch nie gemocht. »Es ist das Beste für uns. Für uns beide, Jenny. Ich sage ja nicht, dass wir uns nie wieder sehen, nie wieder miteinander sprechen sollten. Warum denn? Wir verstehen uns doch prima. Ich meine nur, dass wir jetzt in einer Phase unseres Lebens sind, in der wir Freiräume brauchen. Damit wir durchstarten können, unsere Chancen nutzen.«

»Ich weiß genau, welche Chancen du da meinst ...«

»Komm, hör auf! Als hätte ich gleich eine an...«

Doch sie ließ seine Entrüstung gar nicht erst zu. Tränen standen in ihren Augen, und die Hand, die den Hörer hielt, zitterte. Doch ihr Tonfall war pure Wut, reiner Stolz. »Wenn du denkst, dass ich um dich betteln werde«, erwiderte sie kalt, »dann vergiss es, Eric. Kannst du dir vorstellen, wie mein Tag hier oben war? Was ich heute erlebt habe? Nach alldem bist du mit deinem jämmerlichen Feiglingsmove echt nur eine bessere Fußnote. Kaum der Rede wert.«

»Jenny!«

»Du willst Schluss machen? Nur zu, mach Schluss. Ich weine dir keine Träne nach.« Sie log, das war ihr klar. Ihre feuchten Wangen verrieten es, aber nicht ihr Tonfall. Und nur der kam bei ihm an. »Nicht, weil ich meinen ›Freiraum‹ bräuchte. Denk das bloß nicht. Sondern weil ich echt keinen Nerv mehr für *selbstverliebte Typen wie dich habe!*«

Noch bevor er etwas erwidern konnte, legte sie den Hörer auf die Gabel. Mit Nachdruck! Dann stand sie da, allein in einem fremden Wohnzimmer. Allein.

»Ist alles in Ordnung, Doktor Little?«, rief Mildred den Flur herunter. Erst jetzt merkte Jenny, dass die Tür zum Gang noch immer einen Spalt offen stand. Und dass ihre letzten Worte ganz schön laut gewesen waren ...

»Alles bestens, Millie«, antwortete sie betont gelassen. Nur eine Notlüge. »Aber ... Aber hätten Sie vielleicht eine Tasse Tee für mich?«

Gerne auch mit Schuss, ergänzte sie in Gedanken und wischte sich trotzig die Tränen von den Wangen.

Eric. Verfluchter Eric.

Den Weg zum Rathaus kannte Jenny noch vom Nachmittag. Schweigend schlenderte sie dem Gebäude entgegen, durch die einsetzende Dunkelheit und mit hochgeschlagenem Mantelkragen. Es war ganz schön frisch geworden, seit die Sonne untergegangen war, und vom Firth her wehte ein kalter, würzig riechender Wind herüber. Er war kalt, aber er half, die Kopfschmerzen zu vertreiben. Und die bösen Gedanken …

In den Fenstern der Wohnhäuser, die sie passierte, sah Jenny brennende Lampen. Menschen, die lachten und miteinander sprachen. Eine schlafende Katze. North Hubbington schien es gemütlich zu mögen, wenn ein Tag endete. Überall verkroch man sich dann in die eigenen vier Wänden und machte es sich bequem.

Außer … Die Versammlung sollte im großen Saal stattfinden, der im Erdgeschoss des Rathauses lag. Millie zufolge würde der Großteil der Dörfler dort auftauchen – »zumindest diejenigen, denen etwas am Geschehen hier im Ort liegt«. Auch Harriman und Verkaik, so die Haushälterin, müssten zugegen sein, um dem Rest der Einwohner von dem Toten zu berichten. So hofften sie, mehr über dessen Identität zu erfahren.

Wahrscheinlich hoffen sie außerdem, dass jemand sich verplappert, dachte Jenny.

Das war oft der Fall in derartigen Situationen. Zumindest in den Romanen, die sie verschlang. Die im Dunkeln stochernden Detektive weihten die Öffentlichkeit in das Geschehen ein, um zu schauen, wie die Leute darauf reagierten.

Benahm sich jemand verdächtig, kam er umgehend auf die Liste derer, die sie verhören würden.

In besonders dramatischen Fällen flieht der Schuldige dann sogar aus dem Raum, wusste sie. *Damit auch ja jeder merkt, wer der Täter ist.*

Den Teil fand sie immer albern. Der Täter in diesen Geschichten brauchte nur ein Pokerface aufzusetzen, und schon war er aus dem Schneider. Aber nein: Er stellte sich so dümmlich an, wie es nur ging, und gab seine Schuld von selbst zu – offen und ohne jede erkennbare Not. Im wahren Leben endeten Kriminalfälle anders, das war ihr klar.

Trotzdem wollte auch sie bei der Versammlung dabei sein. Nicht, um auf der Bühne dieses Ratssaals irgendwelche Informationen vorzutragen. Gott bewahre! Sondern um zu beobachten, im Hintergrund. Um eine sprichwörtliche Fliege an der Wand zu sein und zu sehen, wie North Hubbington auf die Kunde vom toten König reagierte.

»Vor allem«, erklärte sie einer weiteren Katze, die auf einer weiteren Fensterbank lag, »wie der *echte* König darauf reagiert.«

Die Katze strafte sie mit Missachtung. Verständlich, fand Jenny, denn der Gedanke war ausgesprochen absurd. John McDonald gehörte zu den wenigen Menschen, die sie hier im Ort überhaupt kannte, und war so nett zu ihr gewesen, wie man nur sein konnte. Es klang zutiefst falsch, ihn des Mordes zu verdächtigen. Gleichzeitig klang es absolut logisch.

»Zwischen den beiden besteht ein Zusammenhang«, sagte sie der Katze. »Ob du es willst oder nicht. Das Königskostüm verbindet sie. Von daher ist es sogar absolut *logisch*, an John McDonald zu denken.«

Die Katze scherte sich nach wie vor nicht um ihre Erläuterungen. Also zog Jenny weiter. Sie näherte sich nun dem

Dorfkern, der nahezu verlassen dalag. Das Tor der alten Kirche war geschlossen, die Fenster vom *Hub* nicht länger erleuchtet. Doch der Eingang des Rathauses stand offen, und vor dem Gebäude parkten allerlei Autos.

Jenny nickte entschlossen. *Auf geht's.*

Es tat gut, hier draußen zu sein. Aktiv zu sein. Alles war besser, als in Millies Küche zu sitzen und an Eric zu denken – und an all die anderen Dinge, die an diesem Tag voller Hiobsnachrichten ihren Weg gekreuzt hatten. Sie hatte sich schon Harrimans Gästezimmer gefügt – nicht zuletzt, weil ihr der Nerv fehlte, sich auf die Schnelle noch eine andere Bleibe zu suchen. Mehr würde sie nicht akzeptieren, auch nicht den Schmerz über Erics grenzenlos verletzende Dummheit. Da fing sie doch lieber Mörder! Das lenkte ab, brachte sie auf andere Gedanken. Aktiv zu sein war das Einzige, was jetzt half.

Und es war nicht so, als interessiere sie die Tat nicht. Sie hatte die Leiche gesehen, den Fundort, den seltsamen Mann mit dem Bart und dem grünen Wagen. Sie *wollte* wissen, wie es weiterging. Auch deshalb stand sie nun hier vor North Hubbingtons Multifunktionsrathaus. Und sie dachte nach.

Für einen Mord brauchte es zwei Komponenten, war das nicht so? Zwei »Zutaten«, wenn man so wollte, ohne die kein Mord möglich war: Man brauchte die Gelegenheit, ihn durchzuführen, und man brauchte ein Motiv. Einen Grund, der die grässliche Tat rechtfertigte – und sei es nur in den eigenen Augen.

John McDonald *hatte* keine Gelegenheit gehabt, oder? Als Rankin die Leiche gefunden hatte, saß er gerade mit Jenny in seinem Wagen und fuhr in die Harbour Road.

Andererseits: Der falsche König aus dem Heuschuppen war nicht erst dann getötet worden. Als man ihn entdeckt hatte, hatte er schon stundenlang dort oben im Heu gelegen.

So lange, dass sein Blut trocknen konnte und seine Glieder kalt und steif wurden. So gesehen mochte McDonald also durchaus die Gelegenheit gehabt haben, zumindest konnte Jenny es nicht widerlegen.

Und was ist mit dem Motiv?, fragte sie sich. *Welchen Anlass sollte Emmas Mann gehabt haben, den Fremden zu erschlagen?*

Das Kostüm. Vielleicht hing alles mit dem Kostüm zusammen. Ein Mord aus Neid, aus Eifersucht oder Konkurrenzdenken? Instinktiv zuckte Jenny mit den Schultern. Sie wusste viel zu wenig, um das beurteilen zu können, und es schickte sich auch nicht, so über andere Menschen zu denken. John McDonald hatte ihr nichts getan, ganz im Gegenteil. Er war hilfsbereit und überaus nett zu ihr gewesen. Falls er der Mörder war, würde sie andere Wege finden müssen, ihn zu überführen. Ein reines Vielleicht half da niemandem.

Mache ich das denn?, stutzte sie. *Einen Mörder überführen?*

Der Gedanke klang derart verrückt, dass sie kurz vor dem Eingang des Hauses abrupt stehen blieb. »Auf gar keinen Fall«, murmelte sie und schüttelte den Kopf.

Sie wollte ja nicht einmal hier sein. Was in aller Welt kümmerte sie dann der Mord?

Aus der offenen Tür des Rathauses drangen Stimmen ins Freie. Menschen unterhielten sich, und es klang so, als wären es nicht wenige. Jenny trat ein.

Über ein kleines Foyer, von dem eine Treppe ins Obergeschoss abging, gelangte sie in den Saal. Er war nicht sonderlich groß, zumindest verglichen mit den Londoner Hörsälen ihrer jüngeren Vergangenheit. Doch er besaß mehrere Sitzreihen und eine etwas erhöht gelegene Bühne am hinteren Ende. Dort, flankiert von mit dunklen Vorhängen verdeckten

Fenstern, saßen mehrere wichtig aussehende Männer auf einem Podium. In den Sitzreihen davor hatten Einwohner unterschiedlichsten Alters Platz genommen, von der schon recht gebrechlich wirkenden Greisin bis hin zum Jugendlichen. Insgesamt, so schätzte Jenny, waren bestimmt schon sechzig Personen anwesend.

Wie viele Bewohner hat dieses Dorf eigentlich?, fragte sie sich. Sie wusste es nicht. *Ich und meine gute Vorbereitung, hm?*

Auf der Bühne befanden sich Percy Verkaik, John McDonald und Doktor Harriman. Zwischen ihnen saß auch noch ein vierter Mann, den Jenny nie zuvor gesehen hatte und der aussah wie Methusalem persönlich. Er hatte schlohweißes Haar, das in dünnen Strähnen über den ansonsten kahlen Schädel gekämmt war, und einen buschigen Schnauzbart. Sein Gesicht wies mehr Falten als Haut auf, zumindest kam es Jenny so vor, und falls seine Miene ein Spiegel seiner inneren Verfassung war, dann begriff er kaum noch, wo er sich befand oder wie er eigentlich hieß. Seine knochig schmale Statur steckte in einem Tweed-Anzug, der ihm mehrere Nummern zu groß sein musste, und die schwarze Fliege an seinem Hemdskragen wippte bei jedem seiner schweren Schlucke. Der Bürgermeister?

Jenny setzte sich zu einer Frau in die dritte Reihe. Die Frau lächelte ihr freundlich zu und nickte, dann erklang schon ein Räuspern. Es kam aus den Lautsprecherboxen rechts und links der Bühne und signalisierte den Beginn der Veranstaltung.

»Hallo?«, fragte der alte Mann dort oben mit brüchiger Stimme. Genau wie sein Räuspern wurden auch seine Worte von dem Mikrofon aufgefangen, das direkt vor ihm stand. »Ist das Ding an? Hören mich alle?«

»Laut und deutlich, Nigel«, antwortete einer der Jugendlichen aus dem Auditorium. »Hörst du uns auch?«

Der Saal lachte leise. Man schien den Alten zu kennen – mitsamt seiner Schrullen.

»Hallo?«, wiederholte Nigel. Verwirrt klopfte er mit knochigem Finger gegen das Mikrofon. »Test. Eins, zwei, drei. Test, verflucht!«

Harriman, der direkt neben ihm saß, ging mit sanfter Bestimmtheit dazwischen. »Ist schon gut, Nigel. Sie hören dich alle.«

»Oh, ja?« Nigel hob erstaunt die Augenbrauen, die bereits vor Wochen hätten gestutzt werden müssen. Was ihm an Haupthaar fehlte, schien unterhalb seiner Stirn nachzuwachsen. »Das ist gut, Dag. Dann können wir ja anfangen, oder?«

Harriman nickte geduldig. »Ganz genau. Wann immer du es sagst.«

»Also dann.« Nigel erhob sich, wodurch das Mikrofon seine Worte gleich viel schlechter auffing, und hob zuerst die Arme und dann die Stimme. »Alle mal herhören, Leute. Wir fangen an. Falls mich jemand von euch nicht kennen sollte, mein Name ist Nigel Dugan, und ich bin der Bürgermeister dieses schönen Fleckchens. Aber wer von euch kennt mich schon nicht, was?«

Abermals brandete Gelächter auf. Es galt allerdings weniger den Worten des Bürgermeisters als dem Versuch Verkaiks, ihm das Mikrofon entgegenzuhalten.

Dugan sah das Ding unverwandt an und dann seinen Dorfpolizisten. »Alles in Ordnung, Percy?«, fragte er.

»Bestens, Nigel«, erwiderte Verkaik mit leisem Seufzen. »Vielen Dank.« Noch ehe der Alte seine Anmoderation fortsetzen konnte, übernahm der Polizist das Ruder und steuerte die Veranstaltung in geordnetere Bahnen. »Ich schätze, ihr wisst alle schon, was vorgefallen ist. In Bryce Rankins Heuschuppen wurde eine Leiche gefunden – ein Mann von vielleicht siebzig Jahren, den ich noch nie zuvor gesehen habe.«

Ein Raunen ging durch den Saal. Jenny ließ den Blick möglichst unauffällig schweifen. Da saß Bauer Rankin, zwei Reihen und mehrere Plätze von ihr entfernt. Er nickte mit trauriger Miene, lauschte Verkaik. Auch den Knecht Rory konnte Jenny sehen. Er stand am Durchgang zur Lobby. Emma McDonald war ebenfalls gekommen und unterhielt sich leise mit einer anderen Frau, die in ihrem Alter sein musste. Beide wirkten entsetzt.

Die übrigen Anwesenden kannte die junge Londonerin nicht. Niemand von ihnen tat ihr den Gefallen eines spontanen Geständnisses. Niemand flüchtete auch nur verdächtig schnell aus dem Saal.

Jenny schnaubte leise. *Warum auch?*

»Ich bin mir sicher«, fuhr Verkaik derweil fort, »dass ihr alle viele Fragen habt. Glaubt mir, das geht mir genauso. Aus diesem Grund habe ich Doktor Harriman heute Abend hergebeten. Er kann das Wichtigste für uns zusammenfassen.«

Verblüfft blickte Jenny zurück zur Bühne. Verkaik machte tatsächlich Platz für den Tierarzt? Doktor Harrimans kriminalistische Expertise schien in North Hubbington kein Geheimnis zu sein – und sie wurde offenbar von allen dankend angenommen.

Auch von Harriman selbst. Der ältere Herr aus der Harbour Road beugte sich auf seinem Sitz vor, bis sein Mund beinahe das Mikrofon berührte. Dann legte er los. »Guten Abend. Wie Percy euch schon erzählt hat: Da lag ein Toter auf Rankins Heuboden. Ein Schlag auf den Hinterkopf, soweit man das schon sagen kann. Ein ziemlich *kräftiger* Schlag.«

»Weiß man, womit er getötet wurde?«, fragte einer der Jugendlichen. Es klang ehrlich interessiert.

Harriman schüttelte den Kopf. »Bislang könnten wir höchstens spekulieren, und das bringt uns nicht weiter. Eine Mordwaffe lag jedenfalls nicht neben dem Toten. So viel ist sicher.«

»Stimmt es«, meldete sich eine der älteren Damen aus Reihe eins zu Wort, »dass der Kerl ein Königskostüm anhatte? *Unser* Kostüm, komplett mit Kilt und allem?«

Knapp sechzig Blicke richteten sich auf John McDonald. Der eigentliche Festkönig sah betreten zu Boden. Er schien sich regelrecht zu schämen.

»Es handelt sich nicht um unser Kostüm«, antwortete Verkaik an seiner Stelle – und mit einigem Nachdruck. »Johns Festtagskluft hängt nach wie vor bei euch im Schrank. Richtig, John?«

Der Angesprochene nickte. Jetzt erst bekam er den Mund auf. »R... Richtig. Emma und ich haben gleich nachgesehen, als wir davon erfahren haben. Das Kostüm ist da, wo es hingehört. Bei uns im Kleiderschrank. Das hat niemand Unbefugtes angerührt, dafür garantiere ich.«

»Und ich auch!«, betonte seine Gattin von ihrem Platz im Publikum aus.

Abermals lief ein Raunen durch die Reihen der Zuhörer. Sie alle standen hörbar vor einem Rätsel.

»Aber das Kostüm dieses Fremden sieht aus wie das von uns«, erkundigte sich Jennys Sitznachbarin. »Das stimmt doch, oder? Oder war auch das nur ein Gerücht. Es wird viel geredet im Dorf, Dag ...«

»Es ist ein ganz ähnliches Kostüm«, bestätigte Harriman. »Zumindest auf den ersten Blick sind mir keine Unterschiede aufgefallen. Es ist nur nicht *unser* Kostüm.«

»Wer sollte denn das gleiche Kostüm anziehen?«, wunderte sich ein Mann aus Reihe vier. Er hatte blaue Augen, die verwirrt blinzelten. »Was hätte der Kerl denn davon?«

»Das«, erwiderte der Tierarzt seufzend, »ist eine der vielen Fragen, auf die wir derzeit Antworten suchen. Percy?«

Verkaik schien nur auf sein Stichwort gewartet zu haben. »Bitte überlegt mal alle gemeinsam«, sagte er ins Mikro. »Ist euch in den vergangenen ein, zwei Tagen etwas Besonderes im Ort aufgefallen? Eine Person, die ihr hier noch nie gesehen habt zum Beispiel. Ein Auto mit fremdem Nummernschild. Ein …«

»Du meinst, ein Tourist?«, fragte ein Jugendlicher.

Der Saal lachte, auch Verkaik stimmte ein. Dann aber schüttelte er den Kopf.

»Kein Tourist, Paul«, antwortete er. »Ganz klar kein Tourist. Wir suchen nach jemandem, der nachweislich hier neu ist. *Fremd* ist.«

»So, wie die da?«, meinte Paul. Sein Blick und sein nun ausgestreckter Arm wiesen auf Jenny. »Die ist neu.«

Die Köpfe nahezu aller Anwesenden zuckten in Jennys Richtung. Vorsichtig erhob sie sich von ihrem Platz und winkte.

"Doktor Little ist neu in North Hubbington, das stimmt«, sagte Harriman übers Mikrofon. »Aber fremd ist sie nicht. Sondern meine Nachfolgerin – hoffentlich.«

Jenny sah, wie er ihr zulächelte, während ein weiteres Raunen den Rathaussaal erfüllte. Doch sie erwiderte das Lächeln nicht. Dafür fühlte sie sich viel zu sehr beobachtet. Einmal mehr winkte sie eher verschämt in die Runde und setzte sich schnell wieder.

Bloß niemanden zu irgendwelchen Fragen ermuntern!, dachte sie.

»Also noch mal«, fuhr Verkaik fort. »Wir suchen nach allen Informationen, die ihr uns vielleicht geben könnt. Ist euch etwas Ungewöhnliches aufgefallen – heute oder gestern oder auch schon davor? Falls ja, meldet euch bei mir auf der Wache oder bei Dag und Doktor Little in der Praxis.«

Jenny runzelte die Stirn. Wie selbstverständlich die hiesige Polizei eine Tierarztpraxis zur Zweigstelle ernannte, war erstaunlich. Fast so erstaunlich wie die Tatsache, dass sie die einzige Anwesende war, die das zu verblüffen schien.

Die Versammlung ging weiter. Immer wieder mussten der Constable und Harriman Fragen über den Toten beantworten. Dabei fiel nicht nur Jenny auf, dass sie längst nicht alle vorhandenen Informationen preisgaben. Beispielsweise hielten sie sich recht bedeckt, was das Aussehen des Mannes anging. Wollten sie sich noch nicht zu weit in die Karten blicken lassen?

»Dazu kommen wir später«, meinte Harriman nur, wann immer ein Zuhörer ihn danach fragte. »Eins nach dem anderen.«

Nach etwa fünfundvierzig Minuten, Bürgermeister Dugan war längst auf dem Podium eingeschlafen, machte die Versammlung eine kurze Pause. »Für die Raucher unter uns«, so Harriman, »und die mit den kleinen Blasen.«

Unter wohlmeinendem Gelächter verließen einige Anwesende den Saal, um sich kurz die Beine zu vertreten. Auch Jenny war unter ihnen; sie folgte Harriman ins Freie.

Vor der Eingangstür blieb der Tierarzt stehen. Er zog eine Pfeife aus seiner Westentasche und stopfte sie. Über ihm am Himmel funkelten Sterne.

»Schwer was los heute«, sagte Jenny.

»Ach!« Erfreut drehte er sich zu ihr um. »Doktor Little. Wie schön, Sie zu sehen. Geht es Ihnen besser? Bryce erwähnte den kleinen Zwischenfall vorhin.« Er nahm sie genauer in Augenschein. »Sieht ja recht übel aus.«

»Mein Dickkopf hält etwas aus«, erwiderte sie.

»Ja, die Lizzie.« Er brummte zustimmend. »Die kann ein ganz schönes Biest sein, wenn sie es möchte. Aber geholfen haben Sie ihr. Darauf kommt es an, nicht wahr?«

Jenny nickte. »Immer.« Dann wechselte sie das Thema. »Hören Sie, Doktor Harriman. Ich wollte mit Ihnen über das Zimmer sprechen. Ich glaube nicht, dass ich …«

»Percy hat die Zentrale informiert«, fuhr er ihr so beiläufig ins Wort, als hätte sie gar nichts gesagt. Dabei zündete er seine Pfeife an und paffte zufrieden. »Drüben in der Stadt. Sie schicken morgen einen ganzen Pulk an Experten, um die Leiche zu untersuchen. Auch den Heuschuppen will man sich wohl noch einmal ansehen. Ich bezweifle jedoch, dass die dort mehr finden werden als wir, nämlich nichts. Mir sind dort keinerlei Fuß- oder sonstige Spuren aufgefallen, Doktor Little, und jetzt sind allerhöchstens unsere noch erkennbar. Aber bitte. Wenn die ach so wichtigen Experten es meinen, dann sollen sie in Gottes Namen nachsehen.«

Jenny lachte. »Sie sind da richtig im Thema, was? Diese Mordermittlung macht Ihnen Spaß.«

»›Spaß‹ ist das falsche Wort, meine Liebe.« Wieder stiegen Rauchwölkchen von ihm auf. »Sie ›kitzelt meinen Verstand‹, das trifft es vielleicht eher. Ich mag Rätsel. Und ich mag es ausdrücklich nicht, wenn hier in meinem schönen Fleckchen Unrecht geschieht. Und der gute Percy ist wie gesagt in derartigen Situationen gerne mal überfordert – zumindest kommt er schnell an seine Grenzen. Da greife ich ihm dann eben unter die Arme.«

Sie musste an sein Geheimzimmer denken, gleich neben der Küche. An die Wand voller Andenken. »Haben Sie schon viele Fälle gelöst?«

Es fiel ihr immer noch schwer, sich das vorzustellen – in einem so kleinen Ort wie North Hubbington. Genauso gut konnte es im Land der Teletubbies Serienkiller geben ... oder Aliens bei den *EastEnders*.

Das hätte meiner Großmutter Florence den letzten Nerv geraubt, dachte sie grinsend. *Die liebte diese Serie, weil sie so »realistisch« ist. Zumindest in ihren Augen.*

»Oh, was heißt schon ›viele‹?« Harriman winkte ab, doch in seinen Augen funkelte Stolz. »Ein paar, würde ich sagen. Hier und da. Immer mal wieder.«

»Und Sie werden auch den hier lösen, oder?«

Harriman zog an seiner Pfeife und entließ neuen Rauch in die Nacht. »Das, meine Liebe, weiß allein die Zeit. Ich werde tun, was ich kann. Mehr lässt sich jetzt noch nicht sagen.«

Abermals rauchte er. Jenny versuchte es erneut mit ihrem eigentlichen Thema.

»Was ich Sie fragen wollte, Doktor Harriman ...«

»Dag, bitte«, korrigierte er freundlich. »Nennen Sie mich Dag. Das tun hier sowieso alle.«

»Dag.« Sie lächelte. »Es geht um das Zimmer in Ihrem Haus. Ich glaube nicht, dass ich ...«

Sie hatte den Satz gerade begonnen, da fiel ihr schon wieder jemand ins Wort. Doch dieses Mal war es nicht Harriman.

»Dag, kommst du?«, wollte John McDonald wissen. Er war im Eingang des Rathauses erschienen, einen fragenden Ausdruck auf dem Gesicht. »Nigel will weitermachen. Die anderen sind schon wieder drinnen.«

»Nigel ist wach?« Harriman klopfte seine Pfeife aus. »Die Gelegenheit sollten wir nutzen. Ich bin unterwegs, John. Begleiten Sie mich, Doktor Little?«

»Jenny«, bat sie. »Und selbstverständlich will ich den Rest dieser Versammlung nicht verpassen. Ich ...« Sie hatte sich gerade zum Gehen gewandt, da stutzte sie. Fassungslos sah sie neben sich.

»Ist alles in Ordnung, meine Liebe?«, fragte Harriman.

Jenny wusste es nicht. Jetzt nicht mehr. Denn vor dem Nachbargebäude des Rathauses parkte der grüne Wagen.

KAPITEL 8

Bedauern? Pah. Was hätte ich schon zu bedauern?

Ich kann mit dem leben, was geschehen ist, hörst du? Sehr gut sogar. Es war richtig und nötig. Es hat seinen Zweck erfüllt. Darauf kommt es an.

Das muss einem nicht leidtun.

Und doch …

Es mag Menschen geben, die das anders sehen als ich. Nein, es wird sie geben. Ganz ohne Frage. Menschen, die denken werden, ich hätte den Bogen überspannt. Mit Pistolen auf Spatzen geschossen und all das.

Aber diese Menschen kennen die Fakten nicht. Und sie wissen eines nicht, und das werden sie auch nie verstehen: Hätte ich anders gehandelt, wären die Folgen viel, viel dramatischer ausgefallen.

Wen schert denn ein toter Narr? Ein Störenfried, der zu uns gekommen ist, um Zwietracht zu säen und alte Wunden aufzureißen. Wen kümmert so ein Kerl schon?

Niemanden. So sieht's aus. Niemanden, der versteht, welches Risiko dieser Narr bedeutet hat. Wenn die Menschen das nur wüssten, würden auch sie anders denken. Über ihn. Über mich. Und überhaupt.

Aber sie wissen es nicht, und sie dürfen es nicht wissen. Um des lieben Friedens willen – und, ja, auch zu meinem Schutz. Wie gesagt, ich bin nicht dumm. Und ich weiß genau, was ich tue.

Es gibt nichts zu bedauern. Wirklich nicht, hörst du? Und soll ich dir noch etwas verraten? Ja?

Ich würde es wieder tun.

So. Jetzt ist es raus. Ich würde beim nächsten Mal genauso handeln. Ohne Zögern, ohne Zweifel.

Und wer weiß? Vielleicht kommt dieses nächste Mal ja schneller, als man denkt. Falls Verkaik und Harriman mir doch noch gefährlich werden sollten ...

Dann garantiere ich für nichts!

KAPITEL 9

Der *Drunken Rover* war ein zweigeschossiges Eckgebäude mit weißen Mauern, schmalen Fenstern und einem windschief wirkenden Dach. Im Erdgeschoss, wo der Schankraum sein musste, hingen allerlei Schilder und Aufkleber in den Fenstern – ein stilisiertes Pint-Glas, ein Männlein mit Kilt, ein Bierfass, aus dem das Bier nur so floss. An der dunklen Eingangstür prangten die Logos einiger Brauereien und Destillerien, gefolgt von einer Tafel, auf der jemand Tagesgerichte notiert hatte: *Fish & Chips, frittierte Schokoriegel, Red Pudding.*

Jenny stand ratlos davor. Wer in aller Welt aß frittierte Schokoriegel?

Sie hatte Harriman und McDonald nicht aufhalten können. Die beiden Männer wurden dringend im Inneren des Rathauses gebraucht, und noch bevor Jenny auf ihren Zufallsfund hatte hinweisen können, waren sie über die Schwelle verschwunden. Die Sitzung ging gewiss in diesen Sekunden weiter, mit Doktor Harriman an seinem Podiumsplatz.

Doch Jenny war geblieben. Langsam und fast schon ungläubig hatte sie sich dem grünen Wagen genähert. Auch jetzt sah sie erneut zu ihm.

Es war ein Land Rover Defender, und er hatte einige Jahre auf dem Buckel. Die Karosserie wies mehrere Beulen und Rostflecken auf, eines der Seitenfenster hatte einen mit

Gaffa-Tape halbherzig reparierten Riss. Grasbüschel und Dreckklumpen klebten im Profil der klobigen Reifen, und auf dem Armaturenbrett, das Jenny im Schein der Straßenlampen erkennen konnte, stand eine kleine Snoopy-Figur, die während der Fahrt mit dem Kopf wackelte. Hatten Mörder Wackeltiere im Auto?

Jenny musste an den Moment vor der Scheune zurückdenken. An den Bärtigen mit dem kastanienbraunen Haar und der Jeans. Er hatte einfach dagestanden und herübergestarrt. So, als wollte er auf Teufel komm raus wissen, was die Polizei am Tatort herausgefunden hatte – und was nicht.

Es war dieses Auto gewesen, ohne jeden Zweifel. Und jetzt parkte es vor North Hubbingtons einzigem Pub.

Die Fenster im Erdgeschoss waren erleuchtet, auch wenn Jenny sich nicht vorstellen konnte, dass allzu viel Betrieb im Schankraum herrschte. Waren die nicht alle im Rathaus? Ehe sie es sich anders überlegen konnte, griff sie nach der Türklinke und trat ein.

Der *Drunken Rover* begrüßte sie mit angenehmer Wärme und gähnender Leere. Jenny hatte die Schwelle kaum überquert, da fand sie sich in einem länglichen Zimmer wieder, das fast die gesamte untere Etage einnehmen musste. Es sah gemütlich aus. An den Fenstern und der hinteren Wand befanden sich mehrere Tische und Sitznischen, dunkles Holz und robuste Möbel. Nicht minder stabil wirkte der lang gezogene Tresen auf der rechten Seite, hinter dem ein verspiegeltes Regal voller Gläser und Flaschen stand.

Vor der Theke warteten acht Barhocker auf Besuch, und an den Wänden hing allerlei Dekoration, die Jenny fasziniert in Augenschein nahm. Von den Mannschaftsfotos alter Sportclubs aus North Hubbington über in Holzbretter geschnitzte Bauernregeln bis hin zu Ansichtskarten aus

aller Welt, die an den *Rover* adressiert waren, war alles dabei.

Auf einem der Tische lag ein Stapel Brettspiele, auf einem
anderen ein Kartendeck, das aussah, als hätte schon William
Wallace mit ihm um Pfundnoten und Punkte gekämpft.
Überhaupt: Alles in diesem Schankraum atmete Geschichte,
alles wirkte ... Nein, nicht benutzt, sondern vielmehr gelebt.

*Den Pub gibt es hier schon, seit mein Vater selig in die Win-
deln gemacht hat*, erinnerte Jenny sich an John McDonalds
Worte. Er schien die Zeit gut überdauert zu haben.

Doch wo war der Mann mit dem braunen Vollbart? Jenny
hatte damit gerechnet, ihn an einem der Tische oder am
Tresen zu finden, vielleicht im Gespräch mit einem weiteren
Zecher. Aber das Einzige, was hier Geräusche machte, war
die Lautsprecherbox über dem Durchgang zu den Toiletten.
Musik drang aus ihr, leise und beschwingt.

Jenny sah in den Durchgang und fand neben einer von
außen verschlossenen WC-Tür mit *Defekt*-Schild auch noch
eine kleine Küche mit Herd, Ofen und gewaltiger Fritteuse.
Menschen entdeckte sie nirgends.

Eigenartig, dachte sie.

Dann bemerkte sie die Treppe. Sie lag etwas versteckt, neben dem Ende des Spiegelregals und dem Durchgang zur
Toilette. Und sie führte ganz eindeutig ins Obergeschoss.

Jenny trat näher und hielt sofort den Atem an. Lauschte.
Da waren Stimmen, oder? Stimmen im ersten Stock!

Sie verstand noch kein Wort, aber sie spürte, dass das kein
Radio sein konnte. Mindestens zwei Menschen unterhielten
sich da oben – ein Mann und eine Frau.

Sofort schlug ihr Herz wieder schneller. Jennys Mund
wurde trocken, und ihre Knie wurden weich. Mit einem Mal
fragte sie sich, wo sie überhaupt den Mut hernahm, dem Bär-

tigen nachzusteigen. Wenn das tatsächlich der Königsmörder von North Hubbington war, dann beging sie hier eine gewaltige Dummheit!

Ich bin keine Detektivin, warnte sie sich innerlich. *Warum spiele ich dann eine? Nur weil Dag Harriman es mir zutraut?*

Doch ihre Füße scherten sich nicht um derartige Sorgen. Noch bevor Jenny richtig begriff, was sie da tat, ging sie auch schon die Treppe hoch. Langsam, Stufe für Stufe. Es war, als hätte ihre detektivische Neugier die Herrschaft über ihren Verstand übernommen.

Auch im Obergeschoss brannte Licht. Es fiel die Treppenstufen hinunter und auf die Wände, die hier mit weiß gestrichenen Holzlatten verkleidet waren. Die Treppe selbst war ebenfalls weiß, und Jenny musste sich äußerste Mühe geben, damit die hölzernen Stufen nicht unter ihrem Gewicht knarrten und sie verrieten.

»... verstehst das nicht. Das fällt alles auf uns zurück!«

Mit einem Mal hörte sie die Stimmen besser. Je näher sie kam, desto mehr Worte und Satzfetzen drangen klar zu ihr durch. Gerade sprach eine Frau, und sie klang rechtschaffen entsetzt.

»Jetzt mach aber mal einen Punkt«, hielt ein Mann dagegen. »Niemand wird da an uns denken. Was die Öffentlichkeit angeht, haben wir nichts mit der Sache zu tun.«

»Also bitte!«, erwiderte die Frau. Ihr Ton war anklagend und hilflos zugleich. Sie schimpfte *und* flehte. »Wer soll das denn glauben? Natürlich denken die an uns. Sogar sofort. An dich, Mann! Kapier das doch!«

Jenny schluckte. Hörte sie da etwa ein Geständnis?

Ihre Fingerkuppen kribbelten vor Nervosität. Ihr Herz schlug wie wild, und ihre Knie fühlten sich an, als bestünden sie aus Weingummi. Sie musste weg von hier, verdammt!

Raus aus dieser gefährlichen Situation – und auch raus aus diesem neuen Leben. Es war viel zu riskant für ihren Geschmack. Viel zu weit von dem entfernt, weswegen sie hergekommen war. Sie wollte in einem Labor forschen, stattdessen stellte sie Mördern nach? Das war doch blanker Irrsinn!

Doch ihr Instinkt hörte nicht auf ihre innere Stimme. Er tat, was er wollte. Abermals setzte Jenny einen Fuß auf die nächsthöhere Treppenstufe, vorsichtig und langsam.

Die Stufe knarrte. Laut.

»Was war das denn?«, fragte der Mann. »Ist da wer im Pub?«

Jenny erstarrte vor Schreck, hielt panisch den Atem an. Für einen kurzen, entsetzlichen Moment schloss sie die Augen, als könnte sie das Geschehene dadurch einfach ignorieren. Das Leben war eben kein Wunschkonzert – erst recht nicht für diejenigen, die einem waschechten Mörder auf der Spur waren.

»Nee, da ist niemand«, meinte die Frau. »Die sitzen heute alle drüben im Rathaus – wie du sehr genau weißt! Also lenk jetzt nicht vom Thema ab. Ich versuche gerade, dir klarzumachen, was für einen grauenhaften Fehler du begangen hast!«

»Doch, da war was!«, beharrte der Mann. Eine dritte Person schien gar nicht zugegen zu sein, nur diese beiden. »Ich hab doch etwas knarren gehört.«

»Das Haus ist uralt, Shay«, entgegnete die Frau. »Hier knarrt *ständig* etwas. Schon vergessen?«

Bitte sieh nicht nach!, schoss es Jenny durch den Kopf, stummes Mantra ihrer Sorge. *Bitte sieh nicht nach.*

Sie wagte es noch immer nicht, sich auch nur einen Millimeter vom Fleck zu bewegen. Das Vernünftigste wäre, auf dem Absatz kehrtzumachen und aus dem Haus zu rennen, so schnell sie nur konnte. Aber jede neue Bewegung barg das

Risiko neuer verräterischer Geräusche, und sie wollte diesen Shay in Sicherheit wiegen. Verhindern, dass er Wind von ihr bekam.

Ich bin gar nicht da, dachte sie. *Ich bin nur das alte Haus. Alles wie immer.*

»Alles wie immer, hm?«, brummte Shay im selben Moment und so passgenau, als läse er Gedanken. »Na, du wirst schon recht haben. Zumindest in *dem* Fall.«

»Ich habe immer recht, Bruderherz!«, entgegnete die Frau. »Vergiss das nie.«

Jenny atmete aus. Die Anspannung wich zwar nur zum Teil aus ihren Muskeln, doch ihr war, als flutete dennoch ein Meer der Erleichterung jeden Winkel ihres Körpers. Shay würde *nicht* nach ihr suchen gehen. Er glaubte seiner Schwester. Dem Himmel sei Dank!

»Fängst du schon wieder damit an?«, gab Shay gerade zurück. »Mairi, zum hundertsten Mal: Ich habe nur getan, was nötig war. Auch für dich, verflucht. Der Kerl hätte uns sonst vielleicht alles verdorben. Alles, was wir hier haben!«

Jenny riss die Augen auf. *Du meine Güte!*

Deutlicher konnte der Mörder wohl kaum werden, oder? Das war ein Geständnis, ohne jeden Zweifel. Und sie stand hier, hörte jedes Wort.

Beweise, zuckte es ihr durch den Kopf. *Verflixt, ich brauche Beweise. Ohne die glaubt mir das kein Mensch. Dann steht seine Aussage gegen meine.*

Instinktiv fuhr ihre Hand zur Hosentasche. Dann verzog sie das Gesicht. Ihr Handy! Es lag in ihrem Zimmer auf dem Nachttisch. Da es in North Hubbington gefühlt nirgendwo Netz gab, hatte sie es gar nicht erst eingesteckt. Und ohne Handy auch keine Chance, Ton- oder Filmaufnahmen zu machen.

Ich bin die dümmste Detektivin von ganz Schottland, tadelte sie sich.

Ob sie sich rausschleichen und Dag rufen sollte? Oder gleich Constable Verkaik? Es wäre eine Idee, aber niemand wusste, ob Shay und diese Mairi auch in zwei, drei Minuten noch immer so offen über den Toten sprechen würden. Bis sie mit Verstärkung zurückgekommen war, war Shay vielleicht schon wieder über alle Berge und die Chance vertan.

Nein, beschloss sie. *Ich muss es allein durchziehen. Ich muss ihn belauschen, so gut und so lange es nur geht. Und danach kümmern wir uns um die Suche nach Beweisen.*

Abermals bewegte sie ihre Beine. Sie wagte einen vorsichtigen Schritt auf die nächste Stufe. Dann die übernächste. Es gelang ihr nahezu lautlos.

»Pah, verdorben«, klagte Mairi gerade. »Sei mal lieber froh, wenn *du* es uns nicht verdorben hast. Was denkst du dir nur, Shay? Hast du so wenig Verstand im Kopf, so wenig Moral, dass du das für angemessenes Verhalten hältst? Du hast diesem Mann das L…«

»Ich habe gehandelt«, fiel er ihr ins Wort. Scharf, defensiv und stolz. »Nicht mehr und nicht weniger. Klar hätte ich mir auch Schöneres gewünscht. Ich wollte das nicht. Aber ich bin Realist genug, um die Wahrheit zu sehen, wenn sie vor mir steht. Und dieser Typ hätte uns große Schwierigkeiten bereitet. Auch dir, Mairi. Also habe ich mich um ihn gekümmert. So einfach ist das, ob es dir nun gefällt oder nicht.«

Gekümmert. So nannte man das in Täterkreisen, ja? Ein Opfer wird nicht getötet, nicht um den Rest seines Lebens und seiner Freiheit gebracht, sondern um den wird sich schlicht gekümmert. Jenny wurde schlecht.

Sie wusste noch immer nicht, wo sie den Mut dazu hernahm, doch sie ging immer weiter. Fast hatte sie das obere

Ende der Treppe schon erreicht. Ihre detektivische Neugierde war in diesen Sekunden schlicht stärker als ihre Angst, sie trieb sie an. Sie wollte unbedingt herausfinden, ob dieser Shay wirklich der bärtige Mann war, den sie vor Rankins Hof beobachtet hatte.

Jetzt sah sie das Obergeschoss genauer. Da war ein kurzer und fensterloser Flur, von dem mindestens drei Türen abgingen und der größtenteils im Schatten lag. Eine der Türen stand einen breiten Spalt weit auf. Dort kam das Licht her, von dort drangen die Stimmen herüber.

Noch eine letzte Stufe. Jenny beugte sich vor. Sollte sie es riskieren? Schon jetzt konnte sie Bewegungen durch den Türspalt sehen. Tatsächlich. Da stand der Mann mit der dunklen Jacke. Ganz ohne Zweifel, er war es, auch wenn er ihr noch den Rücken zuwandte. Und vor ihm saß ... Sie konnte es nicht genau erkennen. Eine Frau, das war klar. Aber wie sah sie aus? Wie verhielt sie sich? Lag da Schuld auf ihren Zügen? Gar Reue?

Wie im Reflex hob Jenny den Fuß und betrat die oberste Stufe. Sofort hallte ein weiteres verräterisches Knarren durch das schmale Treppenhaus!

»Da ist *doch* jemand!«, knurrte Shay.

Jenny sah, wie er zusammenzuckte und die Hand zur Faust ballte. Dann ging alles ganz schnell. Just als Shay sich zum Flur umdrehte, wirbelte sie herum. Gepackt von einer Angst, die sie nie zuvor verspürt hatte, stürmte sie die Stufen zurück ins Erdgeschoss. Sie drehte sich nicht um, wagte es nicht. Schneller musste sie sein, immer schneller. Raus auf die Straße gelangen und unter Menschen. Er durfte sie nicht kriegen, verdammt!

Ihr Herz schlug wie wild. Ihre Schritte waren längst nicht mehr leise. Laut polternd lief sie die Treppe hinunter, erreichte den noch immer menschenleeren Pub. Da war die Eingangstür! Schnell, verdammt! Schnell!

Sie riss die Tür auf, lief hinaus ins Freie. Es hatte erneut zu regnen begonnen, und der Wind nahm allmählich zu. Er zerrte an Jennys Haar und ihrer Kleidung.

Erst auf der Schwelle zum Rathaus, als sie die Stimmen der anderen hörte und sich mit einem Mal sicherer fühlte, sah sie wieder hinter sich. Ihr Atem ging schnaufend, das Haar klebte ihr feucht in der Stirn, und ihr Pulsschlag schien Höchstwerte erreicht zu haben, die für Menschen eigentlich unmöglich waren. Gleichzeitig meldeten sich die Kopfschmerzen dröhnend zurück.

Wo war Shay? Was würde jetzt geschehen?

Gar nichts, wie ihr schien. Überrascht runzelte sie die Stirn. Der *Drunken Rover* lag da, als könnte er kein Wässerchen trüben. Die Eingangstür des alten Pubs blieb geschlossen. Kein Mensch platzte wütend durch sie hindurch, um sie zu packen oder gar zu töten. Auch an den Fenstern im Unter- *und* Obergeschoss war nichts und niemand zu sehen. Es war, als hätte es den Moment im Treppenhaus nie gegeben.

Meine weichen Knie sehen das anders, dachte Jenny und floh zurück in den Saal.

»Wirklich, Jenny«, beteuerte Eric, die Miene voller geheuchelter Unschuld. Der Lauf der Waffe in seiner rechten Hand zuckte dabei auffordernd in ihre Richtung. »Es ist zu unser beider Besten. Ich tue das doch auch für dich.«

»Du …« Jenny keuchte. »Du spinnst. Verstehst du nicht, wie schlimm das ist?«

Sie standen in Bryce Rankins Heuschuppen. Das Tor, durch das Eric sie gerade mit gezogener Waffe hindurchgezwungen hatte, war sperrangelweit geöffnet. Jenseits der

Schwelle tobte eine stürmische Nacht. Gewitterblitze zuckten über einen Himmel, der aussah, als wollte er die letzten Stündlein der Menschheit einläuten. Regen goss in Strömen auf die Kuhweide und den Acker dahinter. Wann immer ein besonders heller Blitz durch die windumtoste Nacht zuckte, konnte Jenny sogar das Mäuerchen am Rande des Grundstücks erkennen – und den grünen Land Rover Defender, der dahinter parkte. Die Fahrertür des Defenders stand offen.

»Das meinst du nur«, behauptete Eric. Seine Mundwinkel zuckten amüsiert, und in seinen Augen funkelte es gehässig. In diese Augen hatte Jenny sich mit als Erstes verliebt, doch das schien Äonen her zu sein. So, wie er jetzt guckte, war absolut nichts liebenswert an Eric Balfour. »Vertrau mir, Jenny«, fuhr er fort. »Habe ich dich je belogen?«

Ja, dachte sie. *Jedes Mal, wenn du gesagt hast, dass du mich liebst.*

»Leute, die sich lieben, machen so etwas nicht«, flüsterte sie.

Er hörte es trotzdem – und er lachte laut auf. »Leute, die sich lieben? Oh, der ist gut! Wirklich, ein echter Brüller. Du verstehst es immer noch nicht, oder? Wie sollte ich jemanden lieben, der so ist wie du? Ich bin der neue Star am Dozentenhimmel Londons, Dummerchen. Denkst du allen Ernstes, dann passe ich zu einer Provinztierärztin aus Schottland?«

Jennys Lippen zitterten. Sie wollte etwas erwidern, wollte ihn anschreien, ihm alles an den Kopf werfen, was in ihr kochte und brodelte. Doch ihr Mund verweigerte ihr den Dienst. Ihre Kiefer bissen aufeinander, als wollten sie sich nie mehr voneinander lösen.

»Hör auf mit den Traumtänzereien, Mädchen«, knurrte er.

Abermals machte er einen Schritt auf sie zu, trieb sie weiter ins Innere des Heuschuppens. Jenny wich aus, ging rückwärts. Sie wagte es nicht, den Blick von ihm zu nehmen. Die Waffe! Großer Gott, diese Waffe konnte jeden Moment losgehen!

»Und jetzt akzeptiere die Situation«, verlangte Eric, »in die du uns beide gebracht hast. Ich reagiere nur, Jenny. Ich mache nur das, was ich durch deinen Entschluss machen *muss*. Mir bleibt gar keine andere Wahl.« Wieder lachte er, und das Unwetter unterstrich es mit gewaltigem Donnerhall.

»Eric«, keuchte sie. Verzweifelt sah sie ihn an. »Eric, du …«

Ein Kopfschütteln, hart und unerbittlich. »Nein, Jenny. Kein ›Aber‹ mehr. Du hast dir diese Grube gegraben, jetzt lieg auch in ihr. Und dreh dich um, verdammt noch mal! Dreh dich endlich um!«

Sie gehorchte instinktiv. Wieder ließ ihr Körper ihr gar keine Chance. Sie drehte sich um die eigene Achse, langsam und mit zitternden, erhobenen Händen, und sah erstmals in dieser Nacht in das Innere des Heuschuppens.

Was sie fand, überraschte sie nicht. Shay stand am Fuß der Leiter, die auf den Heuboden führte. Er lächelte fies und hielt einen Backstein in der Hand, an dem schon Blut klebte. Über ihm steckte der tote König seinen Kopf durch die Öffnung in der Decke und schaute ebenfalls in Jennys Richtung.

»Guten Abend, Doktor Little«, sagte Shay. Die Hand mit dem Backstein zuckte angriffslustig. Bereit zum Zuschlagen. »Seine Majestät und ich haben Sie bereits erwartet.«

»Geh zu ihm, Jenny«, hörte sie Eric hinter sich. »Mach wenigstens dieses eine Mal das Richtige. Geh.«

Und obwohl sie es nicht wollte, setzte sie sich in Bewegung. Bis …

Der Schrei war spitz und ohrenbetäubend. Jenny riss die Augen auf und schoss in die Höhe. Senkrecht saß sie im Bett, die Hände zu Fäusten geballt, und starrte in das Dunkel, das sie umgab.

Nur ein Traum, begriff sie. *Das war nur ein böser Traum.*

Doch ihr Körper war weniger schnell als ihr Verstand. Noch immer schlug ihr Herz im Panikmodus, ihr Atem ging stoßweise. Das T-Shirt, das sie als Nachthemd benutzte, klebte ihr schweißfeucht am Leib, und die Fäuste knackten widerwillig, als sie die Anspannung löste.

Der Schrei, das war sie selbst gewesen. Oder? Vorsichtig lauschte Jenny ins Dunkel. Bewegte sich irgendwo etwas? Hatte sie jemanden aufgeweckt? Doch ihre Sorge schien unbegründet zu bleiben. Der Rest der Harbour Road schlief tief und fest. Und ein weiterer Angstschrei war definitiv nirgends zu hören.

Ich und meine Fantasie, tadelte sie sich und atmete tief durch. *Das habe ich jetzt davon, dass ich Detektivin spiele …*

Dennoch schwang sie die Beine über die Bettkante und stand auf.

Es war kurz vor zwei Uhr. Seit dem Treffen im Rathaussaal waren Stunden vergangen. Jenny hatte Dag und den Constable über den Vorfall über dem *Drunken Rover* informieren wollen, war aber nicht weit gekommen. Denn als sie die Männer ins Freie führte, hatte der Defender nicht länger vor dem Pub gestanden, und die Tür zum *Rover* war verschlossen gewesen.

Verkaik hatte sich ihre Aussage notiert, mehr war allerdings nicht geschehen – zumindest noch nicht. Und irgendwann war sie mit Dag schlicht zurück in die Harbour Road gegangen. Sie hatte einfach keine Alternative gewusst, zumal beide Männer mit dem Namen Shay absolut nichts hatten anfangen können.

Seitdem hatte sie geschlafen, wenn auch schlecht. Immer wieder hatten bizarre Traumbilder sie gepiesackt, von denen die Szene in Rankins Heuschuppen nur das fulminante Finale gewesen war. In einem Traum hatte sie sich im Bus wiedergefunden, der statt an der Schotterstraße im Nichts direkt vor Dags Haus halten wollte. In einem anderen war sie in ein tiermedizinisches Labor gegangen, nur um jenseits der Schwelle auf die trittfreudige Milchkuh Lizzie zu treffen und sich prompt das nächste Veilchen einzuhandeln, während Rory lachend danebenstand. Noch jetzt hörte sie die Stimme des Knechts im Ohr: »Denken Sie nicht, dass ich bescheuert bin oder so, Doc. Aber ich glaube, die mag Sie.«

Und jetzt war sie wach – *hell*wach, sogar. Jenny trat ans Fenster und sah hinaus auf die Straße. An Schlaf, das spürte sie, war momentan wirklich nicht zu denken. Zum einen, weil sie innerlich noch viel zu nervös war, um zur Ruhe zu kommen. Zum anderen hatte sie aber auch Angst vor der Ruhe. Genauer gesagt vor den nächsten Traumbildern, die kommen mochten, sobald sie die Augen wieder schloss.

Dann lieber am Fenster ein paar Mal tief durchatmen. Die Harbour Road glänzte regenfeucht im Licht der Straßenlaternen. Baumwipfel wiegten sich im Wind, der vom Firth herüberwehte. Alles wirkte friedlich, harmlos, provinziell.

Jenny zuckte zusammen, als ihr Handy plötzlich aufleuchtete. Es lag auf dem kleinen Nachttisch, hing am Ladekabel, und der Akku war wohl soeben voll geworden. Sie ging hin, nahm es von der Steckdose und legte es auf die Fensterbank.

»Na, findest du jetzt vielleicht ein Netz?«, murmelte sie.

Wieder und wieder schaltete sie die Funktion ein und aus. Dabei hielt sie das kleine Gerät mal nach Osten, mal nach Westen. Nichts machte einen Unterschied. Die Anzeige auf dem beleuchteten Display blieb gleich: *KEIN EMPFANG*.

»Wen soll ich um die Zeit auch anrufen, hm?«, fragte sie das Handy. »Eric? Wohl kaum …«

So absurd es klang: Der Albtraum mit ihm hatte etwas Kathartisches. Mehr denn je glaubte sie jetzt, dass es gut war, Eric los zu sein. Sie vermisste ihn schon, natürlich tat sie das. Aber nicht den wahren Eric, oder? Nicht den Mann der vergangenen Wochen, erst recht nicht den aus ihrem letzten Telefonat.

Sondern eher die Erinnerung an ihn, erkannte sie. *Den Eric von früher.*

Hatte es den überhaupt gegeben? Oder war er auch damals schon der Arsch gewesen, als der er sich nun offen bekannte? Je länger sie sich diese Frage stellte, desto weniger sicher wurde sie sich, ob sie die Antwort wissen wollte. Manche Erinnerungen blieben besser das, was sie waren. Andernfalls taten sie zu sehr weh.

Sie schluckte. Für einen kurzen Moment stiegen Tränen in ihr auf, doch sie zwang sie zurück – und den Moment der Schwäche gleich mit. Sie würde nicht trauern, verdammt. Nicht um Eric. Nicht um jemanden, dem sie nur ein schlappes Telefonat aus der Ferne wert war, nach all der gemeinsamen Zeit. Das war sie sich schuldig.

Du hast dir diese Grube gegraben, hatte er in ihrem Albtraum getadelt. *Jetzt lieg auch in ihr.*

Gemeint hatte er North Hubbington. Diese ganze, absurde Situation. Und er hatte nicht unrecht. Was zum Henker tat sie hier, im Haus eines völlig Fremden? Was zum *doppelten* Henker trieb sie dazu, in einem Mord zu ermitteln?

Sie war mit völliger Selbstverständlichkeit in diesen Pub gegangen. Als wäre es das Normalste von der Welt und Teil ihres beruflichen Alltags, hatte sie diesem Shay nachgestellt und ihn belauscht, bis es zu gefährlich wurde. Selbst als die Stufe unter ihr verräterisch geknarrt hatte, war sie nach kurzer Schrecksekunde einfach weitergegangen, näher und immer näher an den vermutlichen Mörder heran. So verhielt sich doch kein normal denkender Mensch, verdammt! Blindlings ins Risiko zu laufen?

Es hatte sie fasziniert, ihm zuzuhören. Sie wusste das. Je deutlicher sie ihn verstanden hatte, desto *mehr* hatte sie verstehen wollen. Die Lösung des Mordfalles war direkt vor ihr gewesen, jedenfalls hatte es sich so angefühlt, und sie hatte sie finden wollen – auf Teufel komm raus.

Stattdessen hat der Teufel mich *gefunden*, dachte sie. *Zumindest um ein Haar.*

Noch immer wusste sie nicht, warum der Mann aus dem Pub ihr nicht ins Freie gefolgt war. Hatte er sie nicht weglaufen sehen? Hatte diese Mairi ihn vielleicht abermals glauben gemacht, die Geräusche im Treppenhaus kämen vom Wind und den alten Mauern? Oder hatte er sich nicht getraut, ihr im Freien zu begegnen? Hatte er gedacht, er würde sich dann als Täter offenbaren – auch vor den Augen anderer Dörfler?

Jede dieser Möglichkeiten klang gleichermaßen vorstellbar. Jenny war nur froh, dass eine Konfrontation mit ihm ausgeblieben war. Sie hätte bestimmt nicht gut geendet.

»Ich bin keine Detektivin«, sagte sie der Nacht vor ihrem Fenster. »Ganz sicher nicht.«

Erst jetzt fiel ihr ein, dass sie den Namen des Mannes gegenüber Verkaik und Harriman in der Aufregung gar nicht erwähnt hatte. Nur seine Aussagen … und seine geballte Faust. *Echte* Detektive vergaßen keine wichtigen Details, wenn sie ihre Kollegen informierten. Sie war keine Detektivin.

Und eine Tierärztin?

Sie schnaubte. North Hubbington – oder zumindest Dag und Millie – schienen sie dafür zu halten. Und rein faktisch stimmte das auch. Sie besaß alle nötigen Qualifikationen für den Job, zumindest auf dem Papier. Aber seit ihrer Kindheit hatte sie sich nicht mehr in einer Praxis gesehen. Damals schon, na klar! Als kleines Mädchen war die eigene Tierarztpraxis ihr beruflicher Traum gewesen.

In ihrer kindlichen Fantasie hatte sie sich ihr Leben ausgemalt, und es hatte erschreckend stark so ausgesehen wie das, das Dag Harriman lebte: ein schönes Haus im Grünen, ein entspannter Alltag und immer wieder tolle Tiere auf dem Behandlungstisch, die sie dafür liebten, dass sie ihnen half. In ihrer Vorstellung waren deren Krankheiten natürlich alle mit ein paar Leckerli und etwas Kraulen behoben gewesen.

Das war in etwa so realistisch wie Barbies Traumhaus, dachte sie nun und lachte leise. *Nur eben als Arztpraxis.*

Aber die Vorstellung war schön gewesen. Und irgendwie ... Irgendwie war sie das noch immer. Oder etwa nicht?

»Ich *habe* Lizzie geholfen«, murmelte sie und hob die Hand, um ihre Wange zu betasten. Es tat gar nicht mehr weh. »Die Behandlung war ein voller Erfolg.«

Das freute sie, trotz aller Veilchen. Auch das konnte sie nicht leugnen. Es tat gut, Tieren zu helfen – direkt und unmittelbar. Das war ein Gefühl, das man in keinem Labor der Welt fand. Es war Praxis statt Theorie. Frontarbeit.

Der Gedanke hatte etwas Beruhigendes, so seltsam das auch auf sie wirkte. Jenny gähnte herzhaft, legte das nutzlose Handy zur Seite – und erstarrte vor Schreck.

Steht da unten jemand?

Instinktiv wich sie einen Schritt vom Fenster zurück, kam dann aber wieder näher. Es war dunkel in ihrem Zimmer, niemand würde sie von draußen sehen können. Umgekehrt allerdings ...

Tatsächlich! Da vorn, zwischen der Gartenmauer und Dags Mülltonnen. Da, wo die alte Birke aus dem Vorgarten fast die Sicht versperrte und das Licht der Laternen kaum noch hinreichte. Da stand ein Mann!

Jenny musste seine Gesichtszüge nicht sehen, um zu wissen, um wen es sich handelte. Kalte Schauer zogen über ihren Rücken, als es ihr klar wurde. Shay! Der Mann mit dem grünen Defender stand direkt vor Dag Harrimans Haus – nachts um zwei und trotz Wind und Wetter. Und irrte sie sich, oder schaute er zu ihrem Fenster hoch?

Ein gewaltiger Schreck zog in ihre Glieder, mehr als bei jedem Albtraum. Sie schluckte trocken und schlang die Arme um den zitternden Oberkörper. Es wäre ein Leichtes gewesen, runterzugehen und ihn zur Rede zu stellen – dieses Mal wirklich. Doch sie wagte es nicht. Ganz plötzlich fehlte ihr nicht nur der Mut, sondern auch der reflexhafte Trotz, der sie vorhin im *Rover* hatte weitergehen lassen. Mit einem Mal wollte sie sich bloß verkriechen und auf den Morgen warten. Sie war keine Ermittlerin, verdammt! Sie war nur eine verängstigte junge Frau, die Hals über Kopf in ein Abenteuer gepurzelt war, in dem sie nichts zu suchen hatte. Und die froh sein konnte, wenn sie es überlebte …

Ob sie Dag wecken sollte? Ein zweiter, noch dringenderer Gedanke überlagerte die Frage sofort: Was, wenn die Haustür nicht verriegelt war? Waren die Menschen in diesem scheinbaren Provinzidyll so klug, nachts hinter sich abzuschließen? So, wie es jeder Großstädter der Welt tat – und das aus gutem Grund?

Jenny wusste es nicht. Mit zitternden Knien machte sie sich auf den Weg, um es zu überprüfen – sicher blieb sicher …

KAPITEL 10

Irgendwann kam der Schlaf doch. Jenny sah ungläubig auf die Uhr, kaum dass sie sich erneut aus den Federn erhoben hatte. War sie wirklich wieder eingeschlafen? Der Zeitanzeiger behauptete es nachdrücklich, und auch das Dämmerlicht vor ihrem Fenster bewies ihr, dass es tatsächlich kurz nach halb sieben war.

Gähnend zog sie frische Wäsche aus ihrer Reisetasche. Sie wählte eine weite Bluse, dazu eine ihrer Lieblingsjeans. Ob sie das Bad benutzen konnte? Sie wagte es kurzerhand und war erstaunt, wie gut ihr Dag Harrimans Dusche tat. Schon nach wenigen Minuten im Badezimmer fühlte sie sich wie ein neuer Mensch; die frische Kleidung tat ihr Übriges.

Entsprechend beschwingt machte sie sich auf den Weg ins Erdgeschoss. Schon vom Flur aus hatte sie den Duft nach Tee und gebratenen Würstchen bemerkt. Nun, da sie sich der Küche näherte, wurde er immer intensiver. Jenny spürte, dass sie Hunger bekam – zumal von ihren Kopfschmerzen keine Spur zurückgeblieben war.

Es sei denn, ich betaste die Stelle, dachte sie und schwor sich, das zu unterlassen. *So viel Willenskraft habe ich ja wohl. Hoffentlich.*

Millie stand an ihrem Monstrum von Herd. »Ach, Doktor Little!« Die Haushälterin sah erfreut zu ihr auf, während ihre Hände weiterhin Würstchen wendeten und in gelber Eimasse rührten. »Wie schön, Sie auf den Beinen zu wissen. Geht es Ihnen besser? Sie kommen nämlich genau richtig. In wenigen Minuten ist das Frühstück so weit. Setzen Sie sich ruhig schon. Haben Sie gut geschlafen?«

»Danke«, sagte Jenny und nahm am Tisch Platz. »Das habe ich tatsächlich. Jedenfalls nach einer Weile. Und mein Kopf ist so unkaputtbar wie eh und je.«

Boothby kam ins Zimmer geschlurft und baute sich demonstrativ vor ihr auf. Erst auf den zweiten Blick begriff sie, dass er gekrault werden wollte. Schmunzelnd tat sie ihm den Gefallen.

»Ja, eine neue Umgebung braucht immer etwas«, meinte Millie derweil. »Das kenne ich. Wenn ich meine Schwester in Glasgow besuche – also meine andere Schwester, nicht die aus dem Dorf –, schlafe ich auch erst ab der zweiten Nacht gut.«

Jenny überlegte, ob sie ihr von dem Mann vor dem Fenster erzählen sollte. Von Shay, der sich nachts bei Dags Mülltonnen versteckt hatte. Doch sie entschied sich dagegen. Sie wollte Millie keine Angst machen, und es war ohnehin weit wichtiger, dass sie endlich mit Dag selbst sprach.

Erstaunt registrierte sie, dass der Küchentisch nur für zwei Personen gedeckt war. Es standen ein kleiner Brotkorb darauf, eine Thermoskanne voller Tee, mehrere Schälchen mit Konfitüre und sogar hart gekochte Eier. Doch die Teller und das Besteck reichten klar nicht für alle drei Bewohner des Hauses in der Harbour Road.

»Essen Sie nicht mit uns, Millie?«, fragte sie.

»Was?« Die Haushälterin hatte sich vom Herd abgewandt und kam nun mit der Pfanne voller Ei und Wurst zum Tisch. »Aber natürlich, Doktor Little. Ich setze mich auf den anderen Platz. Es sei denn, Sie frühstücken lieber allein?«

»Nein, leisten Sie mir gerne Gesellschaft.« Sie runzelte die Stirn. »Aber wo bleibt Doktor Harriman? Steht er nicht früh auf?«

Millie schaufelte ihr dampfendes Essen auf den bereitstehenden Teller. Es duftete himmlisch, und Jenny zögerte nicht, zu einer der Brotscheiben zu greifen.

»Doktor Harriman lässt sich entschuldigen«, erklärte Millie dabei. »Er ist heute schon beim ersten Hahnenschrei aufgebrochen. Mit dem Wagen, verstehen Sie? Er sagte, er müsse dringend etwas besorgen.«

»Ach ja?« Jenny schenkte sich Tee ein und griff zur Gabel. Dann stutzte sie. »Moment, ist heute Vormittag nicht Sprechstunde?«

Die Haushälterin, die sich inzwischen ebenfalls gesetzt hatte, nickte. »Ab halb acht, ganz genau.«

»Aber das schafft er doch nie und nimmer!«, erwiderte Jenny mit einem entsetzten Blick zur Uhr.

»Er sagte, Sie könnten die Sprechstunde ja übernehmen«, erklärte ihre Sitznachbarin. »Ich glaube, seine exakten Worte waren: ›Das macht die Gute doch mit links.‹«

Jenny, die gerade in ein Stück Wurst hatte beißen wollen, erstarrte in der Bewegung. Und schluckte.

Knapp eine halbe Stunde später stand sie tatsächlich und zu ihrer eigenen Überraschung in Dag Harrimans Behandlungszimmer. Auf dem Tisch lag ein weißer Kittel, der aussah, als wäre er frisch aus dem Schrank genommen worden – sorgsam gefaltet und makellos sauber. Daneben lagen allerlei Werkzeuge, die sie zur Untersuchung ihrer Patienten würde brauchen können – vom Stethoskop bis zur Stabtaschenlampe, von der handlichen Schermaschine über ein Otoskop bis hin zum Plessimeter, von der Birnspritze bis hin zum Fiebermessgerät. In den Wandschränken, das wusste Jenny, lagerten weitere Ausrüstungsgegenstände. Sie alle waren ebenfalls in gutem Zustand, darauf hätte sie wetten können.

Meine erste Sprechstunde, dachte sie und versuchte, nicht nervös zu werden. *Na, das kann was werden …*

Dann schlug die Uhr im Wohnzimmer zur halben Stunde. Jenny hörte, wie Millie die Haustür aufschloss und sofort den ersten Patienten begrüßte.

»Nein, Edna – das ist ja eine Überraschung! Und du hast Etheldreda mitgebracht? Guten Morgen, euch beiden. Doktor Little erwartet euch schon drüben im Sprechzimmer. Geht einfach durch.«

»Doktor wer?«, erklang eine zweite Frauenstimme, die sich ebenso gebrechlich wie streng anhörte.

Dann folgten schlurfende Schritte – durchsetzt von einem klagenden Miau-Ton –, und gleich drei alte »Damen« erschienen auf Jennys Schwelle.

»Doktor Little«, stellte Millie die anderen beiden vor. »Das ist Edna Green, die Gattin unseres verehrten Dorfpfarrers. Und natürlich Etheldreda, ihr Ein und Alles.«

Die Katze – eine aschgraue, äußerst wohlgenährte Perserkatze mit grünen Augen – sah Jenny prüfend an, genau wie ihr faltiges Frauchen. Dann fauchte sie.

Es ging auf die Mittagsstunde zu, als Jenny endlich wieder durchatmen konnte. Die Sprechstunde war übervoll gewesen, und nach der verzogenen Pfarrerskatze, die Jennys linke Hand zerkratzt und – zweifelsfrei aus purer Gehässigkeit – auf den Behandlungstisch gemacht hatte, war der Strom an vierbeinigen und gefiederten Patienten nicht ausgetrocknet. Im Gegenteil: Die gesamte Haustierbevölkerung North Hubbingtons, so kam es Jenny vor, schien nur darauf gewartet zu haben, der »Neuen« ihre Aufwartung zu machen. Und längst nicht alle Tiere waren dabei so herrisch vorgegangen wie die verwöhnte Etheldreda.

Jenny hatte beispielsweise Rudy kennengelernt, einen bunt gefiederten Papagei mit zahlreichen Lebensmittelunverträglichkeiten, der so witzig war, dass er sie den zwielichtigen Shay beinahe vergessen ließ. Rudy wohnte auf einem Hausboot im Hafen, und sein Herrchen war ein ebenso verhutzelter wie fröhlicher alter Seebär, dem das Tier seinen grenzenlos scheinenden Schimpfwortschatz verdankte.

Nach Rudy war die Hündin Bethany in die Praxis gehumpelt - eine verstauchte Vorderpfote war der Grund dafür. Doch die Terrier-Dame hatte weitaus mehr Interesse an Boothby gezeigt als an Jennys Behandlungsmethoden. Als sie fertig und frisch verbunden war, hatte sie gar nicht mehr gehen wollen, obwohl ihr Boothby die kalte Schulter gezeigt hatte. Auch das war wohltuend für Jennys Laune und Nervenkostüm gewesen.

Und immer so weiter. Anfangs hatte Jenny noch Schwierigkeiten gehabt, all die Instrumente und Medikamente in Dags Schränken zu finden, die sie brauchte. Doch schon nach den ersten zwei, drei Patienten fiel es ihr regelrecht leicht. Sie ertappte sich sogar dabei, dass sie die Arbeit genoss: Jeden neuen Fall begrüßte sie mit aufrichtigem Lächeln, und jedes neue Tier begegnete ihr mit Geduld und Gehorsam, sah man einmal von Etheldreda ab.

Als die letzte Patientin des Vormittages - eine bildschöne Wellensittichdame namens Polly - gegangen war, waren die nächtlichen Bilder von Shay bei den Mülltonnen kaum noch mehr als eine blasse Erinnerung.

Jenny wischte ein letztes Mal über den Behandlungstisch und warf ihre benutzten Einweghandschuhe in den dafür bereitstehenden Eimer. Am Waschbecken an der hinteren Wand wusch und desinfizierte sie sich die Hände, dann öffnete sie das Fenster des Behandlungszimmers, um zumindest während der Mittagspause frische Luft hereinzulassen.

Und sie stutzte. »Dag? Sind Sie das da draußen?«

Ein metallener Stab schwankte vor ihrem Fenster hin und her. Das Ding war etwa so breit wie eine Bohnenstange und lang genug, dass Jenny aktuell weder das untere noch das obere Ende erkennen konnte. Diverse Schrauben prangten in ihm, und einige Drahtseile hingen ebenso schlaff wie rätselhaft an ihm herab.

Der Stab hielt inne, senkte sich dann zu Boden. »Jenny?«, erklang eine fragende Stimme aus dem Off.

Harriman erschien vor dem Fenster. Er trug ähnliche Kleidung wie am Vortag, dazu einen fröhlichen Ausdruck auf den Zügen. Hinter seinem linken Ohr klemmte ein Bleistift.

»Was machen Sie denn da draußen?«, wunderte sich Jenny. »Ich dachte, Sie seien unterwegs.«

»Das war ich, meine Liebe«, bestätigte er. »Das war ich. Und höchst erfolgreich, wie ich betonen möchte.«

»Warten Sie«, bat sie. »Ich komme zu Ihnen raus. Ich muss ohnehin mit Ihnen sprechen.«

Sie legte den weißen Kittel ab und verließ das Haus durch die Hintertür, die, genau wie das Praxisfenster, auf das Gelände vor den Garagen führte. Es war nicht allzu groß, aber nahezu eben und bestand zur Hälfte aus einer gepflasterten Fläche und aus einem kleinen Rasenstück. Die Garagentore grenzten an den gepflasterten Bereich, Harriman stand auf dem Gras.

Neben ihm am Boden lag die eigenartige Stange. Erst jetzt sah Jenny, dass die Drahtseile in länglichen Ösen und Haken endeten, die ins Erdreich versenkt wurden. Die Stange selbst maß gut und gern drei Meter und reichte im aufgerichteten Zustand bestimmt bis ans Badezimmerfenster – mindestens. An ihrem oberen Ende – oder an dem, was Jenny dafür hielt – waren mehrere längliche Kästen befestigt, die milchig weiß und etwa so dick wie ein Taschenbuch waren. Kabel begannen an ihren Rückseiten und führten am »Stamm« der Stange hinunter, nur um in Verbindungssteckern zu enden, die nutzlos im Gras ruhten.

»Was in aller Welt treiben Sie hier draußen?«, fragte Jenny.

Eine der Garagen stand offen, und Jenny sah einen geparkten alten Saab mit offenem Kofferraum sowie eine Art Werkbank an der seitlichen Garagenwand, an der mehrere Schubladen offen standen. Werkzeug lag auf der Arbeitsplatte der Bank verstreut – ein klobiger Hammer, ein paar Schraubenzieher und Zangen, eine Metallsäge. Auch einige Pappkartons standen dort, aus denen weitere Kabel, Lüsterklemmen und metallene Winkel ragten.

»Das«, verkündete Harriman stolz, »wird ein echter Gamechanger. Können Sie sich vorstellen, dass ich knapp vierzig Meilen fahren musste, um dieses ganze Zeug kaufen zu können? In keinem näher gelegenen Geschäft wurde ich fündig – in manchen Läden wusste man nicht einmal, wovon ich überhaupt rede. Aber jetzt müsste ich eigentlich komplett versorgt sein. Alle benötigten Komponenten sind hier.«

Stirnrunzelnd betrachtete Jenny das Konstrukt im Gras. »Für einen XXL-Wäscheständer?«

»Pff.« Er lachte schallend. »Für einen Do-it-yourself-Handymast. Ich will ehrlich zu Ihnen sein, Jenny: Eigentlich bin ich kein Freund des Fortschritts. Ich mag es, wenn die Dinge übersichtlich, vertraut und betulich sind. Verstehen Sie? Wenn alles so bleibt, wie es ist und stets gut funktioniert hat. Aber manchen Neuerungen kann und darf sich auch so ein

Dinosaurier wie ich nicht verweigern. Andernfalls hätten all diejenigen ja recht, die unsereins als ›Alteisen‹ bezeichnen. Und diese Neuerung«, er nickte in Richtung seiner Anschaffungen, »war erstaunlich preiswert. Zumindest meiner Laienmeinung nach.«

Jenny traute ihren Ohren kaum. Doch bevor sie auch nur ein Wort sagen konnte, fuhr ihr Gastgeber bereits fort.

»Ich habe schon eine ganze Weile darüber nachgedacht, hier hinter dem Haus einen Mast für Mobilfunkempfang aufzustellen«, gestand er. »Als private Initiative, wenn Sie verstehen. Das ist ganz und gar nicht offiziell und geschieht auch nicht im Auftrag irgendwelcher Netzbetreiber oder gar der Gemeinde.«

Er winkte ab. »Ich bitte Sie! Schon allein die Genehmigungen und der Papierkram würden eine Ewigkeit dauern, wenn wir offizielle Wege beschreiten würden. Also habe ich mir gedacht: ›Dag, alter Junge. Selbst ist der Mann.‹ Und Ihr Erscheinen hat mir den letzten Impuls gegeben, den ich noch gebraucht habe, um meinen Allerwertesten endlich zu bewegen.«

»Sie …« Jenny blinzelte verwirrt. »Sie wollen meinetwegen einen Funkmast aufstellen? Hier?«

»Unseretwegen«, betonte er. »Wir profitieren ja alle davon, nicht wahr? Sie wissen inzwischen so gut wie Millie und ich, dass es mit dem Handynetz bei uns nicht weit her ist. Und Sie sind jung, Jenny. Eine Städterin, noch dazu aus London. Sie sind an ein gutes Netz gewöhnt. Und ich will es Ihnen und mir gerne bieten, wenn ich kann. Immerhin gehören Sie jetzt zu dieser Praxis, nicht wahr? Wie ich gehört habe, war Ihre erste Patientin ausgerechnet die strenge Etheldreda?« Er lachte.

»Was das angeht …«, begann Jenny.

Sie war noch immer nicht überzeugt, ob sie bleiben wollte. Doch Harriman wischte ihre Bedenken mit einer lässigen Handbewegung weg.

»Lassen Sie sich Zeit, Frau Kollegin«, meinte er. »Das findet sich schon alles. Haben Sie die Tiere denn gemocht? Und ihnen helfen können?«

Ehe sie sich bremsen konnte, grinste Jenny. »Und ob ich die gemocht habe!«

Harriman nickte, als hätte er mit nichts anderem gerechnet. »Sehen Sie? Das wird schon. Und nehmen Sie Edna Green *bitte* nicht als Maßstab für North Hubbington, ja? Die Gattin unseres Seelsorgers ist ein Hypochonder, wie er im Buche steht. Und sie überträgt ihre eigenen Krankheitsängste auf ihre Katze, die kerngesund wäre, wenn Edna sie nicht über alle Maßen füttern und verwöhnen würde.«

Dag schüttelte den Kopf und fügte hinzu: »Ganz ehrlich: Seit ich das Tier kenne, hat es nicht das kleinste Wehwehchen gehabt. Einzig das Übergewicht gibt mir zu denken. Die viele Trüffelleberpastete, die Mrs Green dem Tier zusteckt und sich extra aus Paris schicken lässt, ist nicht gut für die ach so schöne Etheldreda.«

»Das habe ich Mrs Green gesagt«, stimmte Jenny zu. »Und sie hat mich angesehen, als wäre ich der Antichrist.«

Er lachte. »Ja, das klingt haargenau nach Edna. Machen Sie sich nichts draus, Jenny. Manchen Menschen *kann* man keine Vernunft beibringen, ob man will oder nicht. Kümmern Sie sich um Etheldreda, Edna lassen Sie einfach reden.«

Sie nickte. Einmal mehr sah sie fragend zu dem Mast im Gras. »Soll ich Ihnen vielleicht helfen? Das Ding sieht ganz schön sperrig aus. Allein bekommen Sie das sicher nicht befestigt. Und von der Technik haben Sie vermutlich so wenig Ahnung wie ich.«

»Nämlich keine.« Er brummte zustimmend. »Aber Mithilfe ist nicht vonnöten, meine Liebe. Ich habe da bereits vorgesorgt und einen netten Herrn aus dem Dorf um Unterstützung gebeten. Der kennt sich bestens mit derlei Aufgaben aus, wie ich gehört habe. Zumindest weiß er, wofür alle diese Komponenten gut sind.«

»Na, wenn Sie das sagen.« Jenny lächelte. Es rührte sie, dass er sich so bemühte, ihr einen schönen Aufenthalt zu bereiten. Denn sie zweifelte keine Sekunde lang daran, warum er wirklich diesen Mast baute – nicht für sich selbst, sondern für »die Neue«.

»Er ist gerade noch unterwegs«, fuhr er fort, »um ein paar Werkzeuge zu besorgen, die meinem Sortiment fehlen, für diese Art von Arbeit aber wohl unumgänglich sind. Es dauert sicher nicht mehr lange.« Dann schüttelte er den Kopf. »Ich plappere hier und plappere. Dabei wollten *Sie* doch mit mir sprechen. Kommen Sie, Jenny. Ich wette, die gute Millie hat den Lunch für uns fertig. Unterhalten wir uns beim Essen, einverstanden?«

Sie hatte nichts dagegen, zumal sie nach dem anstrengenden Vormittag tatsächlich sehr hungrig war. Gemeinsam zogen sie in die Küche, wo Millie den Tisch gedeckt hatte und am Herd in einem Topf rührte. Es roch köstlich.

»Meine Liebe!«, verkündete Harriman grinsend, als sie eintraten. »Hier kommen zwei darbende Veterinäre zu Ihnen. Welche bemerkenswert köstliche Köstlichkeit kredenzen Sie uns heute?«

»An Ihnen ist ein Clown verlorengegangen, Doktor Harriman«, tadelte Millie ihren Arbeitgeber. Doch sie lächelte dabei. »Es gibt Eintopf. Den mögen Sie ja so gern.«

Jenny setzte sich auf den Platz, der inzwischen fast schon ihr Stammplatz geworden war. Das Wasser lief ihr im Mund zusammen, als Millie servierte, wenngleich man in Schottland wohl andere Vorstellungen von dem Begriff »Eintopf« hatte. Statt der Suppe mit mächtig viel Einlage, mit der sie gerechnet hatte, bekam sie eine Art Kartoffelgericht auf den Teller geschöpft, das aus klein geschnittenen Kartoffelstücken, angebratenem Hackfleisch, Lauch, Zwiebeln, allerlei Gewürzen und einem zumindest großzügigen Schluck Brühe bestand. Es duftete besser, als es aussah, und schon der Anblick allein ließ ihren Magen gierig knurren.

»*Ith do leòr*«, sagte Harriman auf Gälisch, wie Jenny vermutete, und nickte dabei zustimmend. »Lassen wir es uns schmecken.«

Und es schmeckte wirklich. Jennys Verständnis von schottischer Küche war recht übersichtlich und beschränkte sich auf legendäre Gerichte wie Haggis – vor dem sie sich nicht wenig fürchtete – und auf die oft kolportierten Gerüchte, nach denen die Nordmenschen alles in Frittenfett tunkten, was nicht bei drei auf den Bäumen war.

Dieser vermeintliche Eintopf stellte da eine sehr angenehme Überraschung dar. Zwar war er durchaus herzhaft und mächtig – also genau so, wie sie sich schottisches Essen vorstellte –, aber kein bisschen eklig oder bizarr. Ganz im Gegenteil: Jenny leerte ihren Teller in Rekordzeit und nahm den Nachschlag, den Millie ihr prompt aufdrängen wollte, ebenso dankbar wie erleichtert an.

»Was ich Ihnen erzählen wollte, Dag«, fiel es ihr erst zwischen zwei Löffeln wieder ein. »Ich glaube, ich habe letzte Nacht vor Ihrem Haus unseren Mörder gesehen.«

Harriman verschluckte sich fast an einer Kartoffel. »Wie bitte?«

Mit wenigen Worten beschrieb sie ihm, was sie während der Nacht erlebt hatte.

»Ich habe mich nicht getraut, zu ihm rauszugehen und ihn zur Rede zu stellen«, gestand sie. »Von daher weiß ich nicht, ob er Notiz von mir genommen hat. Vermutlich nicht. Aber am Abend, im *Drunken Rover*. Da *muss* er mich beim Rauslaufen gesehen haben. Warum sonst sollte er mitten in der Nacht vor Ihrem Haus lauern?«

»Heilige Maria!«, keuchte Millie. Sie fasste sich ans Herz, ließ den Löffel zurück auf den Teller fallen. »Was sagen Sie da, Doktor Little?«

»Es war so gegen zwei Uhr«, erzählte sie der Haushälterin. Es tat ihr leid, der Ärmsten Angst zu machen, aber das waren nun mal die Fakten. »Er stand neben den Mülltonnen und hat zum Haus gesehen. Der Mann aus dem *Rover*. Der Mann, der auch schon vor Rankins Hof stand und auffällig unauffällig zu uns rübergestarrt hat. Jeans, Vollbart, dunkle Jacke.«

»Um Gottes willen …« Millie schüttelte den Kopf. »Wie furchtbar.«

»Das …« Auch Harriman musste sich erst sammeln. »Das kann ich mir kaum vorstellen, Jenny. Ihr Wort und Ihre Beobachtungsgabe in allen Ehren! Ich glaube Ihnen, was Sie da erzählen. Aber ergibt es einen logischen Sinn? Würde unser unbekannter Täter wirklich derart unvorsichtig vorgehen und sich dem Haus nähern, wenn er doch weiß, dass wir gegen ihn ermitteln?«

»Na, genau deswegen nähert er sich«, hielt sie dagegen. »Er hat uns gesehen, oder wenigstens mich – sei es im Pub oder nur vor der Scheune mit dem toten König. Und er will wissen, was wir wissen. Das erscheint mir vollkommen logisch, Dag. Er hat Angst, dass wir ihn auffliegen lassen, und er will sichergehen, dass das nicht passiert.«

Millies Augen wurden groß. »Indem er hier einbricht und ein zweites Mal mordet?«

»Niemand bricht irgendwo ein, verstanden?« Harriman hob abwehrend eine Hand. »Absolut niemand. Und erst recht nicht hier.«

»Aber ...«, begann Jenny.

»Kein Aber«, beharrte er. »Man sieht es diesem Haus vielleicht nicht an, aber unsere Türen und Fenster sind so sicher, wie sie es nur sein können. Das garantiere ich Ihnen, und ich weiß, wovon ich spreche. Wir sind hier so ungestört wie in Abrahams Schoß, und daran kann auch dieser mysteriöse Shay nichts ändern. Machen Sie sich deswegen also keine Gedanken, meine Damen. Bitte!«

Millie nickte halbwegs beruhigt. Sie nahm sogar ihren Löffel wieder auf. Doch ihre Miene blieb sorgenvoll.

»Nun«, fuhr Harriman fort. »Was diesen Mann angeht ... Ich kann mir nicht helfen: Ich finde es ausgesprochen unvorsichtig von ihm, sich so offen unserem Haus zu nähern. Damit zeigt er ja regelrecht mit dem Finger auf sich. Genauso gut könnte er ein Geständnis schreiben, es mit seiner Unterschrift und seiner Adresse versehen und es uns dann in den Briefkasten werfen.«

»Es war nachts um zwei, Dag«, warf Jenny ein. »Er hat vermutlich nicht gedacht, dass ihn dann jemand sieht.«

»Ein kluger Täter denkt an alles«, erwiderte ihr Sitznachbar. Dann zuckten seine Mundwinkel amüsiert. »Aber Ihre Schilderungen machen Mut, Jenny. Sie lassen nämlich vermuten, dass wir es *nicht* mit einem klugen Täter zu tun haben. Und die wenig Klugen sind in aller Regel schnell gefasst und dingfest gemacht.«

Er tippte sich mit dem Zeigefinger an die Stirn. »Das ist schlecht für die kleinen grauen Zellen, weil es sie nicht sonderlich herausfordert. Aber es beruhigt das Nervenkostüm natürlich ungemein.«

»Das ist alles nur Ihretwegen, Doktor Harriman«, tadelte Millie. »Sie und Ihre Detektivgeschichten. Wissen Sie noch, vorigen Herbst? Die Sache mit dem grässlichen Würger von Bloominghurst? Der hat sogar hier *angerufen*, um mit Ihnen über den Mord zu sprechen. Am Telefon, Doktor!«

»Und er war schon eine halbe Stunde später in der Obhut der Polizei«, wiegelte der Angesprochene ab. »Außerdem: Ohne diesen Anruf würden wir uns vielleicht heute noch die Zähne an dem Fall ausbeißen. Hätte da im Hintergrund nicht die Kirchenglocke von Bloominghurst geläutet …«

»Oder nehmen Sie den Fall mit dieser Altenpflegerin«, sagte Millie. »Wie hieß sie noch gleich? Shelley?«

»Ach, ›Bloody Shelley‹.« Er schnaubte verächtlich und sah zu Jenny. »Die Presse hat sich diese Namen ausgedacht, meine Liebe. Nicht Percy oder ich. Grässliche Bezeichnungen, wenn Sie mich fragen – geboren aus purer Sensationslust.«

»Na ja«. Millie wiegte den Kopf. »Die Dame hat zahlreiche pflegebedürftige Senioren auf dem Gewissen. Auch die bedauernswerte Linda aus meinem Häkelkränzchen. Sie und der Constable waren ihr tagelang auf den Fersen und wären beinahe selbst zu ihren Opfern geworden, wenn nicht …«

Nun war er es, der ihr ins Wort fiel. »Beinahe, liebe Millie. Das ist das entscheidende Wort hier, finden Sie nicht auch? Beinahe. Es ist noch immer gut ausgegangen, und es wird auch in diesem Fall gut ausgehen. Die Schilderung unserer werten Doktor Little legt es ja regelrecht nahe: Unser Gegner ist von der unvorsichtigen Sorte, das spielt uns in die Hände. Sobald der Handymast hinter dem Haus steht, werde ich mich zu Percy auf die Wache begeben und ihn auf den neuesten Stand der Dinge bringen. Begleiten Sie mich, Jenny? Oder ist die Sprechstunde zu voll?«

Jenny, die vorhin einen schnellen Blick in die Kladde mit den vergebenen Terminen für den heutigen Nachmittag geworfen hatte, seufzte. Die Detektivarbeit würde warten müssen, das Wohl der Patienten ging vor. »Ich fürchte, ›voll‹ ist noch untertrieben. Echt erstaunlich, wie viele Haustiere es in einem so kleinen Ort gibt.«

»Und wenn's mal nicht die Haustiere sind«, erwiderte Harriman mit wissendem Schmunzeln, »dann sind es die Nutztiere. Es gibt hier immer etwas zu tun, werte Kollegin. Wenn Sie Langeweile suchen, sind Sie in North Hubbington definitiv falsch.«

Das, dachte Jenny und aß ihren Eintopf, *kommt hin. Mit und ohne Mord.*

Nach dem Lunch war immer noch ein wenig Zeit, bis die Nachmittagssprechstunde begann. Jenny begleitete Harriman zurück auf die kleine Grünfläche hinter dem Haus und stellte erstaunt fest, dass der erwähnte Helfer zurückgekehrt sein musste: In der offenen Garage rumpelte es geschäftig.

»Ah, das wird er sein«, sagte Harriman. »Sehr gut, dann kann ich Sie beide gleich miteinander bekannt machen. Seamus, bist du dadrin?«

Im ersten Augenblick regte sich nichts. Doch dann trat der Mann aus dem Obergeschoss des *Drunken Rover* aus Dag Harrimans Garage, und für einen kurzen Moment schien Jennys ganze Welt stillzustehen.

Shay! Shay war hier!

»Seamus«, sagte Harriman strahlend. »Das ist meine werdende Nachfolgerin, Doktor Jenny Little. Jenny, das ist unser örtlicher ›Mann für alle Fälle‹, Seamus ...« Er stockte, riss entsetzt die Augen auf. »Großer Gott, Jenny, was haben Sie denn? Sie sehen aus, als wäre Ihnen ein Geist begegnet!«

KAPITEL 11

»Sie machen Witze.« Ungläubig sah Harriman von ihr zu Seamus und zurück. »*Das* ist der Mann, den Sie meinen? Das ist Shay?«

Jenny verschränkte die Arme vor der Brust und wich gleichzeitig einen Halbschritt zurück. Aus zusammengekniffenen Augen musterte sie den jungen Schotten. »So wahr ich hier stehe, Dag. Genau den habe ich an Rankins Scheune gesehen, im *Drunken Rover* und letzte Nacht hier bei den Mülltonnen. Niemand anderes.«

Er trug sogar noch dieselbe Kleidung wie am Vortag. Seamus' Haar war frisch gekämmt, und er wirkte ausgeschlafener, als die nächtlichen Aktivitäten vermuten ließen. Ansonsten hatte er sich keinen Deut verändert – und der grimmige Blick, mit dem er Jenny bedachte, sprach Bände.

»Das muss ein Irrtum sein«, beharrte der Tierarzt. »Ich kenne Seamus Blair seit Jahrzehnten. Schon als Kind hat er seine Meerschweinchen hier behandeln lassen. Erinnerst du dich, Seamus? Nein, Jenny. Der tut keiner Fliege etwas zuleide.«

»Ich weiß, was ich gesehen habe«, beharrte sie. »Und gehört habe!«

»Sie waren das, hm?«, sagte Seamus knurrend. »Gestern Abend bei Mairi? Draußen auf der Treppe? Ich dachte mir doch, dass da jemand herumschleicht, aber meine Schwester hat es mir ausgeredet. Haben Sie uns belauscht, oder was?«

»Ich habe Ihr Geständnis gehört!«, blaffte sie zurück. »Jedes Wort, Mister. Ich weiß genau, was Sie getan haben.«

»Geständnis?« Er schnaubte spöttisch. »Sie wissen ja nicht einmal, wovon Sie reden. Was denn für ein Geständnis? Was in aller Welt sollte ich zu gestehen haben?«

»Na, den Mord«, entgegnete sie. »Den Toten von Rankins Heuboden.«

Harriman rang hilflos mit den Händen. Fast schon flehend blickte er seinen ›Mann für alle Fälle‹ an. »Seamus, ich … ich weiß wirklich nicht, was ich sagen soll. Ist Shay etwa eine Verniedlichungsform von Seamus? Ich fürchte, ich kenne mich da nicht allzu gut aus. Aber das … Das *muss* sich doch aufklären lassen. Oder?«

Der Angesprochene lachte auf, kurz und humorlos. Dann schüttelte er den Kopf. »Ich kläre hier gar nichts auf, Dag. Von mir aus baut euren Mast allein, ich habe die Nase voll.«

Er wandte sich zum Gehen und ließ die Kabelrolle, die er seit Verlassen der Garage in den Händen gehalten hatte, achtlos ins Gras fallen.

»Warte, Seamus«, bat Harriman. »Wir können doch über alles reden. Das haben wir im Nu aus der Welt geschafft.«

»Ja, ja«, brummte der Mann mit dem Vollbart.

Dann war er um die Ecke des Haupthauses verschwunden und außer Sicht. Jenny hörte das Klicken einer per Fernbedienung entriegelten Zentralverriegelung, dann wurde eine Autotür geöffnet. Etwa die eines grünen Defender? Sie hätte darauf wetten können.

»Er war es, Dag«, wiederholte sie leise. »Das ist der Mann, den ich gesehen habe. So sicher wie das Amen in der Kirche.

Ich wette, Shay ist ein Spitzname, den seine Schwester benutzt. Und Sie lassen ihn einfach ziehen.«

Harriman sah sie an, halb entschuldigend, und nickte knapp. »Erlauben Sie mir, das aufzuklären, meine Liebe. Ich kenne diesen Burschen. Ich versichere Ihnen, dass Seamus uns nicht entwischt. Das … Das findet sich schon alles.«

»Aber …«, protestierte sie. Schon hörte sie den startenden Motor.

»Nur die Ruhe«, bat ihr Gastgeber. »Ich erledige das. Versprochen.«

Es klang aufrichtig – und ehrlich besorgt. Jenny nickte.

Sofort lief Harriman los. Mit einer Geschwindigkeit, die man ihm ob des Alters und der eher gemütlichen Statur gar nicht zugetraut hätte, folgte er dem vermeintlichen Mörder um die Hausecke. Jenny wollte gerade hinterhereilen, da erschien Millie in der Hintertür.

»Doktor Little?«, fragte sie. »Die nächsten Patienten wären jetzt für Sie bereit.«

Jenny seufzte innerlich und fügte sich den Umständen. Diesen Blair würde die Polizei übernehmen müssen, zumindest hoffte sie es. »Ich komme, Millie. Danke.«

Dag sagt, er sei Detektiv, dachte sie grimmig. *Dann soll er es mal beweisen. Und den Täter fassen, anstatt ihn zum Handwerken zu bestellen.*

Sie ging ins Haus zurück, zog sich den weißen Arztkittel über und wartete auf die Patienten des Nachmittags.

Doktor Harriman sah sie so schnell nicht wieder. Während sie sich um Ratten mit Bauchschmerzen kümmerte, einem Dackel unter einer leichten Vollnarkose den Zahnstein entfernte oder einem entsetzten kleinen Mädchen erklärte, dass es für ihren geliebten Kanarienvogel kein bisschen schlimm war, in der Mauser zu sein, musste sie immer wieder an Seamus-Shay denken. Daran, wie er in der Nacht vor dem Haus gelauert hatte. Daran, dass es eigentlich nur *einen* Grund dafür geben konnte. Und daran, dass er sich trotz dieses Grundes – oder gerade deswegen – nur Stunden später wieder hertraute, noch dazu in aller Öffentlichkeit.

Kann es sein, fragte sie sich, *dass Dag sich irrt?*

War ihr Täter nicht unvorsichtig, sondern einfach nur dreist? Falls ja, mochte er gefährlicher sein, als sie alle dachten!

Aber das klärt Dag ja alles, hoffte sie. *Wahrscheinlich lässt er den Kerl just in diesem Moment von Constable Verkaik verhaften. Alles andere wäre Wahnsinn.*

Gegen sechzehn Uhr sah der Terminkalender eine Teepause vor. Jenny staunte nicht schlecht, als sie den entsprechenden Eintrag in der schmalen Kladde sah. Tatsächlich wartete kein neuer Patient auf sie; der nächste würde erst in einer halben Stunde in die Praxis kommen.

Jenny ging in die Küche, wo Mildred bereits Kuchen aufgeschnitten hatte. Ein prall gefüllter Teller mit dicken Scheiben eines Kastenkuchens stand auf dem Tisch, daneben eine bauchige Teekanne. Zwei Plätze waren gedeckt, und an einem von ihnen saß die Haushälterin.

»Noch kein Wort von Doktor Harriman?«, staunte Jenny.

Millie schüttelte den Kopf. »Bislang nicht. Ich weiß auch nicht, wo der sich herumtreibt.«

»Na, bei Seamus«, sagte sie und nahm Platz. »Er wird ihn festnehmen lassen.«

»Seamus Blair?« Millies Augenbrauen zuckten nach oben. »Warum sollte man den festnehmen? Nein, ganz bestimmt nicht.«

»Er ist der Mörder«, erklärte Jenny. Sie griff nach der Teekanne und schenkte sich ein. »Er ist Shay. *Und* er ist der Mann, der letzte Nacht vor unserem Haus herumgelungert hat.«

Sie stutzte. Hatte sie wirklich gerade von »unserem Haus« gesprochen? Der Gedanke gefiel ihr nicht. Oder ... doch?

»Nein.« Millie runzelte die Stirn, guckte verdutzt. »Das kann nicht stimmen. Seamus Blair tut niemandem etwas zuleide. Ich kenne den Jungen, seit er ein kleines Kind war – und seine reizende Schwester ebenfalls. Jetzt, wo Sie es sagen, erinnere ich mich sogar, dass sie ihn mal Shay gerufen hat ...« Sie winkte ab. »Es spielt keine Rolle, wirklich nicht. Seamus kann mitunter schroff sein, so wie viele Männer hier oben. Aber ein Mörder? Gott bewahre, nein. Das kann ich mir nun wirklich nicht vorstellen.«

»Sie wären überrascht, wie viele Leute das schon gesagt haben«, erwiderte Jenny. »Über Mitmenschen, die sich dann als Täter herausstellten. Das liest man ja immer wieder, oder? Dass Nachbarn, Freunde und Verwandte nichts geahnt und nichts vermutet hätten? Das hier könnte genauso ein Fall sein, Millie.«

»Nicht bei Seamus«, beharrte sie und nahm sich ein Stück Kuchen. »Das garantiere ich Ihnen. Bei dem nicht.«

Das werden wir ja sehen, dachte Jenny und trank Tee.

Zehn Minuten später betrat Harriman die Küche.

Das Detektivzimmer von Dagobert Harriman lag direkt neben der Küche. Jeder wusste, dass der alte Tierarzt nur äußerst selten jemanden in dieses Allerheiligste ließ. Umso überraschter waren Jenny und die Haushälterin nun.

»Jenny«, sagte Harriman nämlich. Er hielt eine olivfarbene Kladde in der Hand, mit der er auf die Tür des Zimmers deutete. »Begleiten Sie mich kurz nach nebenan? Ich möchte Ihnen etwas zeigen.«

Jenny stand auf und ging mit ihm.

Jenseits der Türschwelle erwartete sie eine andere Welt.

Das Zimmer war nicht sonderlich groß, deutlich kleiner als die Küche, aber voll bis unters Dach. In deckenhohen Regalen standen kriminalistische Fachbücher neben dicken Ringbuchordnern, die in Harrimans kaum lesbarer Handschrift ausgezeichnet waren. Auf einem schmalen Tisch entdeckte Jenny ein modernes Mikroskop, an der Wand darüber hingen einige Leuchttafeln, an denen man beispielsweise Röntgenbilder aufhängen und betrachten konnte.

Links neben dem Mikroskop folgte etwas, was an ein winziges Chemielabor erinnerte; rechts davon wartete ein Rollschrank mit weiteren Ordnern und Kladden auf. Die Wände, an denen keine Regale standen, waren mit Zeitungsausschnitten, gelben Post-it-Zetteln und allerlei Fotos behangen. Stecknadeln und Reißzwecken hielten sie an Ort und Stelle.

Jenny staunte nicht schlecht, als sie die roten Bindfäden bemerkte. Sie führten von einer Stecknadel zur anderen, verbanden auf diese Weise einzelne Artikel und Bilder miteinander und stellten – so vermutete sie – inhaltliche Zusammenhänge her, die ihr verschlossen blieben.

Sie las vom »Bloominghurst-Würger«, der laut des Zeitungsausschnitts vier Menschen auf dem Gewissen gehabt und in einem anderen Dorf in der Nähe der Küste gewütet hatte. Die dortige Polizei, so hieß es, habe sich nicht anders zu helfen gewusst, als »den erfahrenen Experten Doktor Dagobert Harriman aus North Hubbington« zurate zu ziehen.

Auf dem Foto, das den Artikel begleitete, stand Dag mit todernster Miene vor einer anderen Polizeidienststelle, flankiert von einigen Offiziellen in Schlips und Kragen sowie einigen Uniformierten. Alle anderen lächelten stolz.

Weitere Artikel behandelten »Bloody Shelley« alias Shelley McNamara, eine Altenpflegerin aus North Hubbington. Sie hatte einige ihrer Schützlinge in den Tod geschickt – allerdings erst, nachdem die geistig verwirrten Alten sie in ihren Testamenten bedacht hatten. Der Fall war gewiss komplex gewesen, doch die Artikel ließen es klingen, als wäre McNamara die einzig logische Verdächtige. Jenny staunte, dass Constable Verkaik sie nicht auch ohne Harrimans Hilfe überführt haben sollte.

Und das war längst nicht alles. Immer mehr alte Fälle fanden sich an den Wänden und in den Regalen des Tierarztes. Wohin Jenny auch blickte, entdeckte sie weitere Hinweise auf Harrimans vergangene Heldentaten. Wie viele Morde hatte dieser Mann bereits aufgeklärt? Es mussten einige sein.

Erhellt wurde das Zimmer von einer erstaunlich trüben Deckenlampe und von dem Sonnenlicht, das durch ein kleines, halb mit einem Plissee verhangenen Fenster fiel. Das Fenster ging auf den Vorgarten hinaus und war Jenny bislang noch nicht aufgefallen.

Harriman ließ ihr Zeit. Vor dem Mikroskop stand ein bequem wirkender Bürosessel, auf dem er Platz genommen hatte, die olivfarbene Kladde auf seinem Schoß. Geduldig wartete er ab, bis sein Gast die Atmosphäre des Raumes in sich aufgenommen hatte. Erst nach mehreren Minuten ergriff er das Wort.

»Sehen Sie?«, sagte er. »Ich weiß, was ich tue.«

»Das habe ich nie bezweifelt«, erwiderte sie. Jenny hatte gerade in einem Zeitungstext gelesen, der von Mord auf dem Wochenmarkt von North Hubbington sprach und vier Jahre alt war. Nun drehte sie sich zu Harriman um.

Der Tierarzt nickte. »Dann glauben Sie mir hoffentlich auch, dass es gut und richtig war, Seamus Blair *nicht* zu verhaften.«

»Sie haben ihn laufen lassen?« Ungläubig riss sie die Augen auf. »Aber …«

Er hob die Hand. »Sie werden es verstehen, wenn ich Ihnen zeige, was ich hier habe. Und vor allem, wenn Sie Seamus besser kennenlernen! Für den Moment baue ich aber darauf, dass Sie mir und ihm diesen Vertrauensvorschuss gewähren, Jenny. Ich weiß, was ich tue. Und Seamus ist die falsche Fährte. Davon bin ich überzeugt. Deshalb wäre er mir bei Ihrer Beschreibung des bärtigen Verdächtigen auch nie und nimmer in den Sinn gekommen – Kosename hin oder her.«

»Bislang ist er aber die einzige Fährte!«, betonte sie. »Und eine, die sich geradezu anbietet. Er war hier, Dag. Vorige Nacht.«

»Er konnte nicht schlafen und ist spazieren gegangen«, entgegnete er gelassen. »Er kam rein zufällig an unserem Haus vorbei. Seine Schlafprobleme sind altbekannt, von denen weiß das halbe Dorf.«

»Na und? Das ist doch eine pure Ausrede. Das haben Sie ihm abgekauft?« Sie traute ihren Ohren kaum. »Was ist mit dem Heuschuppen, hm? Warum stand er gestern vor Rankins Heuschober und gaffte? War er da auch schlaflos und spazieren?«

»Er war auf dem Weg nach Bloominghurst und hat Percys Wagen gesehen«, antwortete Harriman. »Da hat er angehalten und rübergesehen. Er hat sich wohl gefragt, was da los war. Und ob es wieder einen Mord gegeben hat.«

»Gefragt, pah!« Sie schnaubte spöttisch. »Gewusst hat er das. Was denn sonst? Haben Sie eine Vorstellung davon, wie viele Täter nach dem Verbrechen zum Tatort zurückkehren? Wie viele von denen es einfach nicht lassen können und zuschauen wollen, wie die Ermittler im Dunkeln tappen? Ich kenne keine Statistiken, aber ich habe genug Kriminalromane gelesen, um zu erkennen, dass …«

Abermals hob Harriman die Hand. »Bitte«, sagte er sanft. »Geben Sie mir eine Chance, Sie zu überzeugen.«

Jenny atmete tief ein. Ihr Ausbruch hatte sie selbst überrascht, doch sie konnte ihn zügeln. »Versuchen Sie's«, forderte sie Harriman auf.

Der Tierarzt legte die Kladde auf den Tisch und schlug sie auf. »Das hier sind Unterlagen von der polizeilichen Ermittlung. Die jüngsten Erkenntnisse vom Labor, der Gerichtsmedizin und dergleichen. Percy hat sie mir mitgegeben.«

»Vertrauliche Informationen zum Mordfall?« Fassungslos starrte sie ihn an. »Die gibt man Ihnen einfach?«

»Wir sind hier nicht so«, sagte er gelassen. »Wir vertrauen einander.«

»Ja, aber … Dag, das ist vielleicht hochbrisantes Material! Wenn das in die falschen Hände gerät, entgeht der Mörder unter Umständen seiner gerechten Strafe.«

»Deswegen wird es auch nicht in falsche Hände geraten«, betonte er. »Percy weiß das. Und auch wenn ich der guten Millie mein Leben anvertrauen würde, werden Sie bemerkt haben, dass ich diese Kladde erst hier in meinem privaten kleinen Reich geöffnet habe. Wo wir unter uns sind.«

»Aber …«

Er schüttelte den Kopf. »Da spricht London aus Ihnen, Jenny«, bemerkte er freundlich. »Immer dieses Aber. Immer wieder Bedenken. Lassen Sie die Skepsis mal außen vor, einverstanden? Vertrauen Sie. Dann kommen wir weiter. Ich garantiere es Ihnen.«

Wieder atmete sie durch. »So macht man das in North Hubbington, hm?«

Harriman lächelte. »Exakt.«

Er nahm einige Blätter aus der Kladde und begann, ihren Inhalt zusammenzufassen. »Also: Die ersten Ergebnisse liegen vor, und sie bestätigen unsere Annahmen. Der Tote starb durch einen Schlag auf den Hinterkopf, durchgeführt mit einem stumpfen Gegenstand und mit einiger Wucht. Die Gerichtsmedizin geht davon aus, dass der Tod sehr schnell gekommen ist, nahezu unmittelbar. Die Vermutung liegt nahe, dass der Mord am Fundort der Leiche verübt wurde.«

»Was wir annehmen, aber nicht beweisen können«, meinte Jenny. »Oder haben Sie da auch Informationen der Spurensicherung, die es belegen?«

»Leider nein.« Er seufzte. »Es gibt keine verwertbaren Spuren am Tatort. Der Täter war gründlich und vorsichtig. Percy geht davon aus, seine Kollegen ebenfalls.«

Na, wenn das so ist ..., spottete Jenny innerlich.

Sofort tadelte sie sich dafür. Es stand ihr nicht zu, die Arbeit der hiesigen Behörden zu kritisieren! Ohnehin: Sie hatte absolut nichts mit dem Toten oder dem Constable zu tun. Sie kannte hier niemanden und war auch niemandem etwas schuldig. Der gesamte Fall konnte ihr herzlich egal sein. Warum in aller Welt war er es dann nicht?

»Der Tote selbst«, fuhr Harriman fort, »ist nach wie vor ein Unbekannter. Die Polizei hat Fingerabdrücke von ihm genommen und sie mit nationalen und internationalen Datenbänken abgeglichen. Darüber hinaus wurde eine Fotografie seines Gesichts durch eine dieser modernen Erkennungssoftware-Dinger gejagt – ich verstehe leider wenig davon.«

Sie horchte auf. »Und? Kein Treffer?«

Ein Kopfschütteln. »Nicht der geringste. Unser Unbekannter ist ein unbeschriebenes Blatt, zumindest in polizeilicher Hinsicht. Ich kann aber Folgendes über ihn berichten.« Harriman sah nun aufs Blatt, las vor. »Männlich, weiß, etwa achtzig Jahre alt und ...«

»Moment, achtzig?« Jenny stutzte. »Im Ernst?«

So alt war ihr der König gar nicht vorgekommen. Lag das vielleicht an dem Kostüm? Hatte sie vor lauter Brimborium nicht alle Details wahrgenommen? Es erschien möglich.

»Laut Labor ist das absolut ernst gemeint«, bestätigte Harriman. »Um die achtzig. Der Tote ist einen Meter neunundsechzig groß, wiegt vierundsiebzig Kilogramm und hat keine besonderen Merkmale – abgesehen von einer schlecht verheilten Blinddarmnarbe und eben der Wunde am Hinterkopf, die unser Täter mit dem Königshut verdecken wollte und die zum Tod geführt hat.«

»Mhm.« Jenny nickte nachdenklich. »Das sind interessante Informationen, Dag. Ich weiß allerdings nicht, ob sie uns weiterbringen. Hat wirklich niemand hier im Ort eine Idee, wer der Kerl ist? Denn was Sie da bislang berichten, widerlegt Seamus' Täterschaft in meinen Augen noch kein bisschen …«

»Bisher hat niemand den Toten identifizieren können«, antwortete ihr Gegenüber. Harriman legte die Blätter zurück in die Kladde und schloss diese. »Ich sehe das aber ganz ähnlich wie Sie, meine Liebe, und werde nicht länger darauf warten, dass die Polizei sich umhört oder die Zeitung ein Foto des Mannes abdruckt. Die erscheint hier nämlich nur einmal pro Woche, unser örtliches Info-Blättchen. Und bis dahin ist der Mörder vielleicht längst über alle Berge.«

»Was haben Sie vor?«

Er stand ächzend auf. »Ich habe auch einige Aufnahmen des Toten bekommen, vorhin von Percy.« Dazu nahm er einen kleinen Stapel von Fotoausdrucken aus der Kladde und reichte Jenny eines. »Hier, nehmen Sie ruhig und hängen Sie es ins Untersuchungszimmer. Vielleicht kennt ja ein Kunde der Praxis dieses Gesicht.«

Jenny betrachtete die Aufnahme. Sie zeigte den Mann

vom Vortag, aber nur den gesäuberten Kopf und die nun nackten Schultern. Der Mann lag rücklings auf einer silbrigen Unterlage und hatte die Augen geschlossen. Von seiner Wunde war in dieser Perspektive nichts zu erkennen, wodurch es fast wirkte, als schliefe er bloß.

»Mit denen werde ich durch North Hubbington ziehen und sie den Menschen zeigen«, erklärte Harriman seinen Plan. »So lange, bis wir eine Spur finden.«

»Oder einen Mörder«, sagte sie und schob das Foto gedankenlos in ihre Kitteltasche.

Sie war noch immer nicht von Seamus' Unschuld überzeugt. Daraus machte sie auch keinen Hehl. Sie hatte gehört, was er über dem Pub gesagt hatte. Dass er es hatte tun müssen. Dass jemand ihm ansonsten »alles verderben« würde. War das etwa ein Missverständnis gewesen? Es hatte anders geklungen!

»Ich kenne die Leute in North Hubbington«, meinte Harriman. »Schon mein ganzes Leben lang. Die sind keine Mörder.«

»Irgendjemand *muss* es getan haben«, beharrte sie. »Und bislang bin ich weit und breit die einzige Person von außerhalb. Von daher …«

Er nahm sie am Arm und führte sie zurück in die Küche. »Sie sind die Einzige, die wir bislang kennen«, betonte er. »Das ist ein Unterschied, meine Liebe. Warten Sie's ab.«

Das mit dem Abwarten, dachte sie grimmig, *scheint hier Methode zu haben. In jedem Roman, den ich kenne, säße Seamus Blair längst in Untersuchungshaft – mindestens. Aber in North Hubbington, wo Einheimische von Natur aus kein bisschen verdächtig sind, wird abgewartet, ob sich nicht doch noch eine Alternative findet. Unfassbar eigentlich!*

Einmal mehr sagte sie sich, dass es nicht ihr Fall war und ihr im Prinzip herzlich egal sein konnte. Doch das Gefühl blieb. Seit sie den falschen König auf Rankins Hof gesehen hatte, ließ er sie nicht los. Und alles, was seitdem geschehen war – von Seamus Blairs grünem Defender bis hin zu der nächtlichen Beobachtung an den Mülltonnen –, bekräftigte sie darin. Ob sie es nun wollte oder nicht: Der Fall beschäftigte sie. Und so, wie North Hubbington bislang mit ihm umging, hatte sie auch allen Grund dazu. Irgendjemand musste diesen »Abwartlern« ja schließlich zeigen, wo und wie sie irrten. Oder?

»Ich fange übrigens gleich heute Abend damit an«, riss Harriman sie aus ihren Gedanken. »Drüben im Rathaussaal. Da lege ich los und zeige die Fotos herum.«

Sie waren zurück in der Küche. Mildred hatte den Tisch abgeräumt und stellte gerade den restlichen Kuchen beiseite. Boothby, der aus dem Wohnzimmer herübergetrottet sein musste, beobachtete sie dabei so konzentriert, als könnte er durch reine Gedankenkraft dafür sorgen, dass ein Stück für ihn abfiel.

»Im Saal?« Jenny runzelte die Stirn. »Ist denn schon wieder Krisensitzung?«

»Heute ist Planungstreffen, nicht wahr?«, hielt Millie dagegen. Sie ignorierte Boothbys flehenden Blick – Süßspeisen konnten das reinste Gift für Hunde sein – und stellte den Kuchenrest in einer Haube neben den Brotkasten. »Für die Eintausend-Jahr-Feier.«

»Ganz genau.« Harriman nickte. »Das wäre vielleicht auch etwas für Sie, Jenny. Das halbe Dorf wird dort sein, mindestens. Und Sie erfahren mehr über unsere Sitten hier – inklusive den Festkönig. Wollen Sie mitkommen?«

Jenny wollte gerade einwilligen, da klingelte das Telefon.

KAPITEL 12

Die Sonne sank allmählich in den Firth. Jedenfalls sah es so aus, von der Klippe aus betrachtet. Immer mehr der inzwischen gelbrot gewordenen Himmelsscheibe verschwand hinter dem Horizont und scheinbar im kalten Wasser des Meeresauslegers. Jenny beobachtete sie aus dem Beifahrerfenster von Dags altem Wagen, den ihr älterer Kollege über die nächste bucklige Landstraße steuerte.

»Es gibt wie gesagt *zwei* Bauernhöfe in North Hubbington«, erklärte er dabei. »Den der Rankins haben Sie ja gestern schon gesehen. Jetzt fahren wir zur Konkurrenz, dem Hof von Patrick Fraser. Paddy ist ein umgänglicher Kerl. Zumindest, solange sie ihn nicht auf Themen wie Politik und Religion ansprechen; da kennt er leider keinen Spaß. Genau wie Bryce drüben am anderen Ende des Ortes hat auch Paddy Nutzvieh – Kühe, Schweine, Schafe, Hühner … Der Fraser-Hof ist sogar noch älter als der der Rankins, können Sie sich das vorstellen? Es heißt, Paddys Urururgroßvater habe ihn gegründet, und seitdem ist das Ding in Familienbesitz.«

»Meinen Glückwunsch«, murmelte sie. Die Dorfhistorie interessierte sie kaum, denn sie grübelte noch immer über den toten König im Kilt und seinen unbekannten Mörder.

Sie hatten den Rest der nachmittäglichen Sprechstunde abgesagt. Das, so hatten sowohl Harriman als auch Millie erklärt, sei bei Notfällen ganz normal und üblich. Und der

Anruf vom Fraser-Hof hatte definitiv wie ein Notfall geklungen.

»Wenn Sie das Schaf sehen«, warnte Harriman gerade, »dann bekommen sie keinen Schreck. Die Shauna ist vor Jahren mal an Paddys Pflugmaschine gekommen, seitdem wirkt sie ein wenig ramponiert. Aber die Wunden sind längst wieder verheilt, versteht sich, und dem Tier geht es blendend. Oder besser: Es ging ihm blendend. Bis heute.«

Das Schaf namens Shauna war die Patientin, zu der sie wollten. Harriman zufolge hatte Bauer Fraser am Telefon fast schon panisch geklungen, was für ihn sehr untypisch sei. Der Tierarzt hatte sofort eine Arzttasche aus der Praxis genommen und war mit Jenny in den Wagen gestiegen. Seitdem bretterten sie über die Landstraße, so schnell sie konnten.

Und ohne Rücksicht auf Verluste, ergänzte Jenny in Gedanken, als ein weiteres Schlagloch ihr abermals die Federn in Harrimans Sitzpolstern näherbringen wollte. *Aua …*

Nach der Klippe ging es erneut hangabwärts, und mit einem Mal konnte sie den Fraser-Hof sehen. Er war nicht so groß wie der von Bauer Rankin – ein schmales Haupthaus, ein uralt wirkender Stall – und lag näher an der Straße. Da waren kleine Weiden, auf denen Kühe grasten und Schafe zu schlafen schienen. Ein Windrad, montiert auf einem gut drei Meter hohen Eisengestell, drehte sich träge im Westwind, und gewaltige Haufen von gemähtem Gras silierten unter weißen Planen vor sich hin.

Harriman fuhr direkt zum Stall und drückte dabei kurz auf die Hupe. Schon kamen zwei Männer aus dem Inneren des alten Bauwerks.

Einer von ihnen musste Ende sechzig sein – ein drahtiger Kerl mit aschblondem Haar, das ihm leicht struppig in die Stirn fiel, und einem buschigen Schnauzbart. Der andere

Mann war jünger, vielleicht fünfundzwanzig Jahre, und erinnerte vom Körperbau her an amerikanische Footballspieler. Er hatte die vielleicht breitesten Schultern diesseits von Glasgow, muskulöse Arme und feuerrotes Haar, das zu kurzen Stoppeln geschoren worden war. Sein Gesicht zierten diverse Sommersprossen und ein breites Grinsen.

»Dag«, grüßte der mit dem Schnauzbart, kaum dass Harriman und Jenny ausgestiegen waren. »Gut, dass du kommst.«

»So schnell ich nur konnte, Paddy.« Harriman reichte ihm die Hand. »Kennt ihr meine Nachfolgerin schon? Doktor Jenny Little, das sind Paddy Fraser und sein Knecht Callum Mackenzie.«

»Angenehm«, sagte sie mit einem Nicken. »Wo ist das Tier?«

Dann hörte sie das Blöken. Es war quälend, schmerzerfüllt – und es kam aus dem Stall.

»Hier entlang, Doktor Little«, sagte Fraser. »Dag, du kennst ja den Weg.«

Sie traten ins Innere des Stalls. Es stand dem äußeren Eindruck in wenig nach: Jenny sah Wände, die dringend einer Renovierung bedurften, und ein windschiefes Dach. Nahezu der komplette Innenraum bestand aus einer einzigen Fläche, auf der sich Futtertröge und kleinere Verschläge befanden. Zwei breite Rinnen im betonierten Fußboden dienten als Tränke für die Tiere, und frisches Wasser lief regelmäßig durch sie hindurch.

Nahezu der komplette Rest des Bodens, insbesondere an den Seiten, war mit Heu und Stroh bedeckt. Jenny sah Mistgabeln und rostige Schaufeln an den Wänden hängen, gesichert mit kleinen Haken, und einen Wasserschlauch aus Plastik an der Rückseite des Stalls. Das Licht kam aus langen Neonröhren, die an Stahlseilen vom Dach des Stalls herabhingen.

Das Schaf lag in einem der Verschläge. Jenny erkannte sofort, was Harriman gemeint hatte: Die linke Seite der bedauernswerten Shauna war von Narben übersät. Man sah sie allerdings nur, wenn das Tier – wie jetzt – frisch geschoren war. Doch nicht die alten Wunden bekümmerten Shauna.

»Hey, meine Kleine«, raunte Jenny dem Schaf zu. Langsam ging sie neben ihm in die Hocke, betastete sanft seinen Kopf. »Was hast du denn, hm? Was schreist du so?«

»Ich weiß es nicht«, klagte Fraser. Er blickte von ihr zu Harriman.

Der Knecht stand derweil an der Wand des Verschlages, die Hände in den weiten Hosentaschen, und sah zu. »Sie hat einfach angefangen zu schreien, Dag. Von einem Moment auf den anderen. Callum und ich konnten sie nicht beruhigen. Sie ist hier auf der Stelle in die Knie gesunken, hat sich ins Heu gelegt und aus heiterem Himmel losgeblökt, als wären zehn Teufel gleichzeitig hinter ihr her. Liegt das an der Geschichte mit dem Pflug von damals? Du hattest doch gesagt, das sei längst ausgestanden?«

»Das ist es auch, Paddy«, versicherte Harriman ihm. »Das ist Jahre her. Lass uns mal nachsehen, einverstanden?«

Er trat zu Jenny und öffnete den Koffer mit der Ausrüstung. Dabei senkte er die Stimme, damit nur sie ihn hören konnte. »Der Pflug, das war Paddys Schuld«, erklärte er. »Der Gute macht sich seitdem die größten Vorwürfe, die wird er einfach nicht los. Und er fasst Shauna quasi mit Samthandschuhen an! Dinge, die ihm bei anderen Tieren keinen zweiten Blick wert wären, machen ihn bei ihr sofort nervös. Er fühlt sich gleich doppelt und dreifach für Shauna verantwortlich, verstehen Sie? Weil er ein einziges Mal nicht gut genug aufgepasst hat und ihm das Schaf vor den Pflug gelaufen war.«

Jenny nickte. An Bauer Fraser sollten andere Tierhalter sich ein Beispiel nehmen, fand sie. Jedes Lebewesen verdiente es, dass man sich »doppelt und dreifach« um es kümmerte.

Sie begannen mit der Untersuchung. Während Jenny das blökende Tier festhielt, leuchtete Harriman ihm in Augen und Rachen, horchte den Brustkorb ab und befühlte einzelne Körperstellen. Dann atmete er hörbar durch.

»Also, Frau Kollegin?«, fragte er. »Wie lautet Ihre Diagnose?«

»Äh …«

Verwirrt blinzelte Jenny ihn an. Sie hatte keinen blassen Schimmer. *Er* war derjenige mit dem Stethoskop. Doch sie begriff schnell: Das war ein Test! Ohne ein weiteres Wort griff auch sie zu Stethoskop und Stablampe. Sie tat exakt das, was auch Harriman getan hatte – und stutzte.

»Da ist absolut nichts«, sagte sie. »Keinerlei Hinweis auf eine Erkrankung. Herz, Lunge … Funktioniert alles tadellos, zumindest auf den ersten Blick.«

Harriman nickte. »Und?«

»Und wir suchen weiter«, antwortete sie und begann, das Tier mit frisch behandschuhten Händen abzutasten. Sie kam nur wenige Zentimeter weit, bevor sie erneut innehielt.

Das ist seltsam.

Einer der Pansen, also der Vormägen, der armen Shauna fühlte sich eigenartig hart an. Mehr noch: Das Tier schien lauter zu blöken, wann immer Jenny sanft dagegendrückte.

»Bingo«, murmelte sie.

Harriman lächelte. Es wirkte fast schon stolz. »Sie haben es gefunden. Meinen Glückwunsch.«

»Was hat sie denn jetzt?«, fragte der Knecht Callum. Selbstgefällig wippte er auf den Fersen seiner Stiefel vor und zurück, die Hände in den Hosentaschen. »Spinnt sie, Doc? Das hab ich nämlich vermutet. Dass die Shauna allmählich alt und ein bisschen gaga wird. So war das auch bei meinem Opa. Der war irgendwann so verkalkt in der Birne, dass er gar nicht mehr wusste, was er tat.«

»Du und deine Vermutungen, Callum«, schimpfte Bauer Fraser. »Kein Mensch will deine Meinung hören, klar? Mach dich lieber nützlich und hole die Kühe von der Weide rein. Es wird Zeit zum Melken.«

Callum fügte sich merklich ungern, ging aber ins Freie.

Fraser sah sorgenvoll zu Harriman. »Was ist es, Dag?«, fragte er. »Was hat sie?«

Harriman hob eine Braue. »Doktor Little?«

Jenny stand auf und streifte sich die Handschuhe ab. »Galle«, antwortete sie. »Im Pansen.«

»Im was?« Der Landwirt erbleichte.

»Einer ihrer Vormägen ist übersäuert«, führte sie aus. »Das ist zumindest mein Verdacht. Wir müssten genauere Analysen des Blutes und der Ausscheidungen vornehmen, um ganz sicher zu sein. Aber in meinen Augen spricht alles dafür. Das ist nicht lebensgefährlich, Mr Fraser; zumindest noch nicht. Wir können dieses Leiden behandeln. Und dafür dürfen Sie sich bei Shauna bedanken.«

»Sie ist in einem sehr frühen Stadium«, stimmte Harriman zu. »Wäre es anders, läge sie längst nicht mehr so ruhig vor uns. Aber selbst jetzt gibt sie dir schon lautstark Bescheid, dass du dich kümmern musst. Shauna hat sich gewissermaßen selbst gerettet.«

Aus Frasers Entsetzen wurde vorsichtige Erleichterung. »Ihr ... Ihr könnt ihr helfen?«

»Sie können das«, betonte Jenny. »Füttern Sie sie anders. Gab es in letzter Zeit zu viel Zucker für das Schaf? Zu viele

Kohlenhydrate? Immer wieder das gleiche Gras? Stellen Sie ihre Ernährung um, und schon wird sich der Pansen erholen. Andernfalls greift die Säure irgendwann die Schleimhäute an, und dann hat Shauna ein ernstes Problem.«

»Du hast ein sehr feinfühliges Schaf, Paddy.« Harriman schmunzelte und klopfte ihm auf die Schulter. »Ein kluges Tier, echt.«

Der Bauer bestätigte ihnen, dass Jennys Analyse richtig war. Shauna hatte in der Tat sehr kohlenhydratreich gegessen, und das schon seit Wochen.

»Dieser nichtsnutzige Callum«, schimpfte er leise. »Der achtet echt auf nichts, was man ihm nicht ausdrücklich aufträgt. Eigentlich ist die Fütterung seine Aufgabe – die ausgewogene Fütterung wohlgemerkt –, aber er hatte wohl wieder nur sein angebliches Liebchen aus dem Dorf im Kopf. Pah, als würde den eine haben wollen! Und ich Idiot hab ihn machen lassen ...«

Sie überließen die Patientin ihrem Besitzer und versprachen, am nächsten Tag erneut nach ihr zu sehen. Dann packten Jenny und Harriman ihre Ausrüstung ein und verabschiedeten sich von Bauer Fraser. Als sie die Scheune verließen, sah Jenny den Knecht, der sich auffallend lustlos um den Rücktrieb der Kühe in den Stall kümmerte.

Macht der das mit Absicht?, wunderte sie sich. *Der wirkt wie ein bockiges Kind, das nicht gehorchen will.*

»Callum Mackenzie ist ein Fall für sich«, sagte Harriman leise. Er schien Jennys Blicke bemerkt zu haben. »Ich bezweifle, dass irgendjemand sonst den einstellen würde. Stur wie ein Ziegenbock und so nachtragend wie Mrs Greens Katze.«

»Nun mach schon!«, fuhr der Knecht eine Kuh an. »Du sollst reingehen. Wird's bald?«

»Hey, Callum«, rief Harriman. »Ich weiß nicht, ob die besser gehorcht, wenn du sie anbrüllst. Meinem Eindruck nach ist ihr das schnurzegal. Sie wird nur bockig.«

Der Knecht sah zu ihnen herüber. »Manchmal muss man aber laut werden, Doktor Harriman. Das ist auch Cats Meinung. Sie sagt, sie kann Männer nicht ernst nehmen, die sich nicht behaupten können. Und die Cat, die hat Ahnung von der Welt.«

Ratlos sah Jenny ihren Begleiter an. »Sein Liebchen aus dem Dorf?«, flüsterte sie.

»Vermutlich«, erwiderte Harriman leise. »Ich kenne allerdings nur eine Frau, auf die das Kürzel passen würde. Und Catriona Murray spielt in einer anderen Liga als Callum hier. Ach was, auf einem anderen Planeten!«

»Ich geb ihr ja immer Spitznamen«, sagte Callum und grinste weiter. »Um sie zu ärgern. Auch das mögen Frauen manchmal, Doc. Ernsthaft!«

Na, du bist mir ja ein Herzchen, dachte Jenny und verkniff sich nur mit Mühe ein Kopfschütteln.

Schnell gingen sie weiter.

»Aber Sie, Jenny, würde ich jederzeit einstellen«, fuhr Harriman fort. »Sind Sie sicher, dass Sie noch nie in einer Tierarztpraxis gearbeitet haben? Sie machen das ganz wunderbar.«

»Todsicher, Dag«, antwortete sie. Doch das Lob tat ihr gut.

Sie hatten den Wagen fast erreicht, da blieb Harriman stehen und fluchte leise.

»Ich bin ein *schöner* Detektiv«, schimpfte er, drehte sich um und hob die Stimme. »Da bietet sich mal eine Gelegenheit, und ich vergesse sie prompt. He, Paddy! Paddy, bist du noch da?«

Der Bauer kam aus dem Stall und auf sie zu. »Ist noch was, Dag?«

Harriman griff in seine Jackentasche und zog ein Blatt Papier hervor, das er auseinanderfaltete. Es zeigte den Toten vom Rankin-Hof. »Hier, guck mal. Percy und ich sind mal wieder an einer Leiche dran, und jetzt fragen wir überall, ob den vielleicht jemand kennt. Sagt dir das Gesicht etwas?«

Der andere Mann nahm die Aufnahme und betrachtete sie stirnrunzelnd. Dann schüttelte er den Kopf … und hielt plötzlich inne. »Ist das Derek?«

Mit einem Mal spürte Jenny ein Kribbeln im Nacken. Eine innere Anspannung packte sie und weckte Ermittlerinstinkte, von deren Existenz sie noch nie gewusst hatte. »Derek?«, hakte sie nach. »Welcher Derek?«

Sie schaute zu Harriman, der ratlos mit den Schultern zuckte. »Würde mich auch interessieren«, brummte er.

»Na, Derek Jones«, antwortete Fraser. »Die Ähnlichkeit ist zumindest gegeben, auch wenn ich Derek seit Jahrzehnten nicht mehr gesehen habe. Ich war damals fast noch ein Junge. Aber *würde* ich ihm heute wieder begegnen … Ja, dann könnte er tatsächlich so aussehen. Diese hässliche Nase erkennt man doch unter Tausenden wieder.«

KAPITEL 13

»Ist das Ding an?«, rief Nigel Dugan in das Mikrofon. Dann stieß er mit dem knochigen Finger dagegen – so fest, dass es in den Lautsprechern wie Donnerhall klang. »Kann man mich hören?«

»Jetzt nicht mehr, Nigel«, antwortete Bryce Rankin. Er saß in der ersten Reihe, direkt vor der Bühne, und nicht nur er rieb sich mit schmerzerfüllter Miene die Ohren. »Besten Dank auch …«

Es war kurz nach zwanzig Uhr und der Rathaussaal einmal mehr gut gefüllt. Dag Harriman stand an der Seitenwand, die Hände noch in den Manteltaschen, und besah sich die versammelte Menge. Sie waren alle gekommen, oder? Das letzte Planungstreffen für die große Feier hatte jeden Aktiven und jeden Interessierten aus dem Ort vor die Tür gelockt. Sämtliche Sitzreihen waren voll belegt, auch auf dem Boden saßen die Leute, und noch immer wurde fleißig nachbestuhlt. Der Saal platzte aus allen Nähten.

Auf der Bühne hatten sich – neben dem tattrigen Bürgermeister am Mikro – der Festtagskönig John McDonald und die Vorsitzende des Organisationskomitees eingefunden, Sarah Douglass. Die Zweiundfünfzigjährige aus der Baker Street trug ein geblümtes Kleid und eine weinrote Strickweste. Neben ihr saß Father Green, die Hände im Schoß gefaltet. Er hatte schlohweißes, schütteres Haar und ein Gesicht, das ebenso milde wie müde wirkte. Beides war nicht überraschend, fand Harriman, dachte man an seine Gemahlin.

In den Sitzreihen erkannte er weitere vertraute Gesichter. Da war Stewart, der Fleischer aus der Firth Road. Zwei Reihen weiter unterhielten sich der Briefträger Ashton, ein drahtiger Mittvierziger mit Segelohren und braunem Haar, und der pensionierte Fremdenführer Gill, dessen Terrier-Hündin Harriman einmal in den Daumen gebissen hatte. Selbst Paddy Frasers Knecht war gekommen. Er stand an der Rückwand des Saales und schien – tatsächlich – Catriona Murray becircen zu wollen, eine der ausgesprochenen Schönheiten des Dorfes. Catriona, die zu König Johns Festgefolge gehörte, zeigte Callum allerdings die kalte Schulter.

Verständlich, dachte Harriman.

»Nochmals«, rief Nigel Dugan in sein Mikrofon. »Ist das Ding an?«

Es war nahezu der ganze Saal, der ihm antwortete. »Ja, verdammt«, erklang es fast einstimmig aus zahlreichen Kehlen.

»Ah.« Nigel blinzelte. »Dann ist es ja gut. Dann können wir ...«

»Wir können anfangen, ja, genau.« Sarah Douglass fiel dem Alten mit zielsicherer Bestimmtheit ins Wort und lächelte freundlich, während sie ihm das Mikrofon abnahm. »Vielen Dank, Nigel. Wirklich.«

Während der Bürgermeister verwirrt Platz nahm, erhob sie sich von ihrem Sitz auf dem Podium und wandte sich an die Versammlung. Harriman mochte Sarah Douglass. Sie war ebenso patent wie resolut und wusste sich überall durchzusetzen. Obwohl sie erst Anfang fünfzig war, ging sie keiner Arbeit mehr nach. Eine Nervenkrankheit hatte sie arbeitsunfähig werden lassen, und sie füllte ihren Ruhestand nun damit aus, dass sie sich im Dorf engagierte.

»Ich eröffne dann mal«, sagte sie. »Ihr wisst ja ohnehin alle, worum es geht. In wenigen Tagen beginnt unser großer Tag, und wir müssen die letzten Schritte besprechen. Wer dekoriert den Dorfkern, wann geht die Parade los, wo wird im Anschluss gefeiert … Und so weiter. Father Green ist heute bei uns, um etwas dazu zu sagen. Richtig, Father?«

Der Angesprochene zuckte zusammen, als erwachte er aus einem Nickerchen. »Was? Äh, ja, natürlich. Also, was die Dekoration anbelangt …«

Die nächsten knapp zehn Minuten umschrieb Green ein Konzept zur Verschönerung der Strecke, die der König mit seinem Gefolge durchs Dorf nehmen würde. Die Parade mit den Festwagen war das Kernstück der bevorstehenden Jubiläumsfeier, und ganz North Hubbington würde am Streckenrand stehen und der Majestät zujubeln.

Harriman hörte nur mit halbem Ohr zu und verstand doch sofort, dass nicht Father Green, sondern dessen Gattin die Ideengeberin dieses Deko-Konzeptes war. Und er war nicht überrascht, als der Rest des Saales es unisono ablehnte, kaum dass Sarah Douglass um Rückmeldungen bat. So kurz vor dem großen Tag wollte niemand mehr neue Konzepte hören. Es war schon stressig genug, die bestehenden umzusetzen.

»In Ordnung«, sagte Sarah, während Father Green wieder Platz nahm. »Was die Abfahrt der Paradewagen anbelangt, also: Der Wetterdienst erwartet Regen ab ungefähr vierzehn Uhr. Wir täten daher gut daran, den Teil der Feier vorher zu erledigen.«

»Es ist North Hubbington und nicht Rimini, Sarah!«, rief der Fleischer. »Wann gibt's hier mal *keinen* Regen? Uns ist völlig egal, wie das Wetter wird. Wir sehen uns den Umzug an, selbst wenn es hagelt oder stürmt.«

Der Rest des Auditoriums lachte zustimmend. Selbst Dugan stimmte in das Gelächter ein, wenngleich Harriman unsicher war, ob er überhaupt wusste, worüber gesprochen wurde. Der Bürgermeister hatte die Aufmerksamkeitsspanne eines Goldfischs, zumindest wirkte er mitunter so.

Und er guckt auch wie einer, dachte Harriman.

»Womit wir bei den Wagen selbst wären.« Sarah Douglass lächelte. »Es wird drei Stück geben, sagt man mir. Einen vom Junggesellenverein, einen von den Heimatfreunden und natürlich den Wagen des Königs. John?«

John McDonald erhob sich und räusperte sich. Er wollte gerade zu sprechen beginnen, da rief jemand aus dem Publikum.

»Wird euer Wagen überhaupt rechtzeitig fertig? Es heißt, ihr hängt im Zeitplan hinterher.«

Harriman drehte den Kopf. Es war Callum, der sich einen Scherz erlaubt hatte. Der Knecht wieherte vor Lachen, als Catriona Murray ihm einen tadelnden Stoß mit dem Ellenbogen verpasste.

»Ich versichere dir«, ergriff McDonald nun das Wort. »Unser Wagen ist nicht nur fertig, sondern wunderschön. Ihr wisst ja: Ich freue mich schon fast mein ganzes Leben darauf, ein Mal König von North Hubbington zu werden. Ein Mal in die Fußstapfen meines Vaters zu treten, der das vor fünfzig Jahren war.«

Harriman runzelte die Stirn. In Gedanken hörte er Jenny Littles Worte wieder, ihren Vorwurf von vorhin: *Irgendjemand* muss *es getan haben.*

Es war ein Leichtes, sich John McDonald als Täter vorzustellen – jedenfalls dann, wenn man den Mann nicht kannte. Ein »falscher« König war in North Hubbington erschienen, wenige Tage vor dem großen Fest. War es da nicht denkbar, dass der

Mann, der als *echter* König auserkoren war, den Konkurrenten aus dem Weg räumte? Der Mann, für den die Festtagskrone mehr als nur eine Ehre war, sondern auch eine Art Erbe?

Der Tierarzt kratzte sich am Hinterkopf. Ja, es *war* eine Theorie. Und dennoch: Er glaubte sie keine Sekunde lang.

John könnte keiner Fliege etwas zuleide tun, beharrte er – auch, um sich selbst die Zweifel auszureden. *Da bin ich mir vollkommen sicher. Wenn der Ärger mit jemandem hätte, dann würde er den Dialog suchen. Oder zur Polizei gehen. Nie und nimmer würde er einfach zuschlagen. Und erst recht nicht auf Rankins Hof.*

Das war ohnehin eines der größten Rätsel hier, oder etwa nicht? Was in aller Welt hatte der Fremde draußen auf dem Hof zu suchen gehabt, noch dazu im Kostüm?

Derek, korrigierte Harriman sich. *Paddy hat ihn Derek genannt.*

Er wusste noch immer nicht viel über die Person hinter dem Namen. Frasers Erinnerungen an sie waren arg lückenhaft gewesen, und nach nahezu jedem zweiten Satz hatte der Bauer betont, dass er sich alles andere als sicher sei. Die Ähnlichkeit sei vorhanden, das schon, aber zwischen dem Derek Jones, den er gekannt haben wollte, und dem Mann auf dem Foto lagen Jahrzehnte. Es *konnte* Jones sein, zumindest mit ein wenig Fantasie. Genauso gut aber auch nicht. Er sei damals ja fast noch ein Kind gewesen …

Ein schöner Zeuge bist du, Paddy, dachte Harriman. *Echt. Als würde uns so eine Angabe irgendwie weiterhelfen.*

Ihm selbst sagte der Name Derek Jones absolut nichts. Auch Millie, die er vorhin darauf angesprochen hatte, konnte sich nicht an den Mann erinnern, mit dem Paddy Fraser in jungen Jahren gelegentlich im *Drunken Rover* Karten gespielt haben wollte.

Jones sei Hafenarbeiter gewesen, so der Bauer, und habe hier und da im Dorf ausgeholfen. Ein solider Arbeiter, aber auch ein ziemlicher Trunkenbold, der von der Hand in den Mund lebte und keine Familie hatte – zumindest in Frasers Erinnerung. Es war nicht viel, was der Bauer über Derek Jones wusste. Und selbst das wenige konnte Harriman nur schwer glauben. Immerhin lebte auch er schon seit gefühlten Ewigkeiten in North Hubbington, und ein Mann dieses Namens – oder dieser Beschreibung – war ihm wissentlich nie begegnet.

Aber irgendwo muss man anfangen, sagte er sich und tastete nach dem Foto in seiner Jackentasche. *Gleich nach der Planungssitzung ...*

John McDonald und Sarah Douglass fuhren fort, den Stand der Vorbereitungen zu umreißen. Die Strecke, die die Parade nehmen würde, begann am Ortseingang, führte einmal quer durch das Zentrum – vorbei an *Hub* und *Rover*, an Rathaus und Kirche – und endete am Hafen. Von dort aus zogen die Aktiven dann zum Rathaussaal und zum Pub weiter, die beide als Feierstätten bereitstanden.

Für die Parade war eine gute halbe Stunde veranschlagt, für das anschließende Gelage der gesamte Rest des Tages und die Nacht. Irgendwo in dem ganzen Programm musste noch ein freies Zeitfleckchen gefunden werden, an dem Nigel Dugan seine Rede halten konnte. So war es Tradition. Doch niemand schien sonderlich erpicht darauf zu sein, Nigel zu hören, weshalb man diesem Programmpunkt keine besondere Priorität einräumte. Auch der Bürgermeister tat es nicht: Als McDonald das Thema kurz anschnitt, nickte Nigel nur und lächelte. Es war offenkundig, dass er nicht zugehört hatte.

Harriman wartete bis zur Pause. Dann verließ er den Saal. Im Grunde hatte er alles gehört, was er hören wollte. In die Organisation der Jubiläumsfeier war er nicht involviert, sie interessierte ihn einfach nur. Millie und er – und Jenny Little, wie er hoffte – würden sich den Umzug gemeinsam ansehen und danach vielleicht noch ein Glas zusammen trinken. Oder zwei. Das stand fest. Doch weit wichtiger war die Suche nach dem frei laufenden Mörder! Ihr wollte er sich *eigentlich* widmen.

Draußen auf der Straße versammelten sich nur wenige Raucher. Harriman zückte das mitgebrachte Foto und zeigte es herum. Niemand erkannte den Toten, und niemand schien den Namen Derek Jones je gehört zu haben. Auch die Beschreibung, die Fraser von dem Mann gegeben hatte, weckte bei keinem Einwohner des Dorfes, den Harriman darauf ansprach, irgendwelche Erinnerungen.

»Nie gehört«, murmelte Milton Miller, der alte Frisör aus der Seitenstraße neben der Kirche.

Trotz seiner vierundachtzig Lenze arbeitete der spindeldürre Miller noch immer in Vollzeit, weil es ihm Freude bereitete. Auch Harriman gehörte zu seinen Kunden, und wann immer er Miller nach dem Geheimnis seiner »jugendlichen Ausdauer« fragte, legte der Frisör die Scheren beiseite und griff zur Zigarillo-Schachtel.

»Die hier, Dag«, sagte er dann und steckte sich einen der Glimmstängel zwischen die blassen Lippen. »Die machen den Unterschied. Ich qualme, seit ich vierzehn bin. Doc Dalton meint, ich müsste deswegen eigentlich längst tot sein – und der Zustand meiner Lunge gibt ihm recht. Aber ich glaube, der Tod hat mich einfach vergessen. Eben weil ich so lange schon rauche. Der Schnitter denkt, er hätte mich längst abgeholt!« Dabei lachte Miller stets vergnügt, und der Zigarillo wippte zwischen seinen Frisörfingern.

Nun sagte er aber nicht viel. Er zuckte nur mit den knochigen Schultern und wiederholte sein »Nie gehört« ein zweites Mal.

Harriman dankte ihm trotzdem. Als er sämtliche Personen auf dem »Raucherhof« abgeklappert hatte, fiel sein Blick auf den *Drunken Rover*. Die Eingangstür stand offen, und leise Musik drang aus dem Schankraum ins Freie. Harriman musste an Jenny denken. An die Sache mit Seamus Blair und dem unangenehmen Gespräch im Garten der Harbour Road. Ob er die Gelegenheit nutzen konnte? Für ein klärendes Wort?

Kurzerhand ging er zum *Drunken Rover*. Im Inneren des Pubs war herzlich wenig los. Zwei Fischer, die Harriman nur vom Sehen kannte, saßen an einem Tisch in der Ecke und spielten Karten. Hinter dem Tresen stand die Wirtin Mairi und polierte ein Pint-Glas.

»'n Abend, Dag«, grüßte sie. »Ist die Sitzung schon vorbei? Kommt ihr jetzt alle?«

»Noch nicht«, antwortete er. »Ist erst Pause.«

»Kein Problem.« Sie lächelte und griff unaufgefordert nach einer der Islay-Malt-Flaschen unter ihrer Theke. Nach Harrimans Lieblingssorte, wie er dankbar feststellte. »Einen für auf den Weg?«

»Du kennst mich viel zu gut«, bejahte er und nahm am Tresen Platz. Dabei legte er das Foto des Toten neben sich auf das dunkle Holz.

Mairi Blair schenkte großzügig ein und stellte das Glas vor Harriman ab. Sofort roch der Tierarzt das torfige Aroma des Kilchoman Sanaig. Die dunkle Färbung dieses edlen Tropfens erinnerte an die Moore, die er so gern mit Boothby durchwanderte, und die sanfte Sherry-Note verlieh ihm eine angenehme Schwere.

Schottland in einem Glas, dachte Harriman und schloss genießerisch die Augen, als er den Whisky zum Mund führte. *Und schon stolze achtzehn Jahre alt. Slàinte.*

»Ist er das?«, fragte die Wirtin.

Harriman mochte Mairi. Sie und ihr Bruder Seamus waren gute Menschen, Leute, die anpackten und sich kümmerten. Der *Drunken Rover* war schon seit Generationen im Besitz ihrer Familie, von der der sechsunddreißigjährige Seamus und seine sechs Jahre jüngere Schwester heute die einzigen noch lebenden Mitglieder darstellten. Mairi führte den Pub nicht nur, weil es ihr Spaß machte – das wusste Harriman genau. Sie tat es auch, weil sie es als ihre Pflicht ansah, aus stolzer Tradition.

Harriman öffnete die Augen wieder. Mairi stand direkt vor ihm, das schulterlange rote Haar hinter die Ohren geklemmt, und sah auf die Aufnahme des Toten hinab.

»Der Kerl von Bryces Hof, meine ich?«, sagte sie. »Ist das euer falscher König?«

Harriman nickte. »Ist er. Die Polizei schätzt ihn auf um die achtzig und hat ihn bislang in keiner Datenbank finden können. Aktuell suchen wir nach Leuten, denen er bekannt vorkommt.«

»Hm.« Mairi stellte das Glas ab. Nachdenklich betrachtete sie den Mann auf dem Foto. »Wer könntest du sein?«

Sie hatte eine sportliche Figur und verdrehte gewiss vielen Männern den Kopf. Soweit Harriman wusste, hatte sie sich aber noch nie nennenswert lange mit einem eingelassen. Sie liebte ihre Unabhängigkeit, so hieß es, und der Mann an ihrer Seite musste da mithalten können. Außerdem liebte sie ihre Heimat, und die Auswahl an adäquaten Junggesellen war in North Hubbington recht übersichtlich.

»Tja«, murmelte Harriman. »Das wüssten viele gern.«

Abermals nippte er an dem Islay. Der Whisky war speziell und längst nicht jedermanns Sache, insbesondere auch wegen seines rauchigen Nachgeschmacks. Doch gerade das liebte Harriman so an ihm. Gute Whiskys hatten Charakter!

»Nenn mich verrückt«, murmelte Mairi, »aber könnte das Derek sein? Derek Jones? He, Robert«, rief sie einem der anderen Männer im Schankraum zu. »Komm mal kurz rüber. Erkennst du den?«

Percy Verkaik liebte diese Zeit. Jetzt, so kurz vor dem Schlafengehen, schien ganz North Hubbington zur Ruhe zu kommen. Draußen vor den Fenstern seiner kleinen Wohnung, die im Obergeschoss der Polizeiwache lag, sah er keine Menschenseele mehr, und in den Häusern rechts und links der Kirche ging ein Licht nach dem anderen aus.

Endlich Feierabend, dachte er und seufzte zufrieden.

Dann rieb er sich die müden Augen. Der Tag war lang gewesen, oder etwa nicht? Wie immer, wenn eine Mordermittlung anstand. Verkaik war kein Freund von Mördersuchen. Er liebte seine Heimat, gerade weil sich in ihr Fuchs und Hase Gute Nacht sagten.

Doch auch Idyllen warfen Schatten. Das wusste der Constable genau, nicht zuletzt weil sich die Wirklichkeit einen Dreck um seine Wünsche scherte und ihn längst nicht nur mit Falschparkern auf Trab hielt. Auch in North Hubbington gab es Morde – deutlich häufiger sogar als in allen Nachbargemeinden. Den Grund dafür kannte niemand, es mochte purer Zufall sein. Doch Fakt blieb, dass Verkaik auch Mordfälle auf den Schreibtisch flatterten. Und wann immer das geschah, war er mit seinem Latein schnell am Ende.

Verkaik kannte seine Grenzen. Schon in der Schule war er eher solide als überragend gewesen, mehr guter Arbeiter als ausgewiesener Schlaufuchs. Bei den Pub-Quiz im *Drunken Rover*, an denen er regelmäßig und mit Begeisterung teilnahm, belegte er meist einen der letzten Plätze, und sein seliger Vater Stephen hatte ihm einmal im Scherz attestiert, er könne »ein Kreuzworträtsel selbst dann nicht lösen, wenn darin nur nach Begriffen aus deinem alltäglichen Leben« gesucht werde.

Verkaik war nicht dumm, ganz und gar nicht. Aber eben auch kein Meisterdetektiv. Und in Mordfällen brauchte es meist mehr als solide Arbeit, um ans Ziel zu gelangen. Mörder waren eine echte Herausforderung.

Zumal sie da draußen frei herumlaufen, dachte er nun. *Jetzt in diesem Moment.*

Der Gedanke erschreckte ihn. Auch das war ein Problem bei Mordfällen: Je länger man für ihre Aufklärung brauchte, desto größer war das Risiko, dass der oder die Täter sich klammheimlich vom Acker machten oder – Grundgütiger! – ein zweites Mal zuschlugen. Kalte Schauer zogen über Verkaiks Rücken, als er sich das ausmalte. Ein zweiter Mord, direkt nach dem ersten? Nein, das durfte nicht passieren – unter keinen Umständen.

Also musste ermittelt werden. Schnell und erfolgreich. Auch deshalb war er froh, Dag Harriman zu haben.

Der Tierarzt hatte ein Händchen für knifflige Fälle. Das ließ sich nicht leugnen. Harriman sah Spuren, wo er selbst nur Staub und Dreck ausmachte. Harriman ersann Theorien zum Tathergang, auf die Verkaik nicht einmal im Traum gekommen wäre, und nicht selten erwiesen sie sich als richtig. Wo er selbst an sich und seinen kleinen grauen Zellen zweifelte, brillierte der Mann aus der Harbour Road. Ging es um Mord, war Dag Harriman einfach unersetzlich.

Das sieht Dag vermutlich ganz genauso, dachte der Constable. *Er würde es nicht zugeben, aber es stimmt.*

Ob sie morgen endlich weiterkamen? Verkaik konnte es nur hoffen. Die Ermittlung trat schon viel zu lange auf der

Stelle, und beim Gedanken an den oder die Täter da draußen in der Dunkelheit wurde ihm ganz anders.

»Denk an etwas anderes«, sagte er sich. »Schnell. An etwas Schönes.«

Andernfalls konnte er den Schlaf vergessen, nach dem er sich so sehnte. Verkaik gähnte und ging zu dem Regal mit den Flaschenschiffen, die er so liebte. Jedes einzelne dieser selbst gebauten Modelle wärmte sein Herz und vertrieb die Sorge um den Mörder des falschen Königs, wenigstens für den Moment. Da war die stolze Fregatte der Marine, ganz grau und mit langer Kanone am Bug. Dort stand der alte Fischkutter, dessen Netze aus echtem Seil bestanden und dessen bärtigen Kapitän Verkaik erst vor wenigen Wochen bemalt und lackiert hatte. Etwas weiter rechts …

Der Constable hatte gerade nach der Flasche mit dem Piratenschiff greifen wollen, das er schon seit Kindertagen besaß, da klopfte es unten an die Tür der Wache – laut und lange.

Nanu? Er stutzte und ließ den Arm sinken. Abermals wurde ihm kalt, und er zog den Morgenmantel enger. Darunter trug er nur seinen Schlafanzug, und obwohl es in seiner Wohnung angenehm warm war, fröstelte er.

Das Klopfen wiederholte sich, wurde zum regelrechten Hämmern. »Constable?«, rief eine Frauenstimme. »Constable Verkaik? Sind Sie da?«

Es ist wieder passiert, dachte er. Mit einem Mal wurde sein Mund trocken, und seine Knie fühlten sich an, als bestünden sie aus Gummi. *Der zweite Mord …*

Schnell ging er zur Treppe, die ins Erdgeschoss und in die Wache führte. Sein Herz schlug wie wild, und die Hand, mit der er die Eingangstür aufschloss, zitterte wie Moorgras im Wind. Dann riss er die Augen auf. Vor der Tür standen Dag Harriman und Jenny Little.

»Haben wir Sie geweckt?«, fragte die junge Frau aus London. Sie war es, die vorhin gerufen hatte. »Sie sehen schläfrig aus.«

»Ach was.« Harriman winkte ab. »Das Böse schläft nie. Also dürfen wir es auch nicht. Richtig, Percy?« Mit völliger Selbstverständlichkeit betrat der Tierarzt die Wache und schaltete das Deckenlicht ein. Doktor Little folgte ihm.

»Äh«, sagte Verkaik. »Richtig.« Es klang mehr wie eine Frage als wie eine Antwort. »Was wollt ihr hier, Dag? Sag bloß nicht, es ist schon wieder passiert!«

»Was?« Harrimans Augen wurden groß. »Um Himmels willen, nein. Wo denkst du hin? Wir kommen mit *guten* Neuigkeiten!«

Na, jetzt bin ich gespannt, dachte der Constable.

Sie setzten sich an seinen Schreibtisch, einen länglichen Holztisch rechts bei den Fenstern. Abgesehen von mehreren Regalen voller Akten, von Rollschränken, zwei deckenhohen Zierpflanzen und dem Durchgang zu Teeküche, WC und Arrestzelle war er so ziemlich alles, was sich im Erdgeschoss des Gebäudes befand. Zwei mit schwarzem Leder bezogene Stühle standen vor dem Tisch, ein abgewetzter Sessel dahinter. Harriman nahm auf einem der Stühle Platz und bedeutete seiner Begleiterin, es ihm gleichzutun.

Verkaik wählte den Sessel. »Gute Neuigkeiten?«, hakte er nach.

Jenny Little nickte. »Wir haben einen Namen. Für den Toten aus dem Heuschuppen. Einen Namen … und jetzt auch eine Geschichte.«

»Derek Jones«, sagte Harriman. Er lehnte sich in seinem Sitz zurück und schlug die Beine übereinander. »Ich war anfangs skeptisch, damit zu dir zu kommen. Ich konnte es kaum glauben, irgendwie. Aber inzwischen haben gleich mehrere

Personen uns gegenüber bestätigt, dass der Tote Jones sein könnte. Jones in alt, sozusagen.«

»Verzeihung.« Verkaik blinzelte. »Aber soll mir das etwas sagen? Derek Jones?«

»Ein Hafenarbeiter«, soufflierte Doktor Little. Sie war aufgeregt, das hörte man. Sie wirkte wie elektrisiert. »Er soll vor Jahrzehnten hier im Ort gewohnt haben, aber nur kurz. Nur ein paar Jahre lang. Richtig, Dag?«

Der Angesprochene nickte. »Robert Kirk hat es mir bestätigt, vorhin im *Rover*. Er sagt, Jones hätte eine Weile bei ihm in der Halle gearbeitet. Du weißt schon: da, wo die Fischer mittags ihren Fang sortieren, ihre Boote flicken lassen und so weiter. Robert sagt, er und dieser Jones hätten zeitgleich in dem Job angefangen, vor einer gefühlten Ewigkeit, aber Jones habe nicht lange durchgehalten und sei schon nach wenigen Wochen eher durch Abwesenheit als durch besonderen Fleiß aufgefallen. Außerdem soll er ein ziemlicher Schluckspecht gewesen sein und sich mit jedem angelegt haben, dessen Nase ihm nicht passte.«

Verkaik kratzte sich am Kopf. »Bei dem Namen klingelt nichts bei mir. Aber ist Robert Kirk nicht schon an die achtzig?«

»Ist er, wie auch unser Toter«, bestätigte Harriman. »Und die Zeit, von der Robert spricht, liegt Jahrzehnte zurück. Deswegen ist es ja auch so schwierig, den Toten zu identifizieren. Die wenigen Leute hier im Ort, die sich überhaupt noch an Jones erinnern, haben einen Mann von Mitte, Ende zwanzig vor dem geistigen Auge. Nicht den weißhaarigen Gesellen, den wir in Rankins Scheune gefunden haben.«

»Aber sie sind sich sicher?«, fragte der Constable. »Robert und all die anderen, die ihr erwähnt habt. Sie halten unseren Toten für Derek Jones?«

»So sicher, wie man sich nach all der Zeit sein kann«, antwortete Jenny Little. »An der Stelle kämen jetzt nämlich Sie ins Spiel, Constable. Können Sie auf polizeilichen Wegen in Erfahrung bringen, ob das stimmt?«

»Ich kann es zumindest versuchen«, versprach er. Verkaiks Sorge war wie weggeblasen, ebenso seine Müdigkeit. Sofort fuhr er den Rechner hoch, der auf seinem Schreibtisch stand. Wie lautete noch mal der Zugangscode zur landesweiten Datenbank?

»Mal angenommen, das stimmt alles«, murmelte Harriman. »Angenommen, der Kerl *ist* unser Hafenarbeiter von anno dazumal. Warum ist er damals nicht geblieben?«

»Ein unsteter Typ?«, schlug Jenny Little vor. »Robert Kirk hat ihn ja so beschrieben, oder? Vielleicht hatte Jones es sich einfach mit zu vielen Menschen in North Hubbington verscherzt, um noch länger hier zu wohnen. Dass er sich nicht groß um seinen Job am Hafen geschert hat, ist ja offenkundig.«

»Und warum kommt er dann zurück?«, fragte Harriman weiter. »Nach all der Zeit?«

»Da!« Verkaik hatte es in die Datenbank geschafft und einen echten Glückstreffer gelandet. Ebenso ungläubig wie begeistert deutete er auf seinen Monitor, obwohl nur er das Display sehen konnte. »Ich habe ihn. Derek Jones, neunundsiebzig Jahre alt. Letzter gemeldeter Wohnort ist Wrexham. Da hat er laut Einwohnermeldeamt die letzten dreiundzwanzig Jahre gelebt.«

»In Wales? Mein Beileid …«

Doktor Little lachte über Harrimans Bemerkung, und der Tierarzt zwinkerte ihr schelmisch zu. Dann fuhr Verkaik fort.

»Hier steht nichts über etwaige Angehörige«, sagte er, »aber das kann ich gleich morgen früh bei den Kollegen vor

Ort erfragen. Kinder, Ehepartner … All das finde ich per Telefon heraus, sobald es hell wird.«

»Hast du ein Foto von Jones in der Datenbank?«, wollte Harriman wissen.

»Moment«, murmelte er und suchte in dem Datensatz. Dann fand er den entsprechenden Link und klickte darauf. Nahezu sofort erschien eine Art Passbild auf seinem Monitor. »Bingo …«

Little und Harriman standen auf und kamen um den Tisch herum. Zu dritt betrachteten sie das Foto. Es war schon etwas älter, vermutlich entstanden bei der jüngsten Führerschein-Verlängerung oder bei der Beantragung eines Reisepasses. Es zeigte einen Mann von vielleicht Ende sechzig: graues Haar, runde Wangen, kurz geschorener Vollbart. Der Mann lächelte in die Kamera und wirkte wie ein sympathischer Opa. Die Ähnlichkeit mit dem Toten war unverkennbar.

»Man glaubt es ja kaum«, bemerkte Harriman leise. »Wir machen tatsächlich mal Fortschritte.«

Jenny Little nickte. »Gentlemen, wir haben unser Opfer. Fehlt nur noch der andere.«

Sie setzten sich wieder. Verkaik überlegte kurz, aufzustehen und Tee zu kochen. Doch keiner der beiden schien an Getränken interessiert zu sein, und Bier oder gar Hochprozentiges hatte er nicht im Haus. Er trank so gut wie nie, denn ein Polizist war in seinen Augen *immer* im Dienst. Zumindest wenn er – wie er – der einzige Polizist weit und breit war. Ob Harriman und Little Lust auf Shortbread hatten? Er hatte noch welches da, oder? Oben in der Wohnung.

Bevor er aufstehen und es holen konnte, ergriff Jenny Little erneut das Wort. Die junge Tierärztin wirkte erstaunlich engagiert, wenn es um den Mordfall ging. Das war ihr wahrscheinlich gar nicht bewusst. Der ermittlerische Ehrgeiz stand ihr buchstäblich in das konzentrierte Gesicht geschrieben und erinnerte Verkaik an Dag Harriman.

»Also noch einmal«, sagte sie. »Derek Jones aus Wales hat früher ein paar Jährchen in North Hubbington gewohnt und am Hafen gearbeitet. Dort hat er sich nicht mit Ruhm bekleckert, und auch dem restlichen Dorf ist er nicht in guter Erinnerung geblieben.«

»Sofern man sich *überhaupt* an ihn erinnert hat«, betonte ihr Nebenmann.

Doktor Little nickte. »Richtig. Nach kurzer Zeit schmeißt Jones aller Wahrscheinlichkeit nach hin, packt seine Siebensachen und verlässt dieses nette Örtchen wieder. Er ist ein unsteter Typ, wenigstens unterstelle ich das mal, und es vermutlich gewohnt, immer wieder weiterzuziehen.«

»Dann treibt er sich Gott weiß wo herum«, nahm Harriman den Gedankenfaden auf. »Konkret müssen wir das noch recherchieren, da die Datenbank es nicht verrät. Aber Fakt ist, dass er sich vor gut zwanzig Jahren in Wrexham niederlässt – und bleibt. Warum?«

Verkaik zuckte mit den Schultern. »Vielleicht mochte er Wales?«

Der Tierarzt sah ihn an, als hätte er den Verstand verloren. »Nochmals: Warum?«

»Familiäre Bande?«, schlug Jenny Little vor. »Möglicherweise hatte er jemanden kennengelernt, der ihm das Bleiben versüßte. Oder er fühlte sich inzwischen zu alt für das unstete Leben. Sie haben von dreiundzwanzig Jahren gesprochen, die er in Wrexham gemeldet war, Constable. Demnach war Jones sechsundfünfzig, als er dorthin kam.«

»Also wirklich«, murmelte Harriman. »Das ist doch nicht alt.«

Nun war sie es, die schmunzelte. »Die einen sagen so, die anderen …«

Harriman verpasste ihr einen freundschaftlichen Stups mit dem Ellenbogen. Er grinste dabei.

Nein, wirklich, staunte Verkaik. *Die sind sich ähnlich wie ein Ei dem anderen. Und sie merken es gar nicht.*

»Sechsundfünfzig ist alt genug, um Wurzeln schlagen zu wollen«, beharrte sie. »Erst recht, wenn man bislang keine hatte. Wir sollten wirklich in Erfahrung bringen, wie Jones' Leben in Wrexham aussah.«

»Überlassen Sie das mir, Doktor Little«, sagte Verkaik. »Ich bekomme diese Informationen. Gleich morgen früh.«

»Und dann?«, fragte Harriman. »Angenommen, er hat dort die Wurzeln geschlagen, von denen Sie da sprechen, Jenny. Warum dann die Rückkehr nach Schottland, nach all den Jahren?«

»Sentimentalität?«, spekulierte sie.

»Nach einem Ort, an dem man nie zufrieden war?« Harriman runzelte die Stirn. »Nach dem entwickelt man sentimentale Gefühle?«

»Im Alter vielleicht.« Sie zuckte mit den Schultern. Dann grinste sie. »Sagen *Sie*'s mir.«

Harriman prustete los.

»Oder es gab noch eine offene Rechnung zu begleichen«, schlug Verkaik vor. »Könnte ja sein. Jones hatte noch etwas in North Hubbington zu erledigen. Etwas, was seit Jahrzehnten an ihm nagte.«

»Dann hätte er jederzeit herkommen und sich darum kümmern können«, hielt der Tierarzt dagegen.

Doch Doktor Little war auf seiner Seite, wie Verkaik erfreut bemerkte. »Nein, nein. Das klingt logisch, Dag. Vielleicht konnte er erst jetzt kommen, weil … Pff, was weiß ich?

Weil er zuvor zu sehr im Alltag eingespannt war. Oder weil er mit jemandem zusammenlebte, dem er nicht davon erzählen wollte. Mir gefällt die Theorie, dass er wegen einer offenen Rechnung hergekommen ist. Wenn Sie mit der Polizei in Wrexham sprechen, Constable, dann fragen Sie sie doch, ob Mr Jones in jüngster Vergangenheit jemanden verloren hat. Eine Partnerin vielleicht. Eine Ehefrau oder langjährige Freundin.«

»Hm.« Harriman nickte. »Okay, das leuchtet ein. Er hatte ein Geheimnis, das North Hubbington betroffen hat und das er mit niemandem vor Ort teilen wollte.«

»Oder«, warf Verkaik ein, »er selbst war die tickende Uhr. Er kam erst jetzt, weil *seine* Zeit zu Ende ging – und nicht die irgendwelcher Mitmenschen.«

»Du meinst, er wollte noch reinen Tisch machen, bevor er starb?«, hakte Harriman erstaunt nach.

»Könnte doch sein«, antwortete er. »Neunundsiebzig ist *definitiv* alt.«

Die Mundwinkel des Tierarztes zuckten amüsiert. »Die einen sagen so …«

Doktor Little wurde wieder ernst. »Bleibt im Grunde nur eine Frage, die wir uns heute Nacht unters Kopfkissen legen sollten: Mit wem könnte Derek Jones hier eine offene Rechnung gehabt haben?«

»Und warum hat diese Person sie nicht begleichen wollen?«, ergänzte Harriman. »So wenig, dass sie Jones lieber hinterrücks erschlagen hat.«

»Ich wiederhole mich ungern«, sagte die junge Frau, »aber ich hätte da ein paar Namen, die wir uns genauer ansehen sollten.«

Verkaik sah ratlos zu Harriman, der abwinkte.

»Seamus«, erklärte der Tierarzt. »Sie meint Seamus Blair.«

»Unter anderem!«, betonte Jenny Little.

Seamus? Verkaik stutzte. *Macht die Witze?*

Sie unterhielten sich noch einige Minuten länger, doch im Prinzip war längst alles gesagt. Verkaik sah ein letztes Mal in die Datenbank, fand aber keine weiteren Informationen zu Derek Jones und schaltete den Computer daraufhin aus.

Harriman gähnte, und auch Doktor Little wirkte allmählich, als könnte sie ein paar Stunden Schlaf vertragen. Mit einem Mal wurde Verkaik wieder bewusst, wie spät es war und dass er seit einer geraumen Weile im Morgenmantel am Schreibtisch saß. Davon, da war er sich sicher, gingen ihm die Mörder auch nicht leichter ins Netz.

»Ich glaube«, sagte er, »wir vertagen alles Weitere auf morgen. Einverstanden? Sobald ich mit Wales gesprochen habe und mehr weiß, melde ich mich in der Harbour Road.«

»Und ich höre mich mal näher am Hafen um«, bot Harriman an. »Gleich nach dem Frühstück. Wenn wir Glück haben, ist Robert Kirk ja nicht der Einzige aus den dortigen Hallen, dem Jones noch im Gedächtnis geblieben ist.«

»Gute Idee«, stimmte Jenny Little zu.

Sie verabschiedeten sich. Verkaik brachte seine Besucher zur Tür und sah ihnen nach, wie sie im Dunkel der Nacht verschwanden.

Das ist typisch Dag, dachte er. *Sucht eine Nachfolgerin für die Arztpraxis ... und findet auch gleich eine Detektivin.*

Schmunzelnd schloss er die Wache ab und ging zurück ins Obergeschoss, wo sein Bett wartete.

Es war spät, als sie nach Hause zurückkehrten. Laut der Kirchturmuhr, die sie vor einer Viertelstunde passiert hatten, musste es inzwischen nach elf sein. Kein Wunder, dass Jenny müde war. Die junge Frau unterdrückte ein Gähnen und strich Boothby über den Kopf. Der Basset hatte ihr Kommen gehört und sich von seinem Schlafplatz vor dem Kamin erhoben, um ihnen im Hausflur entgegenzutrotten.

»Na, Großer?«, fragte sie ihn. »Auch noch auf den Beinen? Oder eher wieder, hm? Du guckst so groggy, wie ich mich fühle.«

Es war gut, dass sie mit Constable Verkaik gesprochen hatten. Es bewies, dass es endlich vorwärtsging mit der Ermittlung.

Jenny hatte eigentlich auch zum Planungstreffen der Jubiläumsfeier gehen wollen, einfach nur um nach Seamus Blair und anderen Verdächtigen zu sehen. Doch sie hatte sich kurzfristig umentschieden, als ihr klar wurde, welches Datum sie hatten. Statt in den Rathaussaal hatte sie sich daher in Dag Harrimans Wohnzimmer gesetzt – um erneut mit London zu telefonieren.

Der Tag Funkstille vonseiten der Universität beschäftigte sie insgeheim sehr, und sie fragte sich allmählich, ob das Stipendiatenbüro sie nach wie vor für dumm verkaufen wollte. Doch obwohl sie wusste – mit absoluter Sicherheit! –, dass das Büro an diesem Abend Sprechstunde hatte, war dort niemand an den Apparat gegangen. Dreimal hatte sie es telefonisch versucht, bevor sie es nach einer guten Stunde aufgegeben hatte.

Dann war auch sie in den Dorfkern gezogen und hatte Harriman getroffen, wenngleich nicht im Rathaus, sondern auf offener Straße. Er war auf dem Weg zur Polizeiwache gewesen, um den Constable auf Derek Jones anzusetzen. Jenny hatte ihn nur zu gern begleitet.

Mister Jones, dachte sie und sah das Gesicht des Toten vor dem geistigen Auge. *Wir kommen Ihrer Wahrheit näher, langsam, aber stetig.*

Aus dem Gesicht wurde die gesamte Gestalt des Mannes – das Bild der Leiche oben auf Rankins Heuboden. Jenny zog ein Schauer über den Rücken, und sie verscheuchte die Erinnerung schnell wieder.

Boothby hatte das Interesse verloren. Er tappte zurück zu seinem Kissen vor der kalt gewordenen Feuerstelle. Harriman hängte Hut und Jacke an die Haken in der Garderobe. Jenny wollte schon zur Treppe gehen, die ins Obergeschoss und zu den Schlafzimmern führte, da warf sie noch einen letzten Blick in die Küche. Millie schlief bestimmt schon – aber falls nicht, wollte sie ihr wenigstens eine gute Nacht wünschen.

Die Küche war menschenleer, doch auf dem Tisch lagen ein Brief und ein kleiner, handbeschriebener Zettel. Der Brief war an sie adressiert, und die Schrift auf dem beiliegenden Papier musste der Haushälterin gehören.

»Nanu?«, wunderte Jenny sich, griff nach Millies Zettel und las.

Dr. Little, dieser Brief kam vorhin noch für Sie an. Der Zusteller war heute ausgesprochen spät unterwegs. Er entschuldigt sich vielmals dafür, das können Sie mir glauben. Vorher habe ich den Kerl nicht weiterziehen lassen.

Jennys Mundwinkel zuckten. Millie war die reinste Löwin, wenn es um »ihre Leute« ging, oder? Und sie schien sie, Jenny, längst für eine der ihren zu halten. Irgendwie gefiel Jenny das.

Ich weiß nicht, ob der Brief wichtig ist, fuhr Millie in ihrer Notiz fort. *Aber als ich den Absender sah, dachte ich mir, ich lege ihn Ihnen gleich raus. Vielleicht sehen Sie ihn ja noch, wenn Sie nach Hause kommen.*

Jenny nahm den Brief auf und verstand genau, was Millie meinte. Der Absender war die University of London!

Ans Telefon geht ihr nicht, dachte sie grimmig. *Aber Briefe mit Expresspost nach Schottland schicken, das könnt ihr. Typisch Uni …*

»Schlechte Nachrichten?«, erklang Harrimans Stimme in ihrem Rücken.

Er war in den Durchgang zwischen Küche und Flur getreten. Als Jenny sich nach ihm umdrehte, wirkte er aufrichtig besorgt.

»Keine Ahnung«, antwortete sie. Für einen kurzen Moment war sie versucht, den Umschlag aufzureißen und den Brief zu studieren. Dann entschied sie sich aber dagegen. »Es ist spät«, erklärte sie. »Und ich habe so das Gefühl, dass ich besser schlafe, wenn ich mir das jetzt *nicht* anschaue. Beenden wir den Tag, einverstanden?«

»Ihr Wort ist mir Befehl, Frau Kollegin«, sagte Harriman und deutete einladend auf die Treppe.

KAPITEL 14

Die halten sich für schlau, hm?

Siehst du, wie sie durchs Dorf gehen und Fragen stellen? Wie sie dein Foto herumzeigen, als würde der Anblick deiner Visage schon genügen, damit sich der Mörder ihnen offenbart?

Mach dir keine Hoffnung, Derek. Es sind Narren. Vergiss das nicht.

Von mir aus können sie dein Bild vorzeigen, bis der Firth zufriert! Es wird ihnen nichts nützen. Sie haben nicht den blassesten Schimmer davon, was hier wirklich gespielt wird. Den hatten sie von Anfang an nicht, und das bleibt auch so. Narren!

Ich mache mir ihretwegen keine Sorgen. Oder siehst du mich flüchten? Siehst du mich irgendwelche Koffer packen und bei Nacht und Nebel das Weite suchen? Von wegen. Wegen dieser Gurkentruppe mache ich mir nicht ins Hemd. Ich bin hier, Tag für Tag. Gewissermaßen stehe ich direkt vor ihnen. Und sie? Sie sehen mich nicht. Wie auch? Diese Blindfische!

Wobei ... Diese eine da ... Die Neue. Die ist anders, findest du nicht auch? Die hat so ein Funkeln in den Augen, das den beiden Männern völlig abgeht. Was, meinst du, ist das? Hunger? Ehrgeiz? Stolz?

Aber auch sie macht mir keine Angst. Was soll ich sie fürchten? Niemand weiß, wer dich auf dem Gewissen hat, Derek. Niemand weiß, warum. Auch die Neue nicht, Funkeln hin oder her.

Lass sie suchen. Ich stehe im Schatten, sehe ihnen zu und lache über sie alle. Ganz heimlich.

Und wenn sie mir doch irgendwann gefährlich werden sollten? Nun ja, dann werde ich ihnen *gefährlich. So einfach ist das ...*

KAPITEL 15

Im Schlaf stand Derek Jones vor ihr. Der falsche König aus Wrexham war aus dem Nichts erschienen, einfach so. Und er war auf Blut aus! Der Endsiebziger hielt Rankins Mistgabel in Händen und deutete mit den spitzen Zacken in Jennys Richtung – angriffslustig und drohend.

»Na los«, verlangte er – mit einer Stimme, die verdächtig nach der von John McDonald klang. Jones trug einmal mehr sein Kostüm, und das dunkle Cape ließ ihn in dieser Traumlandschaft, die aus Schwärze und wabernden Schemen zu bestehen schien, wie einen Höllenfürsten wirken. »Stell dich der Wahrheit. Du kannst meinen Tod nicht aufklären, weil ich dir komplett egal bin. Du willst es nicht.«

»Das … Das stimmt nicht«, hörte Jenny sich erwidern. »Das ist nicht wahr. Ich will Gerechtigkeit.«

Sie keuchte beim Sprechen, spürte die Angst mit jeder Faser ihres Seins. Aus den Augenwinkeln sah sie weiße Nebelschwaden, die plötzlich von den Seiten auf sie einströmten. Wie eine Flut, die sie unter sich begraben würde, wenn sie sie erreichte. Rasend schnell kamen diese Schwaden auf sie zu.

»Gerechtigkeit.« Jones spie das Wort regelrecht aus, als hätte es keinerlei Wert. »Nur für *dich* willst du die.«

Mit einem Mal prangte der Brief aus London auf den Spitzen seiner Mistgabel, aufgepinnt wie ein Schmetterling in einem Ausstellungskasten.

Jones lachte kurz, verzog dann aber das Gesicht zu einer ernsten Fratze. »Oder ist etwa auch das nicht wahr, Mädchen?«, fragte er, und sein Blick wurde lauernd, fordernd. »Hm? *Was* willst du?«

Im ersten Moment wusste sie ihm nichts zu antworten. Das, so zeigte sich prompt, war exakt die falsche Reaktion – denn Jones' Arme zuckten nach vorn und brachten die Mistgabel mit! Jenny ahnte, dass das Metall jeden Augenblick ihren Brustkorb durchbohren würde, schloss verzweifelt die Augen und …

Statt scharfem Schmerz kam ein dumpfes Kratzen. Es wiederholte sich sofort, wurde lauter und drängender. Und der Schmerz blieb noch immer aus.

Jenny öffnete die Augen blinzelnd, und der Traum verging. Statt in nebligem Gruselnichts fand sie sich einmal mehr in Dag Harrimans Gästezimmer wieder, mit kaltem Schweiß im warmen Bett. Und das Kratzen kam aus Richtung der Tür.

Gähnend schwang sie die Beine über die Bettkante und stand auf. Als sie die Tür öffnete, trottete Boothby gemächlich zu ihr herein. Der Basset sah sie auffordernd an.

»Willst du raus?«, wunderte sich Jenny. Hatte der Hund etwa schon an Harrimans Tür gekratzt, aber kein Gehör gefunden? Oder bei Millie? »Warte, ich komme mit.«

Ein wenig frische Luft konnte nicht schaden, erst recht nicht nach dem wilden Traum. Jenny zog sich eine Hose und die Schuhe an. Bevor sie Boothby ins Erdgeschoss begleitete, warf sie einen kurzen Blick aus ihrem Fenster – nur zur Sicherheit. Doch in den Schatten bei den Mülltonnen schien sich niemand zu verstecken, jedenfalls nicht in dieser Nacht. Die Erkenntnis beruhigte sie.

Schweigend gingen der Hund und sie die Treppe hinunter. Obwohl sie einen Kontrollblick ins Freie geworfen hatte, zögerte sie, die Haustür zu öffnen und in den Vorgarten zu treten. Dort draußen hatte er gelauert, vor gerade mal vierundzwanzig Stunden.

»Weißt du, was, Boothby?«, flüsterte sie. »Wir nehmen heute mal die andere Richtung. Einverstanden?«

Der Hund schien nichts dagegen zu haben und folgte ihr geduldig zur Praxis und zur Hintertür. Draußen vor den Garagen herrschte Stille. Ein fahler Halbmond beschien das Gelände, das verlassen dalag. Auf der kleinen Grünfläche wartete nach wie vor der Mast auf seinen Aufbau.

Noch so ein unfertiges Projekt, dachte Jenny. Während Boothby seinem Geschäft nachging und an allem schnupperte, was nicht bei drei auf den Bäumen war, hockte sie sich nachdenklich neben das meterlange Konstrukt ins Gras. *Irgendwie ist hier* alles *in der Schwebe – der Handymast, der Mordfall, meine Zukunft. Alles liegt herum und wartet darauf, dass es vorwärtsgeht.*

Die Gedanken klangen beim näheren Hinsehen albern, zumindest übertrieben philosophisch. Doch sie entsprachen der Wahrheit, und um diese späte Stunde fühlten sie sich auch irgendwie richtig an. Sie war nicht aus London aufgebrochen, um Stillstand zu erleben, sondern um durchzustarten. Und sie wusste noch immer nicht, wie dieser Start aussehen sollte.

Oder war er längst geschehen?

Nachdenklich ließ Jenny die Finger über den Mast gleiten. »Seamus Blair«, murmelte sie.

Harriman legte die Hand für den Burschen ins Feuer. Auch Millie schien ihm blind zu vertrauen. Jenny hingegen wusste noch immer nicht, was sie von ihm – und von einigen anderen Leuten in North Hubbington – halten sollte.

Es wurde höchste Zeit, dass sich das änderte. Nicht nur aus ermittlungstechnischen Gründen, sondern auch für sie selbst.

»Morgen bist du fällig, Seamus«, versprach sie leise der Nacht. »Morgen schaffen wir Fakten.«

Vor ihrem geistigen Auge erschien das Gesicht des Verdächtigen. Die dunklen Augen, das volle Haar, dann die breiten Schultern und …

Entsetzt bremste sie sich, als ihr bewusst wurde, dass sie ihn eher bewunderte als studierte. Was zur Hölle war denn *jetzt* los?

Das ist ein potenzieller Täter, Mädchen!, rief sie sich streng zur Ordnung. *Das einzig Interessante an dem ist die Frage, ob er es war oder nicht. Verstanden?*

Außerdem: Hatte Eric sie nicht gerade erst für dumm verkauft? Sie war echt die Letzte, die sich mit dem Aussehen von Männern beschäftigen sollte. Erst recht mit dem eines Seamus Blair.

Kopfschüttelnd erhob sie sich wieder. Ein Gefühl, das sie schon lange nicht mehr gehabt hatte, stieg in ihr auf: Empörung über sich selbst. Hatte sie tatsächlich gerade einen möglichen Mörder attraktiv gefunden?

Nicht drüber nachdenken, sagte sie sich und spürte, wie ihre Wangen warm wurden. *Sofort vergessen. Schnell.*

Es gelang ihr, wenn auch mit Mühe. Boothby kam zu ihr zurückgetappt und rieb sich an ihrem linken Bein.

»Na, Großer?«, fragte sie ihn. »Fertig?«

Der Hund gähnte bestätigend.

»Also dann«, sagte Jenny und ging mit ihm zurück ins Haus.

Bevor sie die Hintertür hinter sich abschloss, warf sie einen letzten Blick auf den Mast im Gras. Seamus Blair, um Himmels willen! *Jetzt* hatte sie jeden Grund der Welt für Albträume, oder etwa nicht?

Der Hafen von North Hubbington war übersichtlich. Zwei große Werkshallen flankierten ihn an der rechten Seite, ein zweigeschossiges Bürogebäude an der linken. Dazwischen lagen mehrere kleine Stege, die ins Wasser des Firth hineinragten und an denen Ruder- und Motorboote sowie eine kleine Jacht lagen. Fischer arbeiteten auf einigen der Boote, Handwerker führten an anderen Reparaturen aus. Und das Licht der wärmenden Morgensonne spiegelte sich auf dem ruhigen Wasser.

Für Jenny Little hatte der Tag mit einem herzhaften Frühstück begonnen und mit der freudigen Erkenntnis, dass gleich zwei ihrer Termine für diesen Morgen spontan abgesagt worden waren. Anstatt die frei gewordene Zeit mit neuen Patienten zu füllen, hatte sie sich kurzerhand entschieden, Harriman zum Hafen zu begleiten. Nichts gegen die Tiere von North Hubbington, aber auch die Mördersuche verdiente Aufmerksamkeit.

Vielleicht sogar vor allem die, dachte Jenny.

Zumal sich der Brief, den sie am Vorabend nicht hatte öffnen wollen, als kein bisschen hilfreich erwiesen hatte. Es war das telefonisch versprochene »Februar-Schreiben« gewesen – also der Schrieb, mit dem die Stipendiatenstelle sie darauf hingewiesen hatte, dass statt eines Labors eine Praxis auf sie wartete. Jenny hatte ihn damals nur nicht gelesen.

Ein Grund mehr, dass sie jetzt dringend auf andere Gedanken kommen wollte. Selbstvorwürfe taten weh.

»Da wären wir«, verkündete ihr Begleiter gerade. Harriman breitete die Arme aus, als wollte er auf den gesamten Hafen gleichzeitig deuten. »Das wahre Herzstück der Harbour Road liegt an ihrem Ende. Von diesem Hafen aus, meine Liebe, starten täglich unsere Fischer raus aufs Wasser. Und in den Sommermonaten bieten touristische Reeder kurze Fahrten über den Firth an. Die übrigen Boote, die Sie hier sehen, dienen dem reinen Privatvergnügen. Viele Menschen im Dorf besitzen eines.«

»Sie auch?«

»Gott bewahre«, gab er schnell zurück. »Ich gebe es ungern zu, aber ich habe nahezu panische Angst vor dem Wasser. Es gibt keinerlei rationale Begründung dafür, doch wann immer ich in ein Boot steige, bricht mir der kalte Schweiß aus. Vermutlich mag ich deswegen auch keine Flugzeugreisen und so weiter. Ich fühle mich nur dann wohl, wenn ich festen Boden unter den Füßen habe.«

Jenny lächelte. »Oder das Moor, hm?«

»Sie wären erstaunt, wie fest der Boden im Moor sein kann«, entgegnete er und erwiderte das Lächeln. »Erst recht, wenn man weiß, wohin man tritt. Sie sollten Boothby und mich wirklich mal auf einen unserer Spaziergänge begleiten. Das tut gut.«

»Ohne Zweifel.«

Sie schlenderten an den Anlegern vorbei. Jenny sah zu den Fischern auf ihren Booten. Viele waren es nicht, die meisten Kollegen waren um diese Zeit wohl noch auf dem Wasser. Doch auch die wenigen, die schon wieder angelegt hatten, verliehen dem Hafen am Ende der Harbour Road eine Atmosphäre, die gleichermaßen geschäftig und idyllisch war.

Nicht zum ersten Mal seit ihrer Ankunft kam sich die junge Londonerin vor, als wäre sie in einer Ansichtspostkarte gelandet. In einem bezaubernd schönen Foto, das sich bewegte.

Und in dem es Mörder gibt ..., ergänzte sie grimmig.

Dann erreichten sie die Hallen. Sie waren nicht sonderlich breit, dafür aber fast so hoch wie Rankins berüchtigter Schuppen. Grau gestrichene Holzwände, viel Wellblech, viel Ton.

Die erste Halle war geschlossen, doch das Schiebetor von Halle zwei stand sperrangelweit offen. Jenseits der Schwelle konnte Jenny lange Tischreihen erkennen, an denen Menschen – hauptsächlich Männer, meist älterer Jahrgangs – saßen und den frischen Fang des Tages inspizierten. Sie nahmen die Fische aus großen Plastikbottichen, betrachteten sie von allen Seiten und sortierten sie dann in andere, kleinere Bottiche ein. Jenny erkannte Barsche, einige Aale und Forellen, Lachse und sogar einen Hecht. Der Firth gab einiges her.

Harriman blieb im offenen Torrahmen stehen und klopfte mit der Hand an die Seitenwand. »Guten Morgen. Wir suchen Robert. Hat den jemand gesehen?«

Mehrere Personen sahen von ihrer Arbeit auf. Jenny blickte in bärtige, sonnengegerbte Gesichter. Auf Menschen, die in Ölzeug oder Overalls steckten.

»*Aye*«, erklang nahezu sofort eine Stimme aus dem hinteren Bereich der Halle. »Ich hab den gesehen. Heute früh im Spiegel.«

Gelächter brandete auf. Ein Mann, bei dem es sich nur um Robert Kirk handeln konnte, kam aus dem Schatten nach vorn zum Tor. Kirk trug schwarze Stiefel, die ihm bis zum Schienbein reichten, und eine abgewetzte Latzhose. Sein Hemd war kariert und anscheinend vor einer Ewigkeit zuletzt sauber gewesen. Sein Lächeln war freundlich und offen.

»Morgen, zusammen«, grüßte er. »Kommt ihr wegen dem Jones?«

»In der Tat«, antwortete Harriman. »Das ist meine Nachfolgerin, Robert. Doktor Jenny Little. Sie unterstützt mich, auch bei der Ermittlung.«

»Nachfolgerin und Co-Detektivin.« Kirk nickte anerkennend. »Reife Leistung, *lassie*.«

»Man tut, was man kann«, erwiderte sie scherzhaft.

Kirk wandte sich wieder an Harriman. »Ich hab dir allerdings schon alles gesagt, was ich über Jones weiß, Dag. Das ist wahnsinnig lange her. Und ohnehin: Allzu lange war der nicht bei uns.«

Jenny ergriff die Initiative. »Sie erwähnten einige Jahre, richtig?«

»*Aye*«, stimmte ihr Gegenüber zu. »Drei, vier. Maximal. Das ist ewig her. Damals war ich noch ein junger Hüpfer – und Derek auch.«

»Er sei vielfach angeeckt, sagten Sie?«, fuhr Jenny fort. »Im Dorf? Negativ aufgefallen?«

»Das war ein Hitzkopf. Einer, der nicht wusste, wann es genug war. Der ging keiner Prügelei aus dem Weg, wenn Sie verstehen, und zur Not ging er sich auch welche suchen.«

»Und Alkohol?«, fragte Harriman.

»Mhm.« Ein Nicken. »Getrunken hat der besser als wir anderen alle zusammen.«

»Sind hier noch mehr Menschen, die sich an ihn erinnern könnten?«, wollte Jenny wissen. »Kollegen aus den alten Tagen?«

Kirk kratzte sich am Hinterkopf. »Hmm. Die meisten von damals sind längst tot. Oder im Ruhestand. Gibt nur wenige, die verrückt genug sind, auch im Alter noch jeden Morgen herzukommen. Wartet mal, ich weiß da wen.« Er drehte sich um. »Hey, O'Malley! O'Malley, du alte Schnarchnase. Beweg deinen Hintern hierhin, aber schnell.«

Ein zweiter Mann, der kaum jünger aussah als Kirk, erhob sich von einem der Tische. Dort hatte er Forellen in einen Eimer voller Eis sortiert. Die Plastikschürze, die er trug, glänzte ölig, und sein komplett haarloser Schädel reflektierte das Sonnenlicht.

»Was 'n?«, brummte er.

»Dag Harriman«, stellte sich der Tierarzt vor. »Und meine Kollegin Doktor Little. Wir hören, Sie kennen einen Derek Jones?«

»Wen?«

»Na, Derek«, sagte Kirk. »Den Spinner von damals, der immer versucht hat, beim Poker zu tricksen. Weißt du noch? Der, der dem alten Bannerman die Frau ausspannen und mit ihr nach Panama auswandern wollte.«

»Ach, der.« O'Malleys Lachen war so rau wie die Falten auf seinem Gesicht. »Was 'n mit dem? Ist das nicht ewig her?«

»Verzeihung.« Jenny blinzelte. Hatte sie da gerade ein Motiv gehört? »Er wollte was? Jemandem die Frau ausspannen?«

Doch Kirk winkte ab. »Nee. Nicht richtig jedenfalls. Der Jones hatte immer wilde Pläne, aber die waren nie auch nur den Atem wert, den er brauchte, um sie laut auszusprechen. Und die meisten von ihnen wurden sowieso im Suff geboren, drüben im *Rover* oder hier vor den Hallen, nach Feierabend.«

»Bannerman war damals Vorarbeiter«, erinnerte sich sein Kollege. »Ein harter Hund, und das ist noch vorsichtig formuliert. Ist lange tot, der Mann. Aber seine Trudy damals? Mann, die war vielleicht ein Feger …«

»Und da lief wirklich nichts zwischen ihr und Jones?«, hakte auch Harriman nun noch einmal nach. »Ich frage nur zur Sicherheit. Wir suchen jemanden, der Grund hätte, Jones Böses zu wünschen.«

»Zwischen der Trudy und diesem Spinner?« Wieder lachte O'Malley. »Nee, Meister. Eher hätte *ich* bei der 'ne Chance gehabt.«

»Und das will was heißen.« Lachend schlug Kirk ihm auf die Schulter. »Bei deinem Gesicht.«

O'Malley lachte ebenfalls.

»Was können Sie uns sonst über Mr Jones sagen?«, fragte Jenny den Hafenarbeiter. »Wissen Sie, wo er gewohnt hat, als er in North Hubbington war?«

»Nee.« Der Alte schüttelte den Kopf. »Das weiß ich nicht. Hat mich auch nie interessiert. Weißt du das, Robert?«

Kirk verneinte ebenfalls.

»Fällt Ihnen denn jemand ein, der einen Groll auf ihn hegen könnte?«, versuchte Jenny es anders. »Bis zum heutigen Tag, meine ich.«

»Pff.« O'Malley hob die Schultern, blinzelte gegen das Sonnenlicht. »Damals waren das bestimmt einige. Mich hat der auch mal beim Poker bescheißen wollen, von daher …«

»Aber die meisten Leute von früher sind längst nicht mehr hier«, warf Kirk ein. »Sind entweder weggezogen oder gestorben, das sagten wir ja schon. Wie lange ist das her, O'Malley? Wann genau war das mit Jones?«

»Vierzig Jahre?«, spekulierte der Angesprochene. Dann zuckten seine Mundwinkel. »Nee, *noch* länger. Fünfzig. Erinnerst du dich? Der Kerl wollte mal Dorfkönig werden!«

Im ersten Moment dachte Jenny, sie hätte sich verhört. Dann aber sah sie, dass auch Harriman stutzte, und hakte nach. »Verzeihung, sagten Sie ›Dorfkönig‹?«

»Ja, sicher.« O'Malley nickte nun noch kräftiger. Die Erinnerung schien ihn zu amüsieren. »Das war auch so eine seiner fixen Ideen. Er wollte König werden, bei der Neunhundertfünfzig-Jahr-Feier hier im Ort. Davon war er regelrecht besessen.«

»Ernsthaft?« Kirk guckte verdutzt. »Davon weiß ich gar nichts mehr.«

»Ist ja auch lange her«, antwortete sein Kollege nur. »Aber es stimmt, zu hundert Prozent. Derek Jones war erpicht darauf, in North Hubbington den Festtagskönig zu spielen. Einfach weil er das witzig fand. Weil er dem Dorf damit in gewisser Weise eins auswischen, einen Streich spielen wollte. Verstehen Sie? Er scherte sich einen Dreck um das Amt als solches, das hätte ihm kaum gleichgültiger sein können. Aber ihm gefiel der Gedanke, dass er – ausgerechnet er – die wichtigste Person an diesem Feiertag sein könnte. Und alle müssten ihm zujubeln, ob sie es nun wollten oder nicht. Eine Schnapsidee, wie gesagt. Aber Jones hat sie damals ziemlich ernst genommen, wenigstens für eine Weile. Der alte McDonald fand das kein bisschen witzig, glaube ich.«

Ich fasse es nicht. Jenny sah zu Harriman. *Das … Das ist ein fehlendes Puzzlestück.*

»Ich, äh …« Der Tierarzt sah aus, als hätte es ihm fast die Sprache verschlagen. Die Bedeutung dieser Aussage war ihm nicht entgangen, und er wirkte sichtlich nervös deswegen. »Ich finde diese Information *äußerst* relevant, Mr O'Malley.«

»Jim.« Der Hafenarbeiter winkte ab. »Nennen Sie mich Jim, Doc. Das tut hier eh fast jeder.«

»Ich nicht«, murmelte Kirk.

»Jim«, bestätigte Harriman. »Wären Sie bereit, Ihre Angaben noch einmal zu wiederholen? Drüben auf der Wache bei Constable Verkaik?«

»Bei der Polizei?« O'Malleys Augen wurden groß, sein Blick finsterer. »Nee, Doc. Mit der Sorte will ich nichts zu tun haben. Die waren mir noch nie sympathisch, und daran ändert sich auch nichts mehr.«

»Hast du was ausgefressen?«, fragte Kirk.

»Natürlich nicht«, erwiderte sein Kollege. Jenny wusste nicht, ob sie ihm glaubte. »Ich mag die Polizei nur nicht. Reicht's nicht, wenn ich *Ihnen* sage, was ich weiß, Doc?«

»Wir werden sehen«, erwiderte Harriman und ließ es klingen wie eine Antwort. »Jedenfalls danken wir Ihnen für Ihre Zeit, Jim.«

»Ja«, stimmte Jenny zu. »Sie haben uns sehr geholfen. Ach, eins noch: Wissen Sie, warum Derek Jones damals von hier weggezogen ist?«

Der Hafenarbeiter schüttelte den Kopf. »Nee. Der war einfach weg, glaube ich. Von einem Tag auf den anderen.«

»Und das verwunderte niemanden?«, hakte sie nach.

»Bei dem nicht«, antwortete O'Malley. »Der war immer so sprunghaft. Der fühlte sich niemandem verpflichtet oder so. Ich schätze, er wurde eines Morgens wach und hatte einfach genug von North Hubbington, so ganz spontan.«

»Also gab es keinen Streit mit jemandem, der der Auslöser hätte sein können?«, fragte sie. »Keinen Ärger mit beispielsweise einem betrogenen Pokerspieler, keinen mit gehörnten Ehemännern …«

»Klar kann's das gegeben haben«, sagte ihr Gegenüber. »Aber falls ja, dann weiß ich nichts davon. Oder besser: nicht mehr. Der Jones war allerdings auch keiner, der wegen so was die Flucht ergriffen hätte, falls Sie das meinen. Wenn der gegangen ist, dann, weil er es wollte. Nicht, weil er musste.«

»Das denke ich auch«, stimmte Kirk ihm zu. »Ärger hat den eher angestachelt als vertrieben. Der liebte es, sich mit anderen anzulegen. Der lag ständig mit wem über Kreuz. Das war völlig normal.«

Abermals dankten sie den beiden Männern. Dann verabschiedeten sie sich von ihnen und ließen sie zurück zu ihren Bottichen und Fischen gehen.

Jenny und Harriman wandten sich um und nahmen den Weg durch den Hafen zurück, den sie gekommen waren. Einmal mehr fiel Jenny auf, wie klar, frisch und zugleich herb die Luft hier am Firth war. Noch klarer als vor Harrimans Haus, obwohl nur ein sehr kurzer Spaziergang dazwischenlag. Fast schon erleichtert atmete sie durch.

»Der wollte König werden«, murmelte Harriman. »Anstelle von John McDonalds Vater. Wer hätte das gedacht?«

Sie nickte. »Ihnen ist klar, wo wir als Nächstes hinmüssen, oder? Die Fährte liegt ja auf der Hand, Dag.«

»Ich weiß.« Er seufzte. »Ich will sie nicht sehen, aber ... Selbst ich kann sie nicht leugnen. Kommen Sie, Jenny. Gehen wir zum *Hub*.«

KAPITEL 16

Das Lädchen im Ortskern hatte sich seit Jennys letztem Besuch kein bisschen verändert. Die bis unter die Decke reichenden Regale waren vollgepackt mit Konserven und anderen Waren, und in gewaltigen Körben lagerten frisches Obst und Gemüse. Als die beiden Tierärzte eintraten, beugte sich Edna Green gerade über einen frischen Kohlkopf und betrachtete ihn so kritisch wie ein Weihbischof den noch nicht reumütigen Sünder. Emma McDonald stand hinter der Theke.

»Dag«, grüßte sie erfreut. »Und Doktor Little. Das ist ja eine Überraschung. Wie geht es Ihnen, meine Liebe?«

»Besser«, erwiderte Jenny und lächelte. Es war ehrlich gemeint, und darüber staunte sie selbst ein wenig. »Zumindest *etwas* besser.«

»Na, sehen Sie.« Emma nickte. »North Hubbington hat noch jedem geholfen. Wir mögen am Allerwertesten der Welt liegen, aber trotzdem hat dieses Dorf einen Zauber. Ist doch so, Dag, oder?«

»Den Allerwertesten weise ich entschieden zurück«, meinte der Angesprochene. Er hatte den Hut abgenommen und strich sich nun mit der freien Hand das spärliche Resthaar glatt. »Ein Kleinod wie unser geliebtes North Hubbington kann nie und nimmer solch ein Körperteil sein. Wie wäre es mit dem *Nabel* der Welt? Der ist nicht wichtig für den alltäglichen Betrieb, aber auch nicht negativ konnotiert. Jedenfalls nicht, dass ich es wüsste.«

Emma lachte. »Du und deine Argumente, Dag. Nabel der Welt, hm? Der ist gut.«

»Wir kommen wegen Ihres Gatten, Emma«, sagte Jenny, um wieder zum Thema zurückzukehren. »Ist John zufällig da?«

»Geht es um die Parade?«, fragte sie und sprach zum Glück weiter, ohne auf eine Antwort zu warten. »Ja, der ist oben. In der Wohnung. Du kennst den Weg ja, Dag. Geht ruhig hoch.«

Harriman setzte sich dankend in Bewegung und hielt auf den Durchgang zum Obergeschoss zu, der hinter der Verkaufstheke wartete. Jenny wollte ihn gerade begleiten, da tippte ihr jemand von hinten auf die Schulter. Als sie sich umdrehte, sah sie in das Gesicht der Pastorengattin.

»Miss Little«, begann Edna Green. Schon der Name klang wie ein Vorwurf. »Gut, dass ich Sie treffe. Das erspart mir die Mühe, in Ihrer Sprechstunde zu erscheinen.«

»Äh.« Hilflos sah Jenny sich nach Dag um, der bereits im Treppenhaus verschwunden war. Emma McDonald kümmerte sich um einen anderen Kunden. »Ja? Wie kann ich Ihnen helfen, Mrs Green?«

»Es geht um die arme Etheldreda. Ich fürchte, Ihre gestrige Behandlung hat nicht den gewünschten Effekt erzielt. Das bedauernswerte Geschöpf leidet unter *gewaltigen* Verdauungsstörungen. Sie müssen unbedingt noch einmal nach ihr sehen.«

Jenny ahnte, dass es nicht ansatzweise so schlimm um die Katze stand, wie Mrs Green es klingen ließ. Falls das Tier wirklich Probleme mit der Verdauung hatte, lagen die allein an den vielen Pasteten, die die alte Dame ihm zu fressen gab.

Und den Vorschlag einer Ernährungsumstellung hatte Green schon am Vortag mit pikiertem Schnauben abgelehnt.

Dennoch nickte sie. »Natürlich, Mrs Green. Bringen Sie Etheldreda doch einfach gleich in die Sprechstunde. Doktor Harriman und ich sind vermutlich ab dem späten Vormittag wieder …«

»Wir können selbstverständlich nicht in Ihre Praxis kommen«, unterbrach Edna Green sie mit dem Nachdruck der Entrüsteten. »Die Ärmste jetzt auch noch zu transportieren … Nein, das kann ich ihr nicht antun. Sie werden zu uns kommen müssen, meine Liebe. Ginge das?« Bevor Jenny auch nur reagieren konnte, setzte sie noch schnell nach. »Doktor Harriman hat *immer* Hausbesuche gemacht!«

Und ich soll mich jetzt in Grund und Boden schämen, falls ich da anders verfahre, hm?, dachte Jenny.

Innerlich rollte sie mit den Augen, äußerlich blieb sie aber professionell und freundlich. »Das geht natürlich, Mrs Green. Ich schaue gleich heute Nachmittag bei Ihnen und Etheldreda vorbei.«

»Ja, das wäre gut«, meinte die ältere Dame. »Wenn es denn nicht jetzt gleich schon möglich wäre. Es ist nicht weit bis zum Pfarrhaus, wissen Sie? Wir könnten …«

»Ich muss nun leider dringend nach Doktor Harriman sehen«, unterbrach Jenny jetzt sie. »Ein Notfall, verstehen Sie? Bis nachher, Mrs Green.«

Schnell verließ sie die herrische Dame und ging ebenfalls ins Treppenhaus. War es unhöflich von ihr, Mrs Green abzublocken? I wo! Der Katze ging es bestimmt nicht halb so schlecht, wie Edna Green es darstellte. Und Etheldredas Frauchen durfte ruhig mal lernen, dass sie nicht mit allen Mitmenschen so umspringen durfte, als wären sie einzig und allein zu ihrem Nutzen auf der Welt.

Ich habe Etheldreda gestern erst untersucht, sagte sie sich. *Da war sie kerngesund. Und heute kann man sie nicht mehr transportieren? Wer's glaubt, wird selig ...*

Die Treppe führte in einen kleinen Flur, von dem mehrere Türen abgingen. Eine von ihnen stand offen, und Harriman lehnte an ihrem Rahmen.

»Da sind Sie ja, Jenny«, stellte er fest und sah in den Raum. »Wir sind jetzt vollständig, John. Wir können.«

Doktor Harriman führte seine Begleiterin in das Wohnzimmer der McDonalds. Es war ebenso geräumig wie gemütlich: eine tickende Standuhr, ein paar bequem wirkende Sitzmöbel, ein Teppich, ein Tisch, mehrere Regale voller alter Bücher. Neben dem breiten Fenster, das zur Hauptstraße hinausging, stand eine Topfpflanze, die größer war als Jenny. An der Wand neben der Tür befand sich eine Hausbar auf Rädern. Mehrere Whisky- und Weinflaschen ragten aus ihr hervor.

John McDonald stand in der Mitte des Raumes. Er hielt ein Tablett mit dampfenden Teetassen in den Händen und stellte es nun auf den Couchtisch. Dabei sah er lächelnd zu Jenny.

»Doktor Little«, grüßte er. »Schön, Sie wiederzusehen. Dag hat mir schon gesagt, dass Sie zu zweit sind. Ich hoffe, ein English Breakfast ist in Ihrem Sinne?«

»Solange er alkoholfrei ist«, erwiderte sie mit schelmischem Zwinkern.

»Ein Scottish Breakfast wäre mir lieber«, brummte Harriman. »Aber für Whisky ist es noch ein bisschen früh.«

Sie setzten sich an den Tisch, Harriman und Jenny auf die breite Couch und McDonald in einen der beiden Sessel. Der werdende König trug an diesem Morgen eine dunkle Jeans zu einem marineblauen Hemd. Graues Brusthaar lugte aus seinem Kragen, und unter seinen Augen lagen noch die dunklen Ringe einer vermutlich nicht sonderlich erholsamen Nacht.

Der Tee war belebend. Jenny nippte nur kurz daran, weil er noch heiß war und dampfte. Doch McDonald schien eine Dosis Energie gebrauchen zu können.

»Also«, begann er. »Dag sagt, Sie kommen wegen dem Mann aus Rankins Scheune?«

»Derek Jones«, bestätigte Jenny. Sie legte eine der Fotografien auf den Tisch und beobachtete McDonalds Reaktion. »Ein ehemaliger Hafenarbeiter hier im Ort. Sagt Ihnen der Name zufällig etwas?«

McDonald nahm das Bild und studierte es aufmerksam. Dabei verrieten seine Züge absolut nichts, zumindest kam es Jenny so vor. Keine Sorge, keine Angst, nicht einmal Überraschung vermochte sie in ihnen zu lesen.

Aber das heißt nichts, sagte sie sich. *Was weiß ich schon von Körpersprache? Ich habe monatelang geglaubt, Eric Balfour sei ein netter Kerl.*

»Jones«, murmelte ihr Gastgeber. Als er das Bild zurücklegte, schüttelte er den Kopf. »Bedaure, aber der ist mir absolut unbekannt. Was erstaunlich ist, ehrlich gesagt. Mein Gedächtnis ist eigentlich sehr gut, und wenn dieser Mann einmal in North Hubbington gearbeitet hat, wie Sie sagen, dann hat er sicher auch im *Hub* eingekauft. Spätestens da müsste er mir ja begegnet sein. Wann genau hat er hier gelebt, Doktor Little?«

Es war Harriman, der antwortete. »Vor genau fünfzig Jahren, John.« Er legte die Beine übereinander. Auch er schien McDonald genau im Blick zu haben, wartend auf eine Reaktion. »Zur Zeit der *letzten* Jubiläumsfeier.«

Das saß. McDonald hob verdutzt die Brauen. »Ach ja? Das ist ja ein Zufall.«

Oder es ist keiner, dachte Jenny.

»Man sagt uns, Jones habe sich damals um den Posten des Dorfkönigs beworben«, kam sie zum Punkt. »Den Posten, den letztlich Ihr Vater bekam, Mr McDonald.«

Der Mann der Krämerin blinzelte verwirrt. »Wie bitte?«

»Er war wohl Konkurrent deines alten Herrn«, wiederholte Harriman. »Erinnerst du dich jetzt an ihn?«

McDonald schwieg einen Moment lang. Nachdenklich sah er ins Leere über seiner dampfenden Teetasse. Dann erhob er sich und ging zu einer kleinen Anrichte, die unter dem Fenster stand. Als er zurückkam, brachte er eine der gerahmten Fotografien mit, die auf der Anrichte standen.

»Hier.« Er reichte das Bild an Jenny und Harriman weiter. »Das war vor fünfzig Jahren.«

Jenny betrachtete die Aufnahme. Sie zeigte einen Mann im Kostüm des Dorfkönigs. Der Großteil seines Gesichts ging im Schatten unter, den sein mächtiger Kopfschmuck warf. Doch das wenige, was noch erkennbar blieb, wies starke Ähnlichkeit mit John McDonald auf. Neben dem Mann stand ein Kind von vielleicht neun Jahren, das ebenso stolz wie unbekümmert in die Kamera grinste. Hinter den beiden konnte man den Eingang und die Fassade des *Hub* erkennen.

»Der Mann im Kostüm ist mein Vater, John senior«, erklärte McDonald. »Das neben ihm bin ich. Verstehen Sie jetzt, warum ich mich nicht an diesen Jones erinnern *kann*? Ich war neun, als mein Vater König wurde. Ich bin vor Stolz auf ihn und sein Amt geplatzt, und ich glaube, ich erinnere mich an nahezu jedes Detail des damaligen Festtages. Es kommt nicht von ungefähr, dass auch ich Festkönig werden wollte. Ich habe den Tag nie vergessen können. Und ob es Ihnen nun albern erscheinen mag oder nicht, Doktor Little: Ich kann mir keine größere Ehre vorstellen, als derjenige zu sein, der in seine Fußstapfen tritt – jetzt, ein halbes Jahrhundert später.«

»Mr McDonald, ich …«

»Nein«, unterbrach er sie sanft, aber bestimmt. »Mir ist klar, wie das für andere klingen muss. Ein Dorffest im Nirgendwo ist nichts, was Ihnen sonderlich bedeutsam vorkommt. Oder, Jenny? Aber für uns hier … Für mich … Da ist das anders. Mein Vater war glücklich, als er König war. Die Erinnerung daran hat ihn nie mehr losgelassen. Und auch ich habe das niemals vergessen. Es ist mir wichtig. Und meinem kleinen Team an ehrenamtlichen Unterstützern ebenso.«

»Cat und Sarah, richtig?«, fragte Harriman. »Die coachen dich für den großen Auftritt.«

Er nickte. »Ganz genau. Sarah kümmert sich um das ganze Organisatorische, und Cat hat das Kostüm meines Vaters reinigen und kürzen lassen, damit ich reinpasse.«

»Sarah Douglass und Catriona Murray«, half Harriman aus, aufgefordert durch Jennys ratlosen Blick. »Zwei Frauen aus dem Dorf. Ehrenämtler genau wie John.«

Jenny nickte. Von Catriona hatte sie ja schon gehört.

»Niemand verdient an den Festen«, bestätigte ihr Gastgeber. »Niemand außer dem Dorf selbst, versteht sich. Auch das ist gute Tradition.«

»Okay.« Jenny fasste zusammen. »Sie sagen also, Sie seien zu jung gewesen, um einen etwaigen Konkurrenzkampf um die Königskrone mitbekommen zu haben. Verstehe ich Sie da richtig?«

Wieder nickte McDonald. »Viel zu jung. Falls es derartige Streitigkeiten gab – und in meinen Augen ist das ein sehr großes ›Falls‹, Doktor Little –, dann haben die Erwachsenen sie damals unter sich geklärt. Nicht vor meinen Augen und Ohren. Ich kann mich daher nur wiederholen: Einen

Derek Jones kenne ich nicht und kannte ich nicht. Wirklich nicht.«

Abermals studierte Jenny seine Gesichtszüge genau. Gab es nicht irgendwelche Kennzeichen, die einen Lügner verrieten? Irgendwelche Muskelzuckungen, die eindeutig waren, oder verräterische Bewegungen der Augäpfel? Sie wusste viel zu wenig über professionelle Ermittlungsarbeit – trotz all der gelesenen Romane.

In Büchern geht das viel einfacher, dachte sie und seufzte innerlich. *Oder liegt es an mir? Überschätze ich mich nicht maßlos, wenn ich mir zutraue, einen Verbrecher durchschauen zu können? Ich bin eben nicht Miss Marple ...*

Einerseits hatte sie keinen plausiblen Grund, McDonald zu misstrauen. Andererseits hatte ihre frische Fährte sie ja nicht grundlos zu ihm geführt. Jenny schob die Selbstzweifel beiseite, die immer wieder in ihr aufstiegen, und fokussierte sich auf die unmittelbare Aufgabe. Sie weigerte sich zu glauben, dass ihre Fährte hier einfach so endete.

»Bin ich denn verdächtig?«, fragte ihr Gastgeber gerade.

Bevor Jenny oder Harriman antworten konnten, erklangen neue Schritte im Treppenhaus. Emma kam ins Wohnzimmer und wischte sich die Hände an der Schürze ab, die sie über ihrem geblümten Kleid trug.

»Puh«, sagte sie. »Das hat jetzt aber gedauert! Ich wollte schon viel früher zu euch stoßen, aber ihr kennt ja Edna. ›Ist dieser Salatkopf frischer als der, den Sie mir empfehlen? Er sieht grüner aus. Ich will keine Ware vom Vortag!‹ Und so weiter ... Als hätte ich ihr jemals etwas anderes angeboten als frisches Gemüse.«

McDonald schmunzelte. »Gott bewahre.«

»Und?«, fragte sie. »Was gibt es zu besprechen? Geht es um die Parade am Samstag? John und ich sind schon ganz aufgeregt. Hast du den Festwagen gesehen, Dag? Er steht fertig geschmückt in der Turnhalle der Grundschule und wartet auf seinen großen Einsatz. Genau wie mein König hier.«

»Bedaure, meine Liebe«, antwortete Harriman. Er erhob sich ächzend und leerte den Rest seines Tees in einem Zug. »Dazu bin ich noch nicht gekommen.«

Jenny hielt es nicht mehr aus. »Mr McDonald«, platzte es aus ihr heraus. »Verzeihen Sie die direkte Frage, aber ich muss das einfach loswerden: Wo waren Sie in der Nacht, als Derek Jones starb?«

»Wer?«, wunderte sich Emma.

Der Angesprochene kratzte sich am Hinterkopf. »Puh, das war … vorgestern, richtig?«

»In der Tat, John«, bestätigte Harriman. Auch er sah McDonald nun an, fragend und abwartend.

»Na, ist eigentlich auch egal«, meinte dieser. »Ich war da, wo ich nachts immer bin. Hier. Im Bett.«

»Wo denn auch sonst?«, sagte seine Gattin. Es war scherzhaft gemeint, verfehlte seine Wirkung aber – nicht zuletzt, weil es so unsicher klang. »Wo soll er denn gewesen sein?«

»Kannst du das bestätigen, Emma?«, hakte Harriman nach. »Dass dein Mann in der betreffenden Nacht hier bei dir war?«

»Wo soll er denn sonst gewesen sein?«, wiederholte sie anklagend. Niemand musste ihr erklären, um welche Nacht es konkret ging – natürlich nicht. Der Mord an dem Mann im Kilt war schließlich Dorfgesprächsthema Nummer eins. »*Selbstverständlich* war er im Bett. Was fragst du denn da für ein Zeug, Dag?«

»Sie müssen das tun, Emma«, meinte McDonald. Er nippte an seinem Tee, als wäre er komplett entspannt. Doch es war nur gespielt, und Jenny durchschaute es sofort. »Sie ermitteln. Da ist erst einmal jeder verdächtig. So ist es doch, Dag? Oder?«

»Zumindest jeder, der mit dem Toten in Verbindung steht«, antwortete der Tierarzt.

»In Verbindung?«, echote Emma. »Wer ist der Kerl überhaupt? Hast du etwas mit dem zu tun, John?«

McDonald schüttelte den Kopf. »Ganz sicher nicht.« Damit schien das Gespräch beendet zu sein, jedenfalls aus seiner Sicht. McDonald stellte seine Tasse ab und klatschte auffordernd in die Hände. »So«, sagte er. Sein Blick wanderte von Harriman zu Jenny und zurück. »Das war dann jetzt sicher alles, oder? Ihr müsst bestimmt weiter.«

»In der Tat«, antwortete Harriman. Er erhob sich ächzend. »Kommen Sie, Jenny. Die Pflicht ruft.«

Sie folgte ihm nur widerwillig zur Tür. Die Situation barg noch immer Potenzial, das spürte sie. John McDonald war unter Druck geraten, und unter Druck begingen Menschen Fehler!

Oder bilde ich mir das nur ein, dachte sie, *weil ich es so will?*

Emma McDonald begleitete sie ins Erdgeschoss, ihr Mann blieb oben in der Wohnung. Er verabschiedete seine Gäste mit keinem Wort. Das übernahm Emma, als sie wieder unten im *Hub* standen.

»Tja, dann …« Sie blinzelte verwirrt, merklich überrumpelt von dem Geschehenen. »Dann macht's mal gut, und viel Glück bei der Ermittlung.«

»Danke, Emma.« Harriman nickte. »Sorg dich nicht, ja? Wir werden die Wahrheit schon herausfinden, und dann klärt sich alles auf.«

Sie nickte ebenfalls. Doch der sorgenvolle Ausdruck blieb auf ihren Zügen. Auch dann noch, als Jenny ihr die Hand gab.

Wenige Sekunden später waren sie draußen, schlenderten auf der Hauptstraße in Richtung Harbour Road. Die Sonne stand nun deutlich höher am Himmel, und als gleich drei Autos in Folge an ihnen vorbeifuhren, dachte Jenny, dass North Hubbington wohl gerade seine Hauptverkehrszeit erlebte.

»Ich weiß nicht, ob ich ihm glauben kann«, gestand sie. »McDonald, meine ich. Ich habe seine Aussage zwar mit eigenen Ohren gehört, aber …«

»Aber O'Malley geht Ihnen nicht aus dem Sinn«, beendete Harriman den Satz, als sie nicht weitersprach. »Ich verstehe das, wirklich. Würde ich John nicht seit Ewigkeiten kennen, wäre ich ganz bei Ihnen. Verflixt, ich *bin* ganz bei Ihnen, Jenny. Ich muss objektiv und unparteiisch sein, wenn es um Mord geht. Alles andere wäre ineffizient und unprofessionell.«

»Dann zweifeln Sie an seinem Alibi?«

Er seufzte. »Ich bezweifle zumindest, dass man es ›Alibi‹ nennen kann. Sie haben es ja schon früher gesagt, meine Liebe: John behauptet, er habe zur Tatzeit geschlafen. Und die einzige Person, die zugegen gewesen sein soll, ist seine Gattin Emma, die angeblich ebenfalls geschlafen hat. Das beweist absolut gar nichts.«

»Hm«, brummte sie zustimmend.

In den Romanen, die sie las, wurden in Situationen wie dieser technische Mittel ausgeschöpft, um die Aussage eines Verdächtigen zu überprüfen. Handystandorte wurden ermittelt, die Aufnahmen irgendwelcher Überwachungskameras ausgewertet und so weiter. Doch dies war North Hubbington. Handys waren hier im Grunde nutzlos, und eine Überwachungskamera hatte Jenny in den Tagen im Ort noch nirgends gesehen, nicht einmal bei den Hallen am Hafen. Das Dorf schien keinerlei Verwendung dafür zu haben. Bislang war es ohne ausgekommen, so schien es zu denken; also warum sollte es jetzt aufrüsten müssen?

»Also bleibt es beim Status quo«, murmelte sie. »Wir sind nach wie vor keinen Schritt weiter.«

»*Au contraire*, meine Liebe«, erwiderte ihr Begleiter. »Wir kommen durchaus voran. Nur nicht in dem Tempo, das Sie sich wünschen würden. Und ich ebenfalls, das gebe ich gerne zu …«

Die Kirchturmuhr schlug elf, als Jenny auf das Gotteshaus zuhielt. Sie hielt den Arztkoffer in der rechten Hand und trat zur Seite, als zwei ältere Damen die Kirche verließen und ihr entgegenkamen.

Seit dem frustrierenden Gespräch mit McDonald war nicht viel Zeit vergangen. Harriman und sie hatten sich im Haus in der Harbour Road neu besprochen und vereinbart, die Sprechstunde für den heutigen Vormittag zu den Akten zu legen. Harriman wollte zu Verkaik und mit ihm über die jüngsten Entwicklungen sprechen, Jenny selbst blieb wenig anderes übrig, als nach Edna Green und ihrer Katze zu sehen.

Da der Tag spätestens damit ohnehin jenseits aller Vorplanungen verlaufen war, hatten sie vereinbart, sich zu einem schnellen Lunch im *Drunken Rover* wiederzusehen und Millie die Arbeit eines Mittagessens für alle zu ersparen.

»Wir sind ja ohnehin unterwegs, meine Liebe«, hatte Harriman es der protestierenden Haushälterin erklärt. »Da lohnt es die Mühe nicht.«

Jenny war das nicht unrecht. Ihr letzter Besuch im Pub war aufschlussreich gewesen, und es wurde allerhöchste Zeit, auch in dieser Richtung weiterzuermitteln.

Doch zuerst stand der Hausbesuch bei Etheldreda auf dem Programm. Als die beiden Damen den Eingang der Kirche verlassen hatten, betrat sie das Gotteshaus. Dann blieb sie bewundernd stehen.

Die Kirche von North Hubbington war erstaunlich groß, bedachte man die Größe des Dorfes und der potenziellen Gemeinde. Sie umfasste ein längliches Haupthaus mit spitzem Dach, hohen Fenstern und Mauern aus weinrotem Backstein. Daran grenzte ein ebenso hoher wie schmaler Kirchturm, komplett mit Uhr und Wetterhahn an der Spitze.

Im Inneren des Gebäudes befanden sich zwei Kirchenschiffe, die aus mehreren Sitzbänken bestanden und jeweils von einem Mittelgang getrennt wurden. Über dem Eingang lag die Empore, auf der die Orgel ruhte. An der rechten Innenseite befand sich ein altmodischer Beichtstuhl – schwarzes Holz und dunkle Vorhänge.

Am vorderen Ende wartete der Altar, ein mächtiger Tisch aus Stein, zu dem zwei schmale Trittstufen hinaufführten. Links daneben sah Jenny ein Taufbecken, das aus dem gleichen steinernen Material geschaffen zu sein schien. Kerzen brannten auf dem Altar, und ihre Flammen flackerten im sanften Wind, der durch die Eingangstür hineinwehte.

Ein Mann mit schütterem weißem Haar trat gerade aus dem Beichtstuhl. Er hatte einen müden Ausdruck auf dem Gesicht und trug einen dunklen Anzug sowie ein schwarzes Hemd mit Priesterkragen. Als er Jenny bemerkte, wich der müde Ausdruck einem ehrlichen Interesses. »Oh, guten Morgen«, grüßte er. »Ein neues Gesicht?«

»Father Green?«, fragte Jenny.

Sie stutzte kurz. Wie hatte Harriman den Geistlichen noch gleich beschrieben? Als jemanden, der viel und gerne redete? Das weckte eine Idee in ihr, die sie gleich in die Tat umsetzen wollte.

»Der bin ich.« Green nickte. »Und Sie sind … auf der Durchreise?«

»Ja, vielleicht«, gestand sie. Es war eine gefühlte Ewigkeit her, seit sie zuletzt an London und all die offenen Fragen gedacht hatte. Nun kamen sie wieder über sie – mit Nachdruck. »So sicher bin ich mir da noch nicht. Jenny Little ist mein Name. Ich bin Gast bei Doktor Harriman, drüben in der Harbour Road.«

»Ach, die Tierärztin, stimmt!« Erkenntnis huschte über seine Züge, und sein Blick wanderte zu dem Arztkoffer in ihrer Hand. »Die junge Frau, von der Edna erzählt hat. Gesehen habe ich Sie ja schon bei der Planungsversammlung zur Eintausend-Jahr-Feier. Wie schön, Sie kennenzulernen. Die Leute denken immer, wir Provinzler kennen uns untereinander. Sie meinen, in solchen Dörfern wie North Hubbington sei jeder bestens mit jedem vertraut. Aber das stimmt nur zum Teil. In Ordnung: zum *Groß*teil. Doch es kommt immer mal wieder vor, dass auch uns Dörflern jemand Neues begegnet. Wobei … In meiner Kirche geschieht das tatsächlich eher selten. Leider. Aber was plappere ich hier? Das interessiert Sie doch alles gar nicht. Wollen Sie zu Etheldreda?«

»Auch«, sagte Jenny amüsiert. Noch war sie nicht so weit, sich ihrer eigentlichen Aufgabe zu widmen. Die Gelegenheit war zu günstig. »Father Green … Dürfte ich Ihnen eine Frage stellen?«

»Selbstverständlich«, antwortete er. Einladend deutete er auf die leere Kirchenbank vor dem Beichtstuhl. »Wir sind allein im Gebäude, allein mit Gott. Und ich bin ganz Ohr – auch für neue Gesichter, hehe.«

Jenny nahm Platz. »Ich … Ich bin nicht nur Tierärztin. Jedenfalls im Moment nicht. Ehrlich gesagt bin ich momentan alles Mögliche und nichts davon richtig. Es … Es ist kompliziert.«

Seine Mundwinkel zuckten. »Das ist es meistens, meine Liebe. Aber gerade das Komplizierte macht das Leben lebenswert, nicht wahr?«

Ein halbes Dutzend Widersprüche lagen ihr auf der Zunge, doch sie schluckte sie herunter. »Father Green, ich helfe Doktor Harriman und Constable Verkaik ein wenig. Im … Im Rahmen meiner Möglichkeiten.«

»Bei der Ermittlungsarbeit?« Seine Augen wurden groß. Wie so ziemlich für jeden anderen Bewohner des Dorfes schien es auch für ihn völlig selbstverständlich zu sein, dass der alte Veterinär nebenbei Verbrechen aufklärte. »Ich verstehe.«

»Und als ich eben hier hereinkam …« Sie zögerte, fasste sich dann aber endlich ein Herz. »Sir, Dörfer wie dieses sind doch in aller Regel recht fromm, oder? Ich meine, Traditionen sind den Bewohnern wichtig und all das. Routinen, jahrein und jahraus.«

»Nicht zuletzt die Plakate zur Eintausend-Jahr-Feier beweisen es.« Green nickte wieder. »Ja, das stimmt. North Hubbington füllt seine Kirche nach wie vor, an jedem Sonntag.«

»Auch den Beichtstuhl?«

Er stutzte. »Auch den Beichtstuhl. Wenn es nötig ist. Es gibt nicht mehr viele Kirchen hier im Land, die einen solchen überhaupt haben. Aber wir in North Hubbington nutzen ihn nach wie vor.«

»Father.« Jenny leckte sich nervös über die Lippen. »Angenommen, jemand hier im Dorf hätte etwas Schlimmes getan. Etwas, das er niemandem sagen kann, womit er nirgendwo gefahrlos Gehör fände. Würde er oder sie es seinem Seelsorger beichten? Wenn er es nicht mehr aushält?«

Green legte die faltigen Hände übereinander. Für einen kurzen Moment ging sein Blick ins Leere, dann aber nickte er. »Das wäre gewiss vorstellbar, ja. Es gehört zu den wichtigsten Aufgaben eines Dorfpfarrers, ein offenes Ohr zu haben – auch für die Leiden und Schwächen seiner Schäfchen.«

Verstand er, worauf sie hinauswollte? Falls ja, kam er ihr jedenfalls keinen Schritt entgegen. Father Green wartete ab.

»Was würde so ein Dorfpfarrer dann tun?«, fragte sie weiter. »Wenn jemand zur Beichte käme, um etwas Schlimmes zu gestehen. Um es zu bereuen, vielleicht sogar.«

»Er würde zuhören«, antwortete der Alte. »Geduldig und mit offenem Herzen.«

»Wie bitte?« Jenny hob die Brauen. Das klang so entschuldigend! »Mit offenem Herzen? Auch wenn man ihm ein Verbrechen gesteht?«

Der Geistliche lehnte sich in seinem Sitz zurück, schlug die Beine übereinander und strich sich nicht vorhandene Flusen vom Stoff seiner dunklen Hose. Dann seufzte er leise. »Es ist nicht unsere Aufgabe zu urteilen«, sagte er. »Vor allem nicht zu *ver*urteilen. Ich verstehe, dass das nicht jeder nachvollziehen kann. Aber in der Heiligen Schrift steht klar geschrieben: Wer ehrlich und aufrichtig bereut, der findet in der Kirche stets einen sicheren Hafen. Dem wird vergeben, was immer auch vorgefallen ist.«

»So einfach, ja?«, platzte es aus ihr heraus, halb ungläubig und halb anklagend. »Mehr gehört da nicht dazu? Einfach eine heimlich geflüsterte Entschuldigung, und alles ist vergessen.«

Green schüttelte den Kopf. Es wirkte weitaus geduldiger, als sie sich gerade fühlte – und sehr nachsichtig. »Mitnichten, Doktor Little. An aufrichtiger Reue ist gar nichts ›einfach‹. Der Mensch ist per se ein Lügner. Einer, der liebend gern den Weg des geringsten Widerstandes einschlägt und auch gerne sich selbst etwas vormacht, nur um besser dazustehen. Wir denken viel zu oft an unseren eigenen Vorteil, und selbst die Sanftmütigsten und Freundlichsten unter uns wissen doch stets, dass auch in ihnen das Potenzial schlummert, über die Stränge zu schlagen und anderen Schaden zuzufügen. Wenn wir also bereuen – ehrlich und aufrichtig vor Gott –, dann ist das ein gewaltiger Schritt. Dann erkennen wir unsere Lügen, durchschauen das falsche Spiel, das wir uns selbst vorgaukeln, und unterwerfen uns der Gerichtbarkeit des Allmächtigen.«

»Nur der?«, fragte Jenny.

»Keine ist größer«, erwiderte Green. »Nichts Irdisches kommt auch nur annähernd an sie heran.«

»Ein Mensch wurde getötet, Father«, sagte sie. »Hier im Ort. Verstößt das etwa nicht gegen Ihre Heilige Schrift?«

»Selbstverständlich tut es das. Denken Sie nur an das fünfte Gebot.«

»Und trotzdem halten Sie es nicht für angebracht, dass der Täter der irdischen Gerichtsbarkeit übergeben wird?«

»Das habe ich nicht gesagt«, gab er zurück. »Doktor Little … Sie fragten danach, was ich als Seelsorger täte, wenn mir jemand ein Verbrechen offenbart. Als Seelsorger kümmere ich mich um das Seelenheil eines jeden, der vor mich tritt. Recht und Gesetz stehen auf einem ganz anderen Blatt.«

Nun war sie es, die stutzte. Verstand er etwa doch? Und kam er ihr nun entgegen?

»Ich frage ganz geradeheraus, Father Green: Hat jemand Ihnen den Mord an Derek Jones gebeichtet, an dem Mann aus Rankins Heuschuppen? Wissen Sie, wer dieses schlimme Verbrechen auf dem Gewissen hat?«

Der Geistliche strich mit der Hand über die Kirchenbank. Irgendwo schlug die Turmuhr zur Viertelstunde. »Selbst wenn ich es wüsste … Ich könnte es Ihnen nicht sagen. Ihnen nicht und auch Constable Verkaik nicht. Was im Beichtstuhl gesprochen wird, bleibt im Beichtstuhl. Es ist nur für die Ohren des Herrn bestimmt.«

»Aber Sie könnten eine Ausnahme machen!«

Er schüttelte den Kopf. »Es gibt in diesen Dingen keine Ausnahmen. Die Gesetze des Allmächtigen lassen sich nicht nach Belieben ein- und ausschalten, Doktor Little. Sie gelten immer. Alles andere wäre nur wieder eine Selbstlüge, und die sind, wie ich ja schon sagte, leider nur allzu menschlich.«

Sie beugte sich vor, sah ihn eindringlich an. »Der Täter könnte ein zweites Mal zuschlagen.«

»Das wäre höchst bedauerlich und eine schwere Sünde«, entgegnete Green.

»Und trotzdem geben Sie den Namen nicht preis?«

»Ich *weiß* keinen Namen«, betonte der Alte. Er wich Jennys Blick nicht aus, und auch wenn er die Stimme hob, blieb seine Miene freundlich, sein Tonfall aufrichtig. »Niemand hat mir ein solches Verbrechen gestanden – nicht in der Kirche und nicht außerhalb von ihr. Das *gebe* ich Ihnen mit auf den Weg, und ich hoffe, Sie informieren auch Doktor Harriman und den Constable entsprechend. Doch eins muss ich ebenfalls betonen, Doktor Little: Wäre dem anders, wären meine Lippen leider versiegelt. Das Beichtgeheimnis wiegt schwerer als jede ermittlerische Forschung, und sei sie auch noch so gerechtfertigt.«

»Für Priester vielleicht«, erwiderte Jenny und schnaubte.

Er nickte. »Genau für die. So leid es mir tut.«

Sie wusste, dass sie verloren hatte. Und irgendwie verstand sie ihn auch. Jenny hatte noch nie viel für die Institution Kirche übriggehabt, fand sie veraltet und weltfremd. Seit ihrer frühesten Kindheit hatte sie sie mit Skepsis betrachtet, und daran hatte sich auch im Erwachsenenalter nichts geändert. Doch sie kannte das Prinzip des Beichtens, und als sie Greens Gotteshaus betreten und den Beichtstuhl gesehen hatte, war er ihr wie eine Chance vorgekommen.

Aber längst nicht jede Chance führt ans Ziel, sagte sie sich und legte sie zu den Akten. »Ist Ihre Frau zufällig in der Nähe?«

Green führte sie zum Pfarrhaus, das direkt nebenan hinter drei hohen Buchen stand. Das zweigeschossige Gebäude mit den hohen Fenstern wirkte kaum jünger als die Kirche, und als Green die Tür aufschloss, wehte Jenny eine eigenwillige Duftmischung entgegen – halb Kohlgericht, halb Reinigungsmittel.

Edna Green war im Wohnzimmer, einem mit altertümlichen Deko-Elementen regelrecht überfrachteten Zimmer, in dem der von einem dunklen Teppich bedeckte Boden die einzig verbliebene freie Fläche zu sein schien. Überall sonst – von dem Couchtisch bis zur Fensterbank – standen Vasen, Porzellanfigürchen oder gerahmte Fotografien. Durch die langen Gardinen fiel kaum ein Strahl Sonnenlicht, und gegen die Standuhr in der hinteren Zimmerecke, deren Ticken laut genug schien, um Tote aufzuwecken, war das Exemplar in Harrimans guter Stube ebenso schlank wie dezent.

Die Hausherrin erhob sich nicht aus ihrem Ohrensessel, als Jenny eintrat. Aber Etheldreda sprang von ihrem Schoß und strich schnurrend um die Beine der Ärztin.

»Doktor Little«, sagte Edna mit einem Anflug von Tadel. »Na, das wurde auch Zeit! Das arme Tier ist schon ganz außer sich vor Leid.«

Das bezweifelte Jenny. Etheldreda wirkte im Gegenteil durchaus munter und fidel. Dennoch fügte Jenny sich ihrem Schicksal und begann den Hausbesuch.

KAPITEL 17

Der *Drunken Rover* war gut besucht, wenn mal keine Veranstaltung im benachbarten Rathaussaal stattfand. Jenny staunte nicht schlecht, als sie den Schankraum um kurz nach zwölf Uhr betrat.

Jeder Tisch war besetzt. Auch an dem geschwungenen Tresen, hinter dem eine sympathisch wirkende Frau mit roten Haaren dunkles Bier in große Pint-Gläser zapfte, hatten sich Männer und Frauen niedergelassen. Einige der Gesichter erkannte Jenny wieder – teilweise von dem Abend im Rathaus, teilweise aus ihrer Sprechstunde. Überall wurde gelacht, erzählt und gegessen, und die Luft roch so, wie sie vermutlich in jedem Pub des Landes roch: nach kaltem Schweiß und frisch Frittiertem.

Dag Harriman saß am Tisch in der Ecke, einem der kleinsten im ganzen Lokal. Als er Jenny eintreten sah, stand er auf und winkte. »Jenny!«, rief er. »Hier hinten.«

Sie ging zu ihm und setzte sich ihm gegenüber. »Wow«, murmelte sie. »Hier ist ordentlich was los.«

»Immer«, bestätigte er. »Der *Rover* ist beliebt. Und das einzige Lokal weit und breit. Haben Sie Hunger? Ich könnte Ihnen etwas empfehlen.« Er reichte ihr eine laminierte Karte, die älter wirkte als der Tierarzt.

»Ich habe schon von dem Red Pudding gehört«, sagte sie. »Der soll besonders legendär sein.«

Harrimans Mundwinkel zuckten. »Respekt. Für so fleischlastig hätte ich Sie gar nicht gehalten.«

»*When in Rome* …«, erwiderte sie nur und legte die Karte beiseite.

»Und? Was macht Etheldreda?«, fragte er.

Er nahm einen Zug aus seinem Pint-Glas, das nur noch halb voll war. Ein dünner Bierflaum blieb an seiner Oberlippe zurück, den er nicht bemerkte. Jenny hatte Mühe, nicht loszuprusten, denn Dag Harriman hatte *definitiv* kein Schnurrbartgesicht.

»Nichts, was eine Katze in ihrem Alter nicht tun sollte«, antwortete sie schnell. »Das Tier ist nach wie vor kerngesund. Man würde ihm nur andere Lebensumstände wünschen. Dann bleibt es das auch.«

»Ja, Edna und ihre Pasteten … Ich fürchte, da beißen Sie auf Granit. Die Gattin unseres Geistlichen nimmt keine Vernunft an. Wenn es um Etheldreda geht, weiß sie es besser – ihrer Ansicht nach.«

»Auch ihr Gatte könnte kooperativer sein«, erwiderte sie.

Harriman hob eine Braue. »Inwiefern?«

Mit wenigen Worten schilderte sie ihr Gespräch mit dem Priester. Sie begann mit ihrer Idee, dass ein Beichtvater ein gut informierter Mann sein mochte, und endete mit seiner Weigerung, sich in die Karten blicken zu lassen. »Er sagt, er wisse nichts von einem Mörder. Niemand hätte ihm gegenüber ein solches Verbrechen gestanden. Er sagt aber auch, dass er nichts verraten würde, falls dem anders wäre. So gesehen weiß ich gar nicht, ob ich ihm überhaupt glauben will.«

»Hm.« Harriman trank erneut, und diesmal dachte er daran, sich den Mund abzuwischen. »Glauben können Sie ihm, das schon. Für Father Green …«

»Legen Sie die Hand ins Feuer, ich weiß«, fiel sie ihm sanft, aber bestimmt ins Wort. »Wie für alle anderen im Dorf. Aber ich kann mich nur wiederholen, Dag: Irgendjemand *ist* der Mörder.«

»Nicht Green«, schüttelte er den Kopf. »Und wenn er sagt, er kennt den Täter nicht, dann ist auch das eine Tatsache. Green lügt nicht.«

»Womit wir so schlau wären wie vorher.« Sie seufzte. »Einmal mehr. Was sagt Constable Verkaik?«

»Oh.« Harrimans Augen wurden groß. »So einiges, wenn ich ehrlich bin. Er wollte zu uns stoßen, um es Ihnen selbst zu berichten. Und … Ah, da ist er ja auch schon!«

Jenny drehte sich um und sah Verkaik durch den Pulk an Pub-Besuchern zu ihnen kommen. Der Constable trug seine Uniform und grüßte an mehreren Tischen die Leute. Als er zu dem ihren kam, organisierte er sich einen freien Stuhl vom Nebentisch und nahm ebenfalls Platz.

»Doktor Little«, begrüßte er sie. Was macht »Etheldreda?«

»Hier passiert echt nicht viel, hm?«, gab sie zurück und warf Harriman einen amüsierten Blick zu. »Wenn *das* schon Dorfgespräch ist …«

»Percy weiß es von mir. Er hat mit Wrexham gesprochen«, erklärte Harriman. »Ist doch so, oder?«

Verkaik nickte. Er zückte ein kleines Notizbuch aus der Innentasche seiner Uniformjacke, schlug es auf und begann vorzulesen. »Eine DCI Bonney lässt herzlich grüßen. Sie hat sich für uns die nötigen Unterlagen zusammengesucht und teilt Folgendes mit.«

Erst nach einem kurzen Moment begriff Jenny, wie selbstverständlich er von ihr als Teil des Teams sprach. Und wie selbstverständlich sie diese Formulierung akzeptiert hatte. Was machte dieser Ort nur aus ihr?

»Derek Timothy Jones«, sagte Verkaik, »lebte tatsächlich seit knapp zwei Jahrzehnten in Wrexham, in einem Außenbezirk voller Einfamilienhäuser und grüner Vorgärten. Schmucke Gegend, so sagt man mir, wenn auch keine übertrieben teure. Mittelstand. Jones sei nicht verheiratet gewesen, habe aber mit einer Partnerin zusammengewohnt – einer Helena Rickman. Sie sei Berufsschullehrerin gewesen und früh verwitwet. Helena Rickman habe Jones mehrfach als ihre ›zweite große Lebensliebe‹ bezeichnet und ihm an ihrer Schule einen Job als Hausmeister besorgt.«

»Klingt ja regelrecht idyllisch«, kommentierte Jenny.

Harriman nickte.

»Den Hausmeisterposten hat Jones auch dann nicht aufgegeben, als er ins Rentenalter kam«, fuhr der Constable fort. »Verständlich, wenn man bedenkt, dass er vermutlich nicht allzu viel staatliche Rente zu erwarten hatte – bei dem Lebenswandel vor seiner Zeit in Wales. Jedenfalls bestätigt die Berufsschule, dass er noch vorige Woche geflissentlich seine Arbeiten erfüllt und den Urlaub für diese Woche schon vor Monaten beantragt hat. Acht Tage Urlaub für einen Besuch in der ›alten Heimat‹. Die Direktorin der Schule erinnert sich explizit an diese Formulierung: Jones habe ihr gegenüber davon gesprochen, seine alte Heimat besuchen zu wollen.«

»Er kam also definitiv nicht spontan nach North Hubbington«, folgerte Jenny. »Das war von langer Hand geplant.«

»In der Tat.« Verkaik nickte und blätterte um. »Zurück zu Helena Rickman. Die Ärmste ist vor vier Monaten verstorben, Lungenkrebs im Endstadium. Jones war ihr alleiniger Erbe, keine Kinder. Er bekam das Haus, das ihr gehörte und in dem sie schon lebte, bevor er in ihr Leben getreten ist, und das gemeinsame Sparkonto. Letzteres reiche nicht für große

Sprünge, wie man mir mitteilt, wohl aber für einen bescheidenen Lebensabend. Zumindest für *eine* Person.«

»Jones war also wieder allein, als er zu uns ins Dorf gekommen ist«, fasste Harriman zusammen. »Nach knapp zwanzig Jahren zu zweit.«

»Allein und alt«, ergänzte Jenny.

Konnte er sentimental geworden sein? Hatte der Tod seiner Partnerin den Wunsch in ihm geweckt, North Hubbington wiederzusehen? Warum?

Was gab es hier, das ihn derart gelockt hätte?, fragte sie sich. *Nach all der Zeit?*

Die Antwort lag natürlich auf der Hand, und wenn sie ehrlich zu sich war, hatte sie sie längst schon gefunden. Die Jubiläumsfeier, die bald stattfand. Der Dorfkönig.

»Er hat sich wohl nach uns gesehnt«, sagte Harriman. »Nun, da er allein war. Nach der guten alten Zeit am Firth. Nach alten Wurzeln.«

»So viele werden das nicht gewesen sein«, widersprach Jenny. »Jones war ja nicht lange hier. Und kaum jemand im Ort erinnert sich noch an ihn.« Sie sah zu Verkaik. »War das alles?«

»Nicht ganz.« Er schüttelte den Kopf. »Die geschätzte Kollegin Bonney hat vorhin noch einmal angerufen, da warst du schon wieder weg, Dag. Es gibt noch weitere Informationen.«

Harriman hatte gerade sein Glas angehoben, stellte es nun aber verdutzt ab. »Aha?«

»Sie kennt den Leiter des Sicherheitsdienstes am Bahnhof von Wrexham gut«, erklärte Verkaik. »Gemeinsame Erfolge im Tennisverein. Das schweiße zusammen, sagt sie.«

»Ja, und?«, wunderte sich Jenny.

»Der Sicherheitschef hat ihr einen Gefallen getan und in den Datenspeichern der Überwachungskameras gewühlt«, sagte der Constable. »Sie ahnen vermutlich, was dabei herausgekommen ist.«

»Jones«, mutmaßte Jenny. »Auf dem Weg nach Norden.«

Abermals griff Verkaik in eine Jackentasche. Er entnahm ihr einen Computerausdruck, den er auf dem Tisch auseinanderfaltete. Das Bild war schwarz-weiß und recht pixelig. Dennoch konnte man den Mann mit dem Koffer recht klar erkennen. Derek Jones stand an Gleis drei von *Wrecsam Cyffredinol*, wie ein walisisches Schild im Bildhintergrund den Hauptbahnhof nannte, und bestieg einen Eisenbahnwaggon. Jenny brauchte nur in das faltige Gesicht zu sehen, und sofort kam die Erinnerung an den Mann auf Rankins Heuboden zurück. Kein Zweifel: Das war ihr Toter.

»Das war vor vier Tagen«, sagte Verkaik. »Der Elf-Uhr-Zug nach Liverpool. Von dort muss er wohl einen Schnellzug genutzt haben, der am selben Nachmittag über Manchester und Leeds bis nach Glasgow gefahren ist.«

»Womit er dann schon mal in Schottland gewesen wäre«, stellte Harriman fest. »Keine Frage, Percy: Das ist die richtige Spur. Auf diesem Bild beginnt Jones seine Reise nach North Hubbington.«

»Und er beginnt sie allein«, sagte Jenny. »Da ist niemand, der ihn begleitet. Niemand, mit dem er sich gestritten haben könnte oder so.«

»Meine Kollegin ist nach wie vor überzeugt, den Täter hier im Dorf verorten zu können«, wandte Dag sich an den Constable.

Verkaik nickte. »Ausschließen lässt sich das nicht. Auch wenn ich …«

Er kam nicht dazu, den Satz zu beenden. Denn die rothaarige Schönheit hatte ihren Posten hinter dem Tresen verlassen und näherte sich soeben ihrem Tisch.

»So, zusammen«, fiel sie ihm unabsichtlich ins Wort. »Hat vor lauter Andrang einen Moment gedauert. Aber für euch mache ich natürlich eine Ausnahme und nehme Bestellungen am Tisch auf. Noch ein Pint, Dag? Und für dich, Percy?«

Jenny erkannte die Stimme sofort. Das war die Frau, mit der Seamus Blair gesprochen hatte. Die, der gegenüber er sich hatte rechtfertigen wollen. Seine Schwester.

»Ein Belhaven, Mairi«, antwortete Verkaik. »Und die *Fish & Chips?*«

»Kommt sofort.« Sie schenkte ihm ein bezauberndes Lächeln, und Verkaik errötete prompt. »Will sonst noch jemand einen Lunch?«

»Zwei Red Pudding, bitte«, sagte Harriman und zwinkerte Jenny zu. »Und ist dein Bruder zufällig da?«

»Shay?« Sie schüttelte den Kopf. »Um die Zeit noch nicht, Dag. Die Schule, du weißt ja.«

Jenny stutzte. *Schule?*

Verkaik schien ihren Gesichtsausdruck richtig zu deuten und erklärte sofort. »Mairis Bruder Seamus arbeitet in unserer Dorfschule. Na, eigentlich *ist* er die Dorfschule – der einzige Lehrer weit und breit.«

Der, ein Lehrer? Jenny traute ihren Ohren kaum. Sie hatte den Mann doch gehört, gleich hier im Treppenhaus. Sie hatte ihn gesehen, als dunklen Schemen bei Harrimans Mülltonnen. Und sie führte ihn nach wie vor ziemlich weit oben auf ihrer Liste der Verdächtigen, ganz egal, was die anderen sagten. Und jetzt sollte ausgerechnet dieser Freak mit Kindern arbeiten? Das … Das war doch unverantwortlich!

»Verzeihung«, sagte sie und stand auf. »Wo finde ich diese Schule?«

»Äh.« Mairi blinzelte. Auch die beiden Männer sahen sie verwirrt an. »Links am *Hub* vorbei und dann nach Norden.

Keine fünf Minuten von hier. Aber warum wollen Sie das wissen?«

»Ich spare mir den Lunch heute«, entschuldigte sie sich. »Ich habe noch einen dringenden Termin, der mir eben erst eingefallen ist.«

Harriman durchschaute die Lüge prompt. »Sie wollen zur Schule?«

Fast schon flehentlich sah sie ihn an. »Geben Sie mir einen Moment, Dag. Bitte. Allein mit ihm.«

Es klang absurd, aber er schien sie zu verstehen. Wann immer sie von Seamus Blair sprach – oder auch *mit* ihm –, war jedes Mal jemand zugegen gewesen, um ihre Theorien über seine Täterschaft zu widerlegen. Niemand sonst glaubte an Blairs Schuld in der Sache »Derek Jones«. Jenny konnte sich nur ein eigenes Bild von dem Mann machen, wenn sie ihm allein begegnete. Und der Gedanke, ihn in einem Klassenraum voller wehrloser Kinder zu wissen, tat sein Übriges, um sie in ihrem Vorhaben zu beflügeln. Sie *musste* gehen, jetzt sofort.

Harriman nickte. »Nur zu. Sie wissen ja, wo Sie uns finden, meine Liebe.«

Jenny dankte ihm, griff nach ihrer Jacke auf der Stuhllehne und verließ den *Drunken Rover*, so schnell sie nur konnte.

Es versprach, ein schöner Nachmittag zu werden. Strahlender Sonnenschein erhellte die Straßen und Gassen des schottischen Küstendorfes, und als Jenny am *Hubbington Hub* vorbei in die Seitenstraße bog, sah sie Männer mit Sackkarren und auf langen Leitern, die die Straße schmückten, indem sie Girlanden, Banner und Plakate an Laternen und Verandageländern anbrachten.

Hier geht bestimmt die Parade entlang, vermutete sie.

Die Männer waren nahezu allesamt älteren Baujahrs, engagierte Rentner mit Zeit und handwerklichem Geschick. Sie banden bunte Girlanden an Laternenpfähle, spannten festliche Banner quer über die Straße und hievten Blumenkübel an Orte, an denen sonst offenbar keine standen. Koordiniert wurden ihre Arbeiten von einer attraktiven Frau in Jennys Alter, die mit kritischer Miene und bewaffnet mit einem Klemmbrett im Schatten des *Hub* stand und zusah.

»Ein bisschen mehr nach links, Stuart«, rief sie gerade. »So kann doch kaum einer das Banner lesen.«

»Die Laterne steht, wo sie steht«, erwiderte einer der Männer auf den Leitern. Es schien sich um den Angesprochenen zu handeln. »Die kann ich nicht verschieben, Cat. Auch nicht nach links.«

Cat? Jenny begriff. Das musste die sagenumwobene Catriona Murray sein, von der McDonald vorhin gesprochen hatte. Eine der Organisatorinnen des Dorfjubiläums und der »Coach« des neuen Königs.

»Du kannst das Ding aber anders befestigen«, beharrte Murray gerade. »Dann hängt's gleich viel besser über dem Weg. Eben weiter nach links.«

»Pff.« Stuart grunzte ungehalten. Seine freie Hand nestelte an den Seilen, mit denen er das Banner gerade an der Laterne festgebunden hatte. »Wenn du das sagst …«

»Verzeihung«, wandte Jenny sich spontan an die Frau. »Miss Murray?«

Murray runzelte die Stirn. »Ja?« Sie war wirklich eine Schönheit. Braunes Haar, das ihr knapp über die Schultern reichte, und ein sommersprossiges Gesicht mit hohen Wangenknochen und einem sanft geschwungenen Mund. Ihr Körper war schmal, ohne zu zierlich zu wirken, und das geblümte Kleid, das sie trug, wirkte gleichermaßen chic wie lässig. »Ich kenne Sie nicht, oder?«, fragte sie. »Woher wissen Sie dann meinen Namen?«

»Ich bin Jenny Little«, sagte sie. »Eine Kollegin von Doktor Harriman aus der Harbour Road. Ich …«

»Ach, Sie ermitteln.« Catriona Murray lachte. »Verstehe. Hat Dag jetzt einen Watson an seiner Seite, ja?«

Jenny erwiderte das Lachen. »Für den Moment. Hätten Sie kurz Zeit für ein, zwei Fragen, Miss Murray?«

»Über den Typen aus dem Heuschuppen?« Sie schnaubte leise. »Meinetwegen. Ich muss zwar aufpassen, dass die Gentlemen hier keinen Mist bauen, aber antworten kann ich Ihnen dabei trotzdem. Ich weiß nämlich absolut nichts über den.«

»Zumindest wissen Sie von seiner Existenz«, hielt Jenny dagegen.

Murray sah von ihrem Klemmbrett auf, auf dem sie gerade etwas abgehakt hatte. »Das hier ist North Hubbington, Doktor Little. *Jeder* weiß von dem.«

»Hey, Cat!«, rief ein zweiter Rentner. Er stand neben einem der Blumenkübel, den er gerade vor eines der Häuser getragen hatte, und wischte sich nun mit der behandschuhten Rechten den Schweiß von der Stirn. »Steht der so gut?«

»Klar, Miles«, antwortete sie – nicht minder laut und trockener als die Wüste Gobi. »Wenn du willst, dass John mit seinem Paradewagen dagegenfährt und sich die Stoßstange verbeult, steht der absolut super.«

Miles, ein schnauzbärtiger Endsechziger mit stattlichem Bauch, Hosenträgern und Gürtel, besah sich sein Werk ein zweites Mal. Tatsächlich ragte der Kübel noch unnötig weit auf die Straße hinaus. »Ja, okay. Dann muss der weiter zurück.«

»Kann sein, Miles«, antwortete Murray. »Versuch's mal.«
Sie senkte die Stimme. »Männer können echt wie kleine Kinder sein, finden Sie nicht auch? Halten sich für die Größten, bauen aber ständig Murks, wenn man nicht aufpasst.«

»Na ja«, sagte Jenny. »›Ständig‹ ist übertrieben. Ich ...«
Mit einem Mal musste sie an Eric denken. An das letzte, kurze Telefonat, das sie geführt hatten, und an die saloppe Art, mit der er ihre Beziehung für beendet erklärt hatte. »Nein, vergessen Sie's«, korrigierte sie sich dann. »Sie haben recht.«

Murray lachte. Es war ein sympathisches Lachen, hell und offen. Es stand ihr gut. »Was wollen Sie denn wissen, Jenny?«, fragte sie und wechselte wie selbstverständlich zu einer persönlicheren Anrede.

»Sie gehören zu John McDonalds innerem Zirkel, richtig?«, begann Jenny. »Zu denen, die ihm helfen, sich auf den Königsposten vorzubereiten. Sie sollen das Kostüm für ihn gereinigt und umgenäht haben, damit er es tragen kann.«

Anerkennend hob Catriona Murray eine Braue. »Sie sind gut informiert. Ja, wir helfen John ein bisschen. ›Wir‹, das sind ein paar Frauen aus dem Dorf. Das ›Gefolge des Königs‹, wenn sie so wollen. Das Kostüm war mein Aufgabenbereich. Ich bin vorigen Monat damit in die Stadt gefahren und habe es reinigen und ein wenig weiten lassen. Das ging erstaunlich schnell. Es hatte vorher jahrzehntelang auf dem Dachboden der McDonalds gelegen und brauchte dringend ein wenig Pflege.«

»Haben Sie es irgendjemandem gezeigt?«, hakte Jenny nach. »Beispielsweise während ihres Ausflugs zur Reinigung?«

»Gezeigt?« Verwundert sah Murray sie an. »Inwiefern? Den Leuten in der Reinigung habe ich es natürlich ausgehändigt. Und der Schneiderin.«

»Sie wissen vielleicht, dass der Tote in einer nahezu exakten Kopie dieses Königskostüms gefunden wurde«, erklärte Jenny. »Deshalb frage ich. Können Sie sich vorstellen, dass jemand das Kostüm … ich weiß auch nicht … nachgebaut hat?«

»Von den Leuten auf meiner Reise?« Murray zuckte mit den Schultern. »Warum sollten sie? Die Schneiderin interessiert sich bestimmt nicht für unser Jubiläumsfest, falls Sie das meinen. Und selbst wenn: Was hätte sie davon, das Teil nachzuschneidern? Sie könnte doch auch ohne herkommen und die Parade sehen.«

»Ich greife nach Strohhalmen«, entschuldigte sich Jenny. »Das ist leider unvermeidlich. Wir recherchieren zum Tathergang, und ich will nichts unversucht lassen, Informationen zu finden.«

»Keine Sorge.« Murray winkte ab. »Ich verstehe das schon. Fragen Sie ruhig weiter, oder war's das?«

»Sie wohnen schon lange im Dorf, nicht wahr?«

»Dreißig Jahre lang«, antwortete sie stolz. »Mein ganzes Leben. Und ich glaube nicht, dass sich daran noch etwas ändert. Als Kind hatte ich mal den Traum, Tänzerin zu werden und in die große weite Welt hinauszuziehen. Aber irgendwann wird man vernünftig, finden Sie nicht auch? Irgendwann begreift man, wo man hingehört. Dass man da längst alles hat, was man will und braucht.«

Jenny wusste nicht, wie sie darüber dachte. Wo gehörte *sie* hin? Die Antwort auf diese Frage fiel ihr nach wie vor schwer, vielleicht aktuell mehr denn je. Dennoch konnte sie Catriona Murrays Gedanken nachvollziehen. Es war sicher schön zu wissen, wo man Wurzeln schlagen wollte.

»Dann kennen Sie John McDonald wohl schon ein paar Tage, oder?«, fragte sie weiter.

»Klar. Wie so ziemlich jeden im Dorf. Wir sind ein übersichtlicher Haufen, Jenny. Da bleibt das nicht aus.«

»Mögen Sie ihn? Ist er Ihnen sympathisch?«

»Pff.« Sie rollte mit den Augen. »Ich hab kein Problem mit ihm, falls Sie das meinen. Er ist nett. Harmlos. Ich helfe ihm gern, denn ich weiß, wie wichtig ihm dieses Fest ist.«

»Wegen seines Vaters, nicht wahr? Weil auch der schon König war.«

»Exakt.« Die junge Frau nickte. »Er ... He! He, Stuart. Guck doch mal genauer hin, du Blindfisch. Das steht auf dem Kopf!«

Stuart war inzwischen von Leiter und Banner zurückgetreten und versuchte nun, ein Plakat an einem anderen Laternenpfahl aufzuhängen. Nur hielt er es falsch herum.

Männer, dachte Jenny und stellte sich dabei Murrays spöttisch-tadelnden Tonfall vor. Dann schmunzelte sie.

»Oh, stimmt«, murmelte der Helfer und korrigierte den Fehler prompt.

»Jedenfalls«, wandte Catriona Murray sich wieder an Jenny. »John ist ein feiner Kerl. Unser Ort ist ihm immens wichtig, genau wie mir auch. Wir ... Na ja, es klingt albern, aber es stimmt irgendwie: Wir haben North Hubbington im Blut. Es ist ein Teil von uns, verstehen Sie? Unsere Heimat, für die wir tun, was immer wir können. Was immer sie verlangt.« Sie lachte leise. »John versteht das, genau wie ich. Und ich helfe ihm stets gern, denn er ist umgekehrt auch für uns andere da, wenn Hilfe gebraucht wird. So war der schon sein ganzes Leben lang. Das ist einfach unsere Art. Die der echten North Hubbingtoner.«

»Auch die von Seamus Blair?«

»Seamus?« Die Dreißigjährige hob die Brauen. »Wie kommen Sie denn jetzt auf den? Ja, auch die von ihm. Vor *allem* von ihm, ehrlich gesagt. Seamus kann kaum still sitzen, so aktionssüchtig ist der. Wenn er nichts zu tun hat, dann sucht er sich Arbeit.«

»Würden Sie die Hand für ihn ins Feuer legen? Und für John McDonald?«

Murray ließ das Klemmbrett sinken. Verdutzt sah sie Jenny an. »Fragen Sie mich etwa, ob ich die beiden für Mörder halte? Nein. Ganz entschieden nein. Das sind *gute* Leute, patent und hilfsbereit.«

»Der Tote aus Rankins Schuppen war Konkurrent von Johns Vater, als es um die Königskrone ging«, hielt sie dagegen. »Kurz vor der Eintausend-Jahr-Feier ist er nach North Hubbington zurückgekehrt. Und Seamus Blair streicht nachts um Dag Harrimans Haus und spioniert dort herum.«

Murray blinzelte. »Sie machen Witze.«

»Garantiert nicht.« Jenny hob eine Hand. »Ehrenwort. Das ist alles wahr, und trotzdem denken alle im Dorf, ihre Nachbarn seien von Natur aus unschuldig. Daher meine Fragen, Miss Murray. Ich suche Menschen, die *objektiv* über North Hubbington sprechen.«

Für einen kurzen Moment schwieg die andere Frau, und ihr Blick ging ins Leere. Dann seufzte sie schwer. »Ich kann objektiv sein. Darauf gebe *ich* Ihnen mein Ehrenwort. Übertriebene Sentimentalität kann mir niemand vorwerfen. Und wenn stimmt, was Sie da sagen … Ja, dann würde wohl auch ich hinter John und Seamus herrecherchieren. Ob ich mir sie nun als Täter vorstellen kann oder nicht. Zumindest, um sie ein für alle Mal ausschließen zu können.«

»Aber?«, hakte Jenny nach. Da kam noch mehr, das ahnte sie.

»Aber ich kann Ihnen nur sagen, was ich weiß«, antwortete die andere Frau. »Und das ist das, was ich gesagt *habe*.

John McDonald und auch Seamus Blair gehören zu den anständigsten Leuten in ganz North Hubbington. Ich weiß über beide nichts Schlechtes zu berichten und würde ihnen nie und nimmer ein Verbrechen zutrauen – jedenfalls nichts, was übers Falschparken hinausgeht. Wenn Sie da Gegenteiliges herausfinden, würde es mich entsetzen.« Sie zögerte kurz, schien nachzudenken. »Aber selbstverständlich würde ich es akzeptieren, wenn die Beweise für sich sprechen. Niemand kann einem anderen Menschen bis in die Seele blicken, oder? Niemand weiß wirklich alles über sein Gegenüber.«

Jenny nickte stumm. Abermals kam ihr Eric in den Sinn.

»Ich wünsche Ihnen und dem alten Dag eine gute Jagd, Jenny«, sagte Murray. »North Hubbington ist mir sehr wichtig, und es hat diesen ganzen Trubel nicht verdient. Finden Sie die Wahrheit ... wenn Sie können.«

Sie verabschiedeten sich, und die Dreißigjährige widmete sich wieder ihrem Dekorationstrupp. Das Banner und das Plakat hingen inzwischen gut, und Miles hatte den Blumenkübel besser positioniert. Nun galt es, weitere Kübel aus einer nahen Garage zu holen.

»Schnappt euch die Sackkarren, Männer«, rief Catriona Murray. »Wir brauchen Nachschub. Und nehmt die Leitern mit, die können zurück ins Lager. Das Banner hält doch jetzt. Oder, Stuart?«

Der Angesprochene zuckte zusammen wie ein Grundschüler, den man beim Schummeln erwischte. »N... Natürlich, Cat. Das ist bombenfest.«

»Wollen wir's hoffen«, murmelte sie und warf Jenny einen halb amüsierten, halb wissenden Blick zu.

Jenny zog weiter. Die Grundschule lag am Ende der Seitenstraße, und sie konnte sie bereits deutlich sehen – ein eingeschossiger Bau mit flachem Dach, rechteckigen Fenstern und einem erstaunlich weitläufigen Spielplatz an seiner rechten Seite. *North Hubbington Primary School* stand in großen Lettern über der zweiflügeligen Eingangstür. Und schräg daneben parkte der Defender.

Die Tür stand offen, und als Jenny näher trat, staunte sie, wie ruhig es jenseits der Schwelle war. Seit sie zuletzt eine Grundschule betreten hatte, war viel Zeit vergangen. Dennoch hatte Jenny ein mittleres Tollhaus erwartet, in dem überall irgendwelche Dreikäsehochs herumwuselten und lärmten. Das Gegenteil schien der Fall zu sein.

Oder ist schon Unterrichtsschluss?, fragte sie sich.

Der Verdacht bestätigte sich, als sie durch das kleine Foyer in einen Flur trat und die offene Tür eines Klassenzimmers fand. Jenseits der Schwelle standen Tische und Stühle. Schau- sowie selbst gemalte Bilder hingen an den Wänden, und auf den Fensterbänken wuchsen allerlei Kräuter in sorgsam beschrifteten Blumenkästen. Nur Kinder sah sie nicht.

Der Flur führte sie weiter zu einem zweiten, größeren Raum, der wohl als Mehrzweckhalle diente. Hier hingen Kletterstangen und zwei Basketballkörbe an den Wänden, dicke Seile und Ringe baumelten von der Decke. Sie waren für den Sportunterricht vorgesehen, ganz ohne Frage, genau wie die großen Matten, die sorgsam in einer Ecke gestapelt lagen.

Es gab aber auch Stühlestapel und einen kleinen Pulk an zusammengestellten Notenständern in einer anderen Ecke des Raumes. Also wurde in dem Raum auch musiziert. Jenny stellte sich eine Gruppe kindlicher Dudelsackspieler vor und musste prompt grinsen. Dann zuckte sie zusammen.

»Kann ich Ihnen helfen?«

Die Stimme war gleich hinter ihr erklungen, und sie wirkte nur sehr bedingt freundlich. Sofort wirbelte Jenny herum.

Auf der anderen Seite des Flures hatte sich, allem Anschein nach lautlos, eine weitere Zimmertür geöffnet. Sie schien in eine Art Büro zu führen, zumindest deutete der Schreibtisch jenseits der Schwelle es an. Und in ihrem Rahmen stand »Shay« höchstpersönlich – der undurchsichtige Seamus Blair. Er war erstaunlich modisch gekleidet und trug einen dunkelblauen Rollkragenpullover, der seine Oberkörpermuskeln zur Geltung brachte, zu einer Jeans, die neuwertig wirkte. Sein braunes Haar war sorgsam frisiert, und der dichte Vollbart gepflegt wie eh und je. Mit fragendem Blick musterte er Jenny.

»Ah, die Neue«, erinnerte er sich. »Die Nachfolgerin von Dag mit den netten Vorwürfen.«

»J… Jenny Little.« Sie nickte zögernd. »Ich bin gekommen, weil wir reden sollten.«

Er hob die Brauen. Dann zuckte er mit den Schultern und trat zur Seite, lud sie stumm in sein Büro ein.

Was mache ich eigentlich hier?, dachte Jenny, während ihre Füße der Einladung folgten. *Ich halte den Typen für verdächtig, mindestens. Ich habe ihn im* Rover *gehört und ihn vor Dags Haus erlebt. Und trotzdem gehe ich zu ihm? Allein?*

»Die Kinder sind wohl schon alle weg, hm?«, fragte sie und erschrak, als ihre Stimme dabei leicht zitterte.

»Unterricht geht bis eins«, antwortete er. »Aber heute waren wir ein wenig früher fertig, von daher …«

Jenny sah sich kurz im Büro um. Neben dem Schreibtisch, der schräg vor einer der Ecken stand, gab es zwei bequem wirkende Stühle, einen Sessel mit Rollen, mehrere Aktenschränke und ein paar Bücherregale. An einer Wand hingen ein roter Feuerlöscher und ein großer Erste-Hilfe-Kasten, an einer anderen ein Whiteboard, auf dem handschriftliche Notizen prangten, die Jenny nicht entziffern konnte. Die beiden

Fenster gingen nach hinten heraus und boten einen Blick auf den Spielplatz und das Wäldchen, das an den Ortsrand grenzte.

»Bitte.« Blair deutete auf einen der Stühle und trat selbst hinter den Schreibtisch, auf dem sich Schulhefte stapelten und ein vorsintflutlich anmutender PC-Monitor Staub ansetzte. »Setzen Sie sich, Doktor Little.«

Abermals folgte sie der Aufforderung. Ihr Herz schlug nun schneller, wie sie besorgt zur Kenntnis nahm, und irgendetwas schien sich in ihren Eingeweiden zusammenzuballen. Etwas Kaltes.

»Also?«, sagte Blair, nachdem mehrere Sekunden in völliger Stille vergangen waren.

»Also was?«

»Sie wollten reden«, antwortete er. »Reden Sie.«

Jenny atmete tief durch und zwang ihre Fingerkuppen vergebens dazu, mit diesem unangenehmen Kribbeln aufzuhören. ›Anfangen‹ war leicht gesagt. Wo denn, verflixt? Und wie?

»Ich …« Sie schluckte trocken. »Ich ermittle, das wissen Sie vermutlich. In der Mordsache ›Derek Jones‹.«

»Heißt der so, der Tote, ja?«

Sie ignorierte den Einwurf. »Gemeinsam mit Doktor Harriman und Constable Verkaik. Und … Und Sie sind mir aufgefallen.«

»Ha!« Er lachte und lehnte sich dabei so schwunghaft in seinem Sessel zurück, dass dieser protestierend quietschte. »Das ist gut, ›aufgefallen‹. Das muss ich mir merken. Klingt wie ein Kompliment, ist aber keins. Zumindest nicht aus *Ihrem* Mund.«

Jenny rieb sich die Hände auf den Oberschenkeln, um das elende Kribbeln zu betäuben. »Wo waren Sie zur Tatzeit,

Mr Blair? Sie wissen ohnehin, weshalb ich hier bin. Also kommen wir doch gleich zur Sache.«

Er lehnte sich in seinem Sessel zurück und betrachtete sie. »Respekt«, sagte er dann. »Wirklich. Das muss man erst einmal bringen. Sie nehmen nach wie vor kein Blatt vor den Mund und bezichtigen mich allen Ernstes des Mordes.«

»Ich …«, begann sie.

Doch er ließ sie nicht ausreden. »*Sie* haben Mairi und mich in Mairis Wohnung belauscht und sind lieber abgehauen, anstatt uns darauf anzusprechen. *Sie* haben mir vor Dags Augen den Prozess machen wollen. *Sie* spazieren hier seelenruhig herein und machen ihn mir ein zweites Mal – zu einer Zeit, wo noch Kinder hätten anwesend sein können. Kinder, die mir zum Schutz anvertraut wurden. Aber nein: Ich soll Ihnen ein Alibi präsentieren. *Ich* bin der Buhmann.«

Er war lauter geworden, bremste sich nun aber. Seine Hand fuhr durch sein Haar, als wäre die Geste ein Blitzableiter für ihn. »Respekt, Doktor Little. Sie haben Mumm in den Knochen. Kein Hirn im Schädel, aber Mumm.«

Das saß. Die Angst, die Jenny eben noch empfunden hatte, wich einer Art Wut, wie sie sie selten zuvor verspürt hatte. Der Art, die sie noch von den wenigen Streitgesprächen kannte, die sie daheim in London mit Eric hatte führen müssen. Und genau wie damals fand sie auch jetzt schnell das nötige Ventil: klare Worte.

»Sie haben recht, Mr Blair. Ich *habe* Sie belauscht. Weil Ihr Wagen am Tatort stand, der alte Defender. Ich habe Sie gesehen, bei Rankins Hof, wo wir die Leiche gefunden haben.«

»Na und?«, erwiderte er. Er hatte mit einem Bleistift gespielt, ihn gedankenverloren zwischen den Fingern hin und her bewegt. Nun warf er den Stift achtlos neben den Heftestapel. »Was beweist das schon? Ist es verboten, anzuhalten und herüberzuschauen, wenn ein Polizeiauto vor Bryces Scheune steht? Ich kam zufällig vorbei und hab mir Sorgen um Bryce gemacht.«

»Das behaupten Sie.«

»Das versichere ich Ihnen«, betonte er. »Mehr war da nicht. Ich habe Percys Wagen gesehen und gedacht, es wäre etwas passiert. Kommt ja doch gelegentlich vor, hier im Dorf. Fragen Sie nur Dag, wenn Sie mir nicht glauben. Also habe ich kurz angehalten und hinübergesehen, um herauszufinden, ob Dag und Percy alles im Griff haben oder ob eventuell meine Hilfe benötigt wird. So macht man das auf dem Land, da achtet man aufeinander. Da ich offenbar nicht gebraucht wurde, bin ich wieder weitergefahren.«

Eine plausible Erklärung, dachte Jenny. *Aber natürlich absolut nicht beweisbar. Oder?*

»Waren Sie allein im Wagen?«, fragte sie, obwohl sie die Antwort längst wusste. »Kann vielleicht jemand bezeugen, dass Sie nur zufällig dort vorbeigekommen sind? Ihre Schwester, vielleicht Ihre Partnerin?«

»Partnerin?« Seine Mundwinkel zuckten spöttisch. »Sie sind schlechter informiert, als ich dachte, Doktor Little. Und meine Schwester war selbstverständlich im Pub. Ich war allein, na und? Bin ich meistens. Und das durchaus nicht ungern.«

Hatte er gerade zugegeben, Single zu sein? Und falls ja, warum wurde ihr bei dieser Erkenntnis flau im Magen? Okay, Seamus Blair war alles andere als unattraktiv! Sein Gesicht sah aus, als lachte er oft und gerne. Sein Oberkörper kündete von einem aktiven, sportlichen Leben und sein Kleidungsstil von zumindest rudimentärem modischen Bewusstsein. Er schien Kinder zu mögen – obwohl er selbst keine hatte? – und nahm Anteil am Leben und Leiden seiner Mitmenschen.

Ein Kümmerer, freundlich und patent. Aber eben auch ein möglicher Mörder. Vor *allem* das.

Mach keine Dummheiten, Mädchen!, riss Jenny sich innerlich am Riemen. *Vergiss seinen Beziehungsstatus, der ist echt null relevant. Konzentriere dich auf den Mord ... und auf die Wut, die sein Gerede in dir weckt. Die ist gut! Die feuert dich an!*

»Wie schade für Sie«, sagte sie schnippischer, als es nötig gewesen wäre. »Keine Zeugen bedeuten nämlich auch kein Alibi.«

»Pff.« Er schnaubte angriffslustig. »Ich muss Ihnen überhaupt nichts beweisen. Wozu sollte ich ein Alibi brauchen? Haben Sie Fingerabdrücke von mir gefunden, oder was? Das würde mich nämlich sehr überraschen!«

»Gehen wir weiter im Text, Mr Blair«, fuhr sie fort, für den Moment unbeeindruckt von seiner Angriffslust. »In die Wohnung über dem *Drunken Rover*. Dort haben Sie die Tat ihrer Schwester gegenüber gestanden! War es nicht so? Sie haben ihr klipp und klar gesagt, dass Sie Derek Jones auf dem Gewissen haben.«

»Da sieht man's wieder«, gab er zurück, und sein ausgestreckter Zeigefinger deutete auf ihre Stirn. »Ein hübscher Kopf ist noch lange kein Beweis für einen klugen Geist.« Dann wurde er lauter. »Das habe ich selbstverständlich *nicht* gesagt! Nicht zu Mairi und auch zu niemandem sonst. Weil es nicht stimmt!«

»Ich habe es mit eigenen Ohren gehört«, beharrte sie – und staunte wirklich nur ein ganz kleines bisschen über seine Fingernägel, die zu den gepflegtesten zählten, die sie je an einem Mann gesehen hatte. Blair achtete auf sich, das musste man ihm lassen. Und überhaupt: Hatte er ihren Kopf gerade als »hübsch« bezeichnet?

Schnell weiter, beschloss sie. *Bloß nicht drüber nachdenken.*

»Sie haben Ihrer Schwester gesagt, Sie hätten getan, was getan werden musste«, beharrte sie. »Weil Jones Ihnen beiden ansonsten alles weggenommen hätte, was sie sich aufgebaut hatten. Sie haben ihr versichert, niemand würde je eine Verbindung zwischen ihm und Ihnen herstellen, von daher bestehe keinerlei Risiko. Oder so ungefähr; an den genauen Wortlaut erinnere ich mich nicht.«

»Okay«, murmelte er. Es klang beinahe anerkennend. »Ich nehme es zurück. Sie haben doch ein Hirn im Schädel. Zumindest können Sie sich Sachen merken.«

Sie stutzte. »Also geben Sie es zu?« Abermals begannen ihre Fingerkuppen zu kribbeln. Jetzt! Jetzt kam der alles entscheidende Moment, oder? Sie hatte ihn mit dem Rücken zur Wand, und er gestand. Oder wendete sich das Blatt gleich, und er griff sie an?

Warum hab ich Dag nicht mitgenommen?, tadelte sie sich, während ihr Mund ganz trocken wurde und ihr Herz wieder wilder pochte. *Oder die Polizei? Sie saßen direkt vor mir, und ich Idiotin gehe allein …*

Abermals schwieg Blair einen Moment lang. Dann zog er ruckartig eine Schublade seines Schreibtisches auf. »Gucken Sie mal hier«, sagte er und griff hinein.

Jennys Herz setzte einen Schlag aus. Eine Waffe! Er zückte garantiert jetzt eine Waffe und …

Blair legte ein Flugblatt vor sie auf den Tisch und klopfte mit der flachen Hand darauf. »Da. Lesen Sie.«

Im ersten Augenblick war Jenny zu schockstarr, um sich zu rühren. Erst nach zwei Sekunden, die sich wie eine Ewigkeit anfühlten, begriff ihr Verstand, dass ihr Körper nach wie vor lebte und unverletzt war. Nun schaffte sie es, nach dem Flyer zu greifen – wenn auch mit zitternden Fingern.

Das Blatt war nicht sonderlich groß und merklich unprofessionell gestaltet. Es enthielt wenige Zeilen Text, dazu ein paar Clipart-Illustrationen, wie sie in so ziemlich jeder billigen Schreibsoftware integriert waren: ein Humpen Bier mit ordentlich Schaum, die Saltire, Schottlands Nationalflagge, wehend im Wind.

Bald, las Jenny.

Neueröffnung.
Danny's Pub & Grill – im Herzen von
North Hubbington. Nur am Eröffnungswochenende:
Guinness aufs Haus, solange der Vorrat reicht.

Ein zweiter Pub? Stirnrunzelnd ließ sie den Wisch wieder sinken. Was in aller Welt hatte das mit Derek Jones zu tun?

»*Darüber* habe ich mit Mairi gesprochen«, sagte Blair. »Einzig und allein darüber. Kennen Sie Daniel Collins aus Cumbridge?«

»Ich fürchte, ich kenne nicht einmal Cumbridge.«

»Nachbarort«, erklärte er knapp. »Knappe halbe Stunde von hier, zu Fuß durch das Moor. Danny wollte uns Konkurrenz machen. Er hatte ein Auge auf das leer stehende Haus neben den Pearsons geworfen. Das, in dem die Mutter der alten Pearson früher gewohnt hat. Danny wollte es kaufen und darin sein eigenes Lokal eröffnen. Er hatte drüben bei sich schon mal eins, in Cumbridge. Bin da gelegentlich gewesen, um es mir anzusehen. Ich kenne Danny vom Fußball, wir haben schon als Kinder gegeneinander gespielt. Na ja, jedenfalls hat er seinen Pub in Cumbridge in Grund und Boden gewirtschaftet. Danny war schneller pleite, als Sie bis zehn zählen können. Und jetzt wollte er es ein zweites Mal versuchen, hier vor unserer Haustür. Das habe ich ihm ausgeredet.«

»Sie haben ihm gedroht?«

Er schüttelte den Kopf. »Geredet haben wir, weiter nichts. Danny ist ein Traumtänzer, Doktor Little. Das war er immer schon. Große Pläne, wenig Inhalt. Der hat noch nie nennenswert viel durchgezogen in seinem Leben. Das weiß er auch. An dem Abend, als Sie uns belauscht haben …«

»Als ich ermittelt habe!«, widersprach sie.

Blair achtete gar nicht darauf. »Da kam ich gerade aus Cumbridge zurück. Ich hatte mit Danny gesprochen, so von Freund zu Freund. Hatte ihm erklärt, was auf ihn zukommt – unternehmerisch, meine ich –, wenn er in North Hubbington eröffnet. Dass der *Drunken Rover* hier der alleinige Platzhirsch ist und ihm das Feld nicht kampflos überlassen wird. Ich habe ihm nicht gedroht. Dazu gab es auch keinerlei Grund, Danny ist ein Kumpel von mir, irgendwo. Man kennt sich halt. Aber ich habe ihm Vernunft eingeredet. Dafür gesorgt, dass er selbst sieht, wie schlecht seine Idee war – für ihn, nicht bloß für uns.«

Jenny sah wieder auf den Flyer. Er wirkte wirklich nicht sonderlich professionell, auch nicht durchdacht. Wer bewarb eine Neueröffnung, ohne den Termin zu nennen? Oder den genauen Ort? »Sie haben einen Konkurrenten abgewehrt«, fasste sie zusammen.

Er zuckte mit den Schultern. »Wenn Sie mich fragen, habe ich mich mit einem Freund unterhalten. Alles andere war Dannys freie Entscheidung. Aber natürlich: Als klar war, dass *kein* zweiter Pub in unser Dorf kommt, war ich natürlich erleichtert. Also bin ich mit dieser Information direkt zu Mairi, damit sie sich keine Sorgen mehr macht. Der *Rover* bedeutet uns beiden viel, er ist seit Generationen im Familienbesitz. Und zumindest Mairi *hatte* sich wegen der Konkurrenz gesorgt.«

Okay, dachte sie. *Das klingt plausibel. Oder zumindest vorstellbar. Und irgendwie passt es auch weitaus eher zu dem Mann, der vor mir sitzt, als ein Mord. Dass er sich um seine Schwester kümmert, gefällt mir deutlich besser als …*

Sofort riss sie sich zusammen. Was redete sie sich denn da ein? Wurde sie etwa weich, nur weil mal eine Story Sinn ergab? Sie hatte nicht den geringsten Beweis für Blairs Bericht. Nur diesen lächerlichen Flyer, der schon Gott weiß wie alt sein mochte. Bevor sie selbst mit Daniel Collins gesprochen hatte, konnte sie gar nicht beurteilen, ob Blair die Wahrheit sagte oder einfach nur gut lügen konnte. Zwei schöne Augen allein bewiesen noch keine Unschuld.

Was? Wieder erschrak sie, nun aber vor sich selbst. *Schöne Augen? Was … Was zur Hölle* denke *ich denn da?*

Es stimmte, er hatte schöne Augen. Und einen schönen Mund, wenn sie ehrlich zu sich war. Na und? Auch Charles Manson hatte angeblich mal attraktiv auf Frauen gewirkt. Das änderte aber natürlich nichts an seinem Status als Monstrum!

»Glauben Sie mir jetzt?«, fragte Blair sanft.

»Ihre Schwester äußerte die Befürchtung, ›es‹ könne auf sie beide zurückfallen«, erinnerte sie sich. »Was genau meinte sie damit?«

»Na, was schon?«, erwiderte er. »Genau das hier. So etwas wie diese Situation, in der wir zwei gerade sitzen. Mairi hatte Angst, dass Leute mein Gespräch mit Danny missverstehen und glauben, ich hätte ihn *gezwungen*, seinen Plan aufzugeben. So ein Quatsch! Als würde ich irgendwen zu etwas zwingen! Nie im Leben!«

Jenny nickte, einmal mehr überzeugt von seinem Ton und seinem ehrlichen Gesichtsausdruck. Dann tadelte sie sich innerlich. *Echte* Detektive ließen sich von einem Dackelblick nicht einlullen, verflixt.

Streng verschränkte sie die Arme vor der Brust. »Und in der Nacht? Bei Dags Mülltonnen? Haben Sie da auch mit einem alten Freund vom Fußball gesprochen, Mr Blair?«

Es hatte der Todesstoß sein sollen. Der rhetorische Wumms, mit dem sie Blairs Konstrukt aus Lügen in Schutt und Asche legen und ihn ein für alle Mal zu einem Geständnis zwingen würde. Doch anstatt die weiße Fahne zu schwenken, schüttelte der Grundschullehrer einfach den Kopf.

»Nein«, antwortete er dann. »Sondern mit ihm.«

Er steckte zwei Finger in den Mund, pfiff leise. Einen halben Atemzug später flitzte ein Jack-Russell-Terrier in das kleine Schulbüro. Der Hund hatte weißes Fell mit hellbraunen Abzeichen und V-förmige Schlappohren. Seinem Hecheln und dem stetig wackelnden Schwanz nach zu urteilen, fühlte er sich pudelwohl und war glücklich. Er hielt neben Blairs Sessel an und ließ sich ebenso gern wie geduldig den Kopf kraulen.

»Das ist Harpo«, erklärte Blair. »Zur Freude der Kinder begleitet er mich jeden Morgen in die Schule. Und bevor Sie fragen: Ja, er ist benannt nach Harpo Marx. Dem größten Filmkomiker der Menschheit – und falls Sie mir da widersprechen, *muss* ich Ihnen drohen.«

Jenny konnte sich nicht helfen: Sie schmunzelte. »Kein Widerspruch.«

»Harpo ist mir zugelaufen«, sagte ihr Gegenüber. »Vor Jahren. Seitdem sind wir unzertrennlich. Ist doch so, Großer? Oder?«

Harpo erlaubte sich ein ganz leises Bellen. Es klang zustimmend.

»Er muss nachts oft raus.« Blair griff in die Hosentasche und entnahm ihr ein Leckerli, das er an den Hund verfütterte. »Und ich schlafe schlecht, immer schon. Manchmal begleite ich ihn. Ich war bei Dags Mülltonnen, weil Harpo da hingemacht hatte. Ich habe seinen Dreck weggenommen, mit einer Plastiktüte. Hätte ich gewusst, dass Sie mich dabei beobachten – einmal mehr, wie ich betone –, hätte ich Ihnen natürlich gerne gewinkt.«

»Haha«, brummte Jenny.

Der Hund hatte genug geschmatzt und offenbar auch genug vom Kraulen. Neugierig kam er auf sie zugetrottet und schnüffelte an ihrem Hosenbein. Roch er Boothby? Erkannte er den Duft wieder?

Er hat sogar einen Hund. Sie seufzte innerlich. *Noch dazu einen echt süßen.*

Das Schicksal machte es ihr echt schwer, Blair gegenüber skeptisch zu bleiben. Immer schon hatte Jenny einen Jack Russell haben wollen. Doch Eric war dagegen gewesen – wie ohnehin so ziemlich gegen alles, was eine nennenswerte Verpflichtung mit sich brachte. Und jetzt schnüffelte so ein wunderbares Geschöpf an ihren Schuhen?

»Hey, du«, sagte sie leise und kraulte ihn ebenfalls. »Na?«

Harpo ließ es dankbar geschehen.

»Er mag Sie«, kommentierte Blair lächelnd.

»Ich fürchte, das beruht auf Gegenseitigkeit.«

Der Jack-Russell-Terrier begann, ihre Hand zu lecken. Blair legte sofort ein weiteres Leckerli auf den Schreibtisch, und Jenny griff mit der anderen Hand danach.

»Hier, Kleiner«, sagte sie dann. »Hier, Harpo.«

Auch diesmal verspeiste er das Leckerli mit hörbarem Genuss.

»Also, Doktor Little«, kam Blair zurück zum Thema. »Ich schätze, damit sind wir durch. Oder haben Sie mich sonst noch irgendwo verdächtig erlebt? Vorhin im Unterricht zum Beispiel! Da musste ich Billy Tomlinson eine Drei minus geben, weil er mir den Unterschied zwischen einer adverbialen

Bestimmung des Ortes und einer der Art und Weise nicht fehlerfrei genug erklären konnte. Und Billy ist eigentlich ein Ass in Grammatikfragen. Macht mich das in Ihren Augen auch zu einem Gangster und Ganoven, oder drücken Sie ein Auge zu, wenn's um den Lehrplan geht?«

»Jenny«, sagte sie.

»Was?«

»Nennen Sie mich ruhig Jenny. Wenn Sie wollen, meine ich.«

Seine Mundwinkel zuckten wieder. Wissend sah er sie an. »Weil Sie *allen* Ihren Verdächtigen den Vornamen anbieten? Oder nur denen, die Sie nicht länger verdächtig finden?«

Harpo japste zufrieden. Er schien die Antwort ebenfalls schon zu kennen.

Jenny lachte. »Fragen Sie Harpo. Er erklärt's Ihnen bestimmt gern.«

Sie gab es ungern zu, erst recht vor sich selbst. Aber Blairs Erklärungen – und vor allem seine Art – hatten sie überzeugt. Auch ohne einen Termin in Cumbridge oder ein als entlastendes Beweisstück vorgebrachtes Tütchen Hundekot, versiegelt und mit Abfülldatum versehen. Sie glaubte ihm.

Jenny und Seamus Blair unterhielten sich noch ein wenig, doch im Grunde war alles gesagt. Der Grundschullehrer beteuerte, nichts über den Mord zu wissen – »Abgesehen von dem, was so im Dorf erzählt wird, versteht sich.« –, und bot Dag und ihr seine Hilfe an, so sie sie denn brauchten.

»Percy Verkaik ist ein feiner Kerl«, sagte er, »aber beim besten Willen kein geschickter Kriminalist. Der kann froh sein, dass er Dag hat – für die harten Fälle. Und Sie jetzt, wenn ich das richtig sehe. Bleiben Sie eigentlich länger, Jenny?«

»Mal schauen«, antwortete sie ausweichend.

Dann verabschiedete sie sich und ging. Sie wisse ja, wo sie ihn fände, sollte es nötig werden. Doch schon als sie die *North Hubbington Primary School* verließ, grübelte sie, warum genau er diese letzte Frage gestellt hatte.

Bleiben Sie eigentlich länger? Was kümmerte ihn das überhaupt? Gerade ihn, den Mann mit den schönen Augen …

KAPITEL 18

Es war früher Nachmittag, als Jenny endlich in die Harbour Road zurückkehrte. Dag war nirgends zu sehen, doch Millie freute sich sehr über ihr Kommen – nicht zuletzt wegen des rappelvollen Wartezimmers.

»Gott sei Dank, da ist ja jemand«, sagte die rüstige Haushälterin, kaum dass Jenny über die Schwelle kam. »Ich war mir nicht sicher, ob die Nachmittagssprechstunde überhaupt stattfinden kann. Sie waren ja wieder so lange fort.«

»Wem sagen Sie das, Millie?«, seufzte Jenny. »Auch mir kam der heutige Vormittag vor, als wollte er gar nicht zu Ende gehen. Was haben wir?«

Millie sah auf einen Zettel, den sie in der rechten Hand hielt, und las vor. »Der erste Patient ist Coco, der Papagei des kleinen Kevin Turner. Er ist mit seinem Vater hier – also Kevin, nicht Coco. Und er denkt, das Tier sei erkältet.«

»Na, dann lassen wir die drei besser nicht warten«, erwiderte Jenny. Sie wusch sich kurz die Hände und ging in das Sprechzimmer, wo sie sich den weißen Kittel überstreifte. Während sie auf Coco wartete, kam Millie ein zweites Mal auf sie zu.

»Ach, Doktor Little«, sagte sie. »Bevor ich es vergesse. Heute früh waren da gleich zwei Anrufe für Sie. Private Anrufe, meine ich.«

»So?«

Wieder sah Millie auf ihre Notizen. »Einmal von der Universität … Moment, hier steht's: ein Mr Anthony Bellicat von der Stipendiatenstelle. Und dann, eine Stunde später, ein Mr Eric Balfour.«

Eric! Jenny zuckte innerlich zusammen. Mit einer Rückmeldung der Uni hatte sie fest gerechnet, aber mit ihm? Auf gar keinen Fall. Er hatte seine Ansprache doch längst gehalten, und er war viel zu stolz – und viel zu pragmatisch –, um sich zu wiederholen. Was in aller Welt brachte ausgerechnet Eric dazu, sie noch mal zu kontaktieren?

Reue, schoss es ihr durch den Kopf, sofort und ohne Vorwarnung. *Der hat begriffen, dass er Mist gebaut hat. Der will mich zurück.*

Unsinn. Eric machte keine Fehler, nicht in seinen Augen. Seit sie ihn kannte, hatte sie noch nie erlebt, dass er eine einmal getroffene Entscheidung bedauerte. Dafür war er viel zu sehr Alphamännchen, viel zu durchgeplant, verkopft und selbstverliebt.

Und doch …

»Danke, Millie«, sagte Jenny – vor allem, um sich vor weiteren Grübeleien zu schützen. »Ich kümmere mich später darum. Sie können Coco jetzt reinschicken.«

Die ältere Dame nickte dankend und verschwand, um es dem Tier – und seinen beiden menschlichen Begleitern – mitzuteilen.

Die nächsten drei Stunden verbrachte Jenny mit den Cocos dieses Nachmittages. Sie untersuchte Katzen und Hunde, sah sich zwei Goldfische an, deren fünfjährige Besitzerin sie für krank hielt, und widmete sich sogar einem stämmigen Hausschwein namens Donald – wobei sie sich wunderte, dass in derart ländlichen Gegenden, wo Nutzvieh zum Alltag gehörte, auch andere Schweine gehalten wurden.

»Den habe ich von meinem Enkel übernommen«, sagte der Mann, der mit Donald in die Praxis gekommen war. Er hieß Jackson und ging stramm auf die siebzig zu. »Eigentlich gehört er ihm. Aber Sie wissen vermutlich, wie das ist, Doktor Little: Wenn Kinder größer werden, verlieren sie mitunter das Interesse an ihren Haustieren. Und irgendwie … Na, ich weiß auch nicht. Irgendwie mag ich den Kerl einfach. Also ist Donald bei dem Jungen aus- und bei mir eingezogen. Wir passen gut zusammen, wirklich.«

Donald grunzte dazu, als hätte er jedes Wort verstanden. Geduldig versorgte Jenny die Schürfwunde an seiner rechten Seite und gab Mr Jackson noch ein Schmerzmittel für seinen rosigen Mitbewohner mit. Dann war endlich Zeit für eine Pause.

»Tee, Doktor Little?«, rief Millie aus der Küche, kaum dass Jenny in den Flur getreten war. »Ich setze gerade Wasser auf. Und Scones sind auch noch da, glaube ich.«

Jenny spürte, wie ihr Magen knurrte. Der ausgesetzte Lunch machte sich bemerkbar. »Gleich«, erwiderte sie dennoch. »Ich möchte erst einen Anruf versuchen.«

Sie ging ins Wohnzimmer, wo Harrimans Telefon stand. Millies Zettel mit den notierten Anrufen lag bereits daneben, als hätte er nur auf sie gewartet.

Eric oder Uni?, dachte sie. *Wen zuerst?*

Die Stipendiatenstelle erschien ihr dringender, immerhin schloss sie in weniger als zwei Stunden. Und Eric konnte sie zur Not auch noch abends in seiner Wohnung finden – so sie es denn überhaupt wollte. Sie war sich immer noch nicht sicher, ob ein erneutes Telefonat mit ihm gut oder schlecht für sie sein würde. Das Einzige, was sie wusste, war, dass es ihr dabei um sie gehen sollte – nicht um ihn.

Also Uni.

Jenny wählte die Nummer, die die Haushälterin notiert hatte. Anthony Bellicat meldete sich schon nach dem zweiten Klingeln.

»Ist das eine schottische Ländervorwahl, die ich hier sehe?«

Seine Stimme war rau wie die Küste, aber warm. Jenny kannte den Mann nicht, doch er hörte sich sympathisch an. Und verständnisvoll, oder kam ihr das nur so vor? »Äh … Das ist es. Guten Tag, hier spricht …«

»Doktor Little, nehme ich doch stark an«, unterbrach er sie freundlich. »Zumindest wüsste ich nicht, auf welchen Rückruf aus dem hohen Norden ich sonst heute warten würde. Wie geht es Ihnen, Miss Little? Was machen die lieben Kleinen?«

»Falls Sie die Tiere in Doktor Harrimans Sprechstunde meinen: Denen geht's blendend, jedenfalls mehr oder weniger. Keine Dramen bislang.«

»Das hört man gern.« Bellicat klang ehrlich interessiert. »Miss Little, ich melde mich wegen Ihres Anrufs. Man hat mir Ihre Akte reingereicht, und … Ich *leite* die Stipendiatenstelle, wie ich vielleicht erklären sollte. Und, nun ja, Ihr Fall ist durchaus speziell.«

Der Leiter persönlich? Jenny traute ihren Ohren kaum. Dass sich die Chefetage mit ihrer Akte befasste, konnte kein schlechtes Zeichen sein. Oder etwa doch? Mit einem Mal war sie aufgeregt.

»›Speziell‹ kommt hin«, bestätigte sie.

Obwohl es mit Sicherheit unnötig war, fasste sie für Bellicat kurz zusammen, was sie erlebt hatte. Sie begann mit dem Stipendium als solchem, das sie vor Jahren bekommen und dankend angenommen hatte, und endete mit ihrer Ankunft in North Hubbington und der schockierenden Erkenntnis, dass das versprochene Forschungslabor im Orkus des Kleingedruckten verschwunden und sie selbst zur Gefangenen eines juristischen Winkelzuges geworden war. Die Stipendiatenstelle hatte sie erfolgreich für dumm verkauft, so ihr knappes und auch deutliches Fazit, und sie war blauäugig genug gewesen, es zuzulassen.

»Das Ergebnis habe ich jetzt vor Augen, und zwar schon seit Tagen«, endete sie ihren Bericht. »Statt in der Arzneimittelforschung arbeite ich in einer Landarztpraxis. Als Feld-, Wald- und Wiesenveterinärin, wenn Sie so wollen.«

»Ein ehrbarer Beruf«, fand Bellicat. »Und gewiss auch ein dankbarer.«

Jenny nickte stumm. Das war er tatsächlich, wie sie mit jedem neuen Tag mehr verstand.

»Aber ich sehe selbstverständlich das Problem«, fuhr Bellicat fort. »Die Praxis dieses Doktor …« Es raschelte an seinem Ende der Verbindung, als er irgendwelche Seiten umblätterte. »… Dagobert Harriman ist gewiss nicht das, was Ihnen vorschwebte. Beeindruckender Name, übrigens. Dagobert.«

Sie sollten mal den Mann *dazu erleben*, dachte sie schmunzelnd.

»Na, jedenfalls«, sagte Bellicat. »Ich habe Ihre Akte vor mir, Miss Little, und weiß auch von Ihrem Gespräch mit der Kollegin, kürzlich. Sie meinte, Sie seien recht aufgelöst gewesen – was ich voll und ganz verstehe.«

Jenny hob eine Braue. »Und?«

»Und ich habe ein paar … sagen wir, Muskeln spielen lassen«, kam die Antwort. Bellicat klang, als schmunzelte er dabei. »Ich will noch nicht mehr versprechen, als ich halten kann, aber Ihr Fall interessiert mich. So etwas ist mir in all meinen Jahren auf diesem Posten noch nicht untergekommen, und obwohl ich kein Jurist bin, dachte ich mir: ›Tony, altes Haus. Schau doch mal, ob du der Dame helfen kannst.‹«

Erst nach einigen Sekunden merkte Jenny, dass sie den Atem anhielt. Keuchend stieß sie ihn aus. »Sie machen Witze.«

»Nein, nein. Ganz und gar nicht. Aber ich betone noch einmal: Garantieren kann ich nichts! Ich kann Ihnen jedoch versichern, dass Ihre alte Universität nicht untätig ist und die Mühlen zu mahlen begonnen haben – in Ihrem Sinne, meine ich. Miss Little, wir bemühen uns, Sie aus dem Vertrag herauszubekommen. Es wird vielleicht nicht gelingen. Und falls doch, wird es mit einigen Einbußen zusammenfallen, die auch Sie betreffen könnten. Mit anderen Aufgaben und Einsatzfeldern, denen Sie im Austausch für die Position im schottischen Niemandsland verpflichtet wären, oder mit einem stattlichen Kredit, den Sie nachzuzahlen hätten. Oder, oder, oder … Das ist alles noch nicht spruchreif, von daher nehmen Sie es mit Vorbehalt. Aber ich wollte Sie auf jeden Fall wissen lassen, dass wir an der Sache dran sind. Dass wir Sie nicht vergessen haben, auch wenn's manchmal vielleicht hakt.«

»Das …« Jenny schluckte. »Das freut mich.«

Sie meinte es ernst. Nie im Leben hatte sie damit gerechnet, dass London sich nennenswert für sie anstrengte. Seit ihrer Ankunft in North Hubbington und dem ersten Telefonat, das sie noch aus dem *Hub* geführt hatte, war so viel passiert, so viel Zeit vergangen … Sie *hatte* sich vergessen gefühlt, das kam absolut hin. Sicher ein wenig auch zu Recht, weil sie den eigenen Vertrag ja nicht richtig gelesen hatte. Und jetzt das?

»Also«, sagte Bellicat. »Halten Sie durch, ja? Geben Sie uns noch ein wenig mehr Zeit. Wir tun für Sie, was wir können – da gebe ich Ihnen mein Wort. Und wir melden uns wieder, sobald es Neuigkeiten gibt. Ich hoffe, es werden gute sein.«

»Danke«, antwortete Jenny. Dann verabschiedeten sie sich, und sie legte auf.

Im ersten Moment stand sie einfach nur da, den Blick ebenso starr wie sinnlos auf Dag Harrimans Standuhr gerichtet. Verloren in ihren Gedanken.

Es gab eine Chance! Eine echte Chance, wieder von hier wegzukommen. Sie musste die nächsten drei Jahre vielleicht gar nicht in dem Dorf am Firth verbringen! Nicht, wenn sie es nicht wollte. Und, okay, wenn sie mit den Folgen leben konnte. Die Andeutung möglicher finanzieller Schulden war ihr nicht entgangen, auch wenn sie den Gedanken daran verscheucht hatte, bevor er sie nennenswert hatte ängstigen können.

Es gab eine Chance.

Nur: Wollte sie eine?

»DoktorLittle?«, erklang Millies Stimme aus Richtung Küche. »Sind Sie fertig? Tee und Scones stehen bereit.«

Jenny blinzelte und löste sich – von den Fragezeichen und der Standuhr. »J... Ja, Millie«, sagte sie und staunte, wie brüchig ihre Stimme dabei klang. »Ich bin unterwegs.«

Sie ließ das Telefon hinter sich. Und alles, was mit ihm zusammenhing. Als sie die Küche betrat, wo Millie bereits gedeckt hatte und sie mit einem warmen Lächeln empfing, tat sie es mit der festen Absicht, sich einzig und allein auf die Teepause zu konzentrieren. Doch kaum hatte sie an Millies Tisch Platz genommen, fuhren die Fragen hinter ihrer Stirn wieder Karussell mit ihr.

Sie hatte eine Chance. Aber wollte sie sie noch immer haben? Oder hatten Dag Harrimans Tiere, Percy Verkaiks Morde und Seamus Blairs schöne Augen das alles geändert, in nicht mehr als ein paar läppisch kurzen Tagen? Es klang absurd, doch sie wusste es nicht.

»Jenny?« Dag Harrimans Stimme hallte durch den Flur in der Harbour Road. »Sind Sie hier irgendwo?«

»Bei der Arbeit, Dag«, erwiderte sie und sah verwundert von dem Wellensittich auf, dessen rechten Flügel sie gerade schiente. »Hier hinten.«

Es war kurz vor Feierabend, gleich achtzehn Uhr. Polly und ihr Frauchen, die bezaubernde Witwe Irmelda Stubs, waren die Letzten, die an diesem Nachmittag zur Sprechstunde gekommen waren. Und zu Jennys großer Erleichterung standen bislang auch keine Hausbesuche mehr an, die sie nach Praxisschließung abarbeiten musste. Es sei denn, Harriman kam nun mit einem solchen Notfall des Weges.

Keine drei Sekunden später stand er in der Tür. Er trug noch seinen Mantel und sah auch sonst kaum anders aus als vor Stunden, als sie ihn und Verkaik im *Rover* zurückgelassen hatte. Doch seine Wangen wirkten rosiger – wie meistens, wenn er aufgeregt war.

»Jenny, Sie …«, begann er laut und bremste sich sofort. »Oh, Mrs Stubs. Mit Ihnen und Polly hatte ich gar nicht gerechnet. Guten Tag.«

»Doktor Harriman.« Die Witwe, die gut zwei Köpfe kleiner war, sah grüßend zu ihm auf. »Ja. Wir sind's mal wieder. Die arme Polly braucht Hilfe. Zum Glück ist Ihre Assistentin ebenso reizend wie patent.«

»Nachfolgerin, Mrs Stubs«, korrigierte er sie sanft. Dabei trat er vor, sah nach Pollys Schiene und nickte anerkennend. »Nachfolgerin.«

Die einen sagen so …, dachte Jenny, verkniff sich den Kommentar aber. Er hätte sie nur wieder an die Fragezeichen erinnert, an Bellicat und all das, woran sie nicht denken wollte. »Suchen Sie mich?«

»Das kann man wohl sagen.« Harrimans Wangen wurden noch eine Spur rosiger. »Es gibt Neuigkeiten in Sachen …«

Wieder bremste er sich. Sein Blick ging zu Irmelda Stubs, eine stumme Entschuldigung.

»Reden Sie von dem Toten auf Rankins Hof, Doktor?«, fragte die alte Dame. »Da brauchen Sie vor mir nicht scheu zu sein. Polly und ich sprechen seit Tagen von nichts anderem. Ach, es ist doch einfach schrecklich mit diesen Morden die ganze Zeit.«

Jenny verkniff sich nur mit Mühe ein Schmunzeln. Die Vorstellung, wie die Witwe Stubs in ihrer kleinen Wohnküche *True-Crime*-Gespräche mit ihrem Wellensittich führte, war hochgradig amüsant. Doch Jenny konzentrierte sich einfach auf die Arbeit, schiente den Flügel fertig und entließ die frisch versorgte Patientin wieder in den sicheren Hafen ihres Käfigs, den Irmelda Stubs ebenfalls mitgebracht hatte.

Dann sah sie zu Harriman. »Neuigkeiten?«

Er nickte. »Brentley.«

»Was?«

»Na, Brentley. Ian Brentley, der Alte vom Ortseingang, der nie zu den Planungstreffen kommt, und seine Frau Corrie.«

Perplex hob Jenny die Schultern. »Sollte mir das etwas sagen?«

»Die Brentleys haben das *Bed & Breakfast*«, erklärte er, als wäre das Allgemeinwissen. Was es, wie sie vermutete, hier wohl auch war. »Das *Triple-B*.«

»Für B*rentley's* Bed & …?«

»*Breakfast*, na klar. Und ob Sie es glauben oder nicht: Bis vorhin sind wir einfach nicht auf die Idee gekommen, dort mal nachzuhören.«

Mit einem Mal riss sie die Augen auf. »Sie … Sie haben Derek Jones' Unterkunft gefunden?«

KAPITEL 19

Ich bin beeindruckt.

Nein, wirklich, das bin ich. Nie im Leben hätte ich gedacht, dass sie so weit kommen. Dass sie so verbissen weitersuchen, obwohl ich nicht die geringste Spur hinterlassen habe – zumindest nicht wissentlich.

Ich war doch vorsichtig, oder? Ich habe auf alles geachtet.

Hm. Du antwortest nicht. Weil ich mich irre? Oder einfach nur weil du mausetot bist?

Ich entscheide mich für Letzteres. Ihr macht mir keine Angst. Nein, verdammt! Mir nicht. Und du, Jones, du schon mal gar nicht. Was du denkst, ist mir vollkommen schnurzegal. Es war irrelevant, als du hier aufgetaucht bist, und es bleibt irrelevant. Hörst du? Niemand schert sich einen Dreck um dich.

Niemand ... bis auf dieses Trio. Verkaik, Harriman und diese Little. Sie und ihre elende Neugierde ...

Wenn sie doch nur aufhören würden! Wenn sie den Fall endlich zu den Akten legen und vergessen würden. Dann wäre allen geholfen, wirklich. Dann könnte North Hubbington sich auf das Wesentliche konzentrieren, die baldige Eintausend-Jahr-Feier und den ganzen Rest. Aber nein, dieser Little ist das nicht gut genug. Ausgerechnet sie, die Fremde von außerhalb, kann keine Ruhe geben. Sie treibt den Laden an, da bin ich mir sicher.

Aber das kann man ändern, findest du nicht auch?

Ja, vielleicht muss man es ändern. Bevor Schlimmeres geschieht. Denn was soll all die Mühe bewirken, die sie sich geben, hm? Gar nichts! Was vergangen ist, ist vergangen. Keine Ermittlung der Welt kann daran etwas ändern. Keine Spurensuche macht dich wieder lebendig, Jones. Keine Wahrheitsfindung zwingt das Blut zurück in deinen leblosen Körper oder dein still gewordenes, törichtes Herz zu neuen Schlägen. Dein dreistes, unverschämtes Herz!

Sie ändern absolut nichts, indem sie jeden Stein umdrehen und dein lächerliches Foto überall herumzeigen. Pah! Es gleicht einem Wunder, dass sie es Brentley noch nicht gezeigt haben. Der hätte dich sofort erkannt, wenn auch nicht mit Namen, hehe.

Nein, sie ändern nichts. Und sie werden auch nichts erreichen, verflucht noch mal! Sie können es gar nicht. Denn ich war vorsichtig, und die Vergangenheit ist vorbei.

Ich muss sie nicht aufhalten. Ich kann einfach ruhig abwarten, bis sie von allein aufgeben. Es mag mir schwerfallen, aber es wird auch so alles enden wie von mir geplant.

Und falls nicht …

Dann kann ich immer noch nachhelfen. Hörst du, Jones? Genau so, wie ich bei dir nachgeholfen habe, du dreister alter Narr.

Ich hab dich im Auge, Jenny Little. Pass bloß auf!

KAPITEL 20

Das Haus der Brentleys lag am Dorfeingang, halb verdeckt hinter mannshohen Hecken und der vielleicht breitesten Buche von ganz Schottland. Jenny erinnerte sich dunkel, es passiert zu haben, als sie vom Bus gekommen war – vor einer Ewigkeit, wie es sich inzwischen anfühlte. Doch groß darauf geachtet hatte sie nicht. Das tat sie erst jetzt.

Es war ein gemütlich aussehendes Haus, das musste man ihm lassen. Zwei Etagen plus Dachgeschoss, Wände mit altem Fachwerk und Rauputz, hölzerne Läden an den Fenstern. Rechts vor dem Haupteingang befand sich eine gepflasterte Terrasse mit Gartenmöbeln und einer mit Bruchstein umfassten Grillstelle. Links neben der Garage wartete eine rostig anmutende Schaukel auf kindliche Besucher. Über der Haustür hing ein freundliches Willkommensschild, versehen mit dem Triple-B-Logo: drei Bs, kunstvoll ineinander verschlungen.

Percy Verkaiks Wagen parkte neben den Gartenstühlen.

»Unglaublich, oder?«, grüßte der Constable, kaum dass Jenny aus Dag Harrimans Auto stieg. »Die ganze Zeit versuchen wir, die Identität unseres Toten herauszufinden … und ich Idiot denke nicht ein einziges Mal daran, bei Brentleys nachzufragen.«

Es klang tatsächlich absurd, wie auch Jenny inzwischen begriff. Das Bed & Breakfast des Ehepaars Brentley gehörte zu den wenigen Anbietern von Gästezimmern in ganz North Hubbington. Unter normalen Umständen wäre ein Besuch hier der allererste Schritt einer Morduntersuchung.

Aber wir sind in North Hubbington, sagte sie sich. *Dem Dorf, wo der Tierarzt sich nebenher als Sherlock Holmes betätigt, der Bürgermeister älter aussieht als Methusalem und alle fünfzig Jahre jemand König spielt – für einen Tag. Was ist hier schon normal?*

»Na, es ist Ihnen ja eingefallen.« Sie winkte gnädig ab. »Besser spät als nie.«

»Ehrlich gesagt ist es Mairi eingefallen«, betonte Harriman. Er hatte sich eine Pfeife angezündet und schmauchte genüsslich. »Vorhin im *Rover*, da waren Sie noch nicht lange weg. Sie meinte plötzlich, ob Jones vielleicht irgendwo in der Nähe ein Zimmer gemietet hat. Wir haben uns angeschaut, als hätte der Blitz uns getroffen. Was, Percy?«

»Und dann haben wir Ian angerufen«. Der Constable klang, als schämte er sich für sein Versehen. »Der konnte sofort etwas mit Jones' Beschreibung anfangen, wenn auch nicht mit dem Namen.«

»Ach ja?«, fragte Jenny.

In dem Moment ging die Haustür auf, und ein Mann von vielleicht Mitte fünfzig trat ins Freie. Er hatte grau meliertes, volles Haar, das seitlich gescheitelt war, und eine freundliche Miene. Sein drahtiger Leib steckte in einem Holzfällerhemd und einer dunkelblauen Jeans mit Hosenträgern.

»Hallo, Dag«, grüßte er nickend. »Percy.« Sein fragender Blick blieb an Jenny hängen.

»Und das ist Jenny Little«, stellte der Constable sie vor. »Sie hilft uns ebenfalls.«

Der Mann – Ian Brentley, wie Jenny annahm – nickte. »Nur zu. Ihr wollt das Zimmer sehen, ja? Dann kommt.«

Brentley führte seine Besucher in einen kleinen Flur, von dem ein steiles Treppenhaus abging. In der unteren und oberen Etage schienen die Brentleys selbst zu wohnen; die Gästezimmer warteten unter der Dachschräge.

»Ist das einzige Zimmer, das aktuell vermietet ist«, erklärte der Gastgeber, als sie vor der Tür von Zimmer drei ankamen. Das Dach war hier so niedrig, dass Harriman, an dessen Pfeife sich Brentley nicht störte, fast mit dem Kopf dagegenstieß. »Oder war, wohl eher. Es heißt, der Kerl ist tot. Stimmt das wirklich?«

Verkaik nickte und zog eine der Fotografien aus der Tasche. »In der Tat. Das ist doch der Mann, den du meinst, Ian. Richtig?«

Brentley warf einen schnellen Blick auf das Bild und zuckte dann mit den Schultern. »Vorgestellt hat der sich bei uns als King, nicht als Jones. Ich kann dir den Mietvertrag zeigen, Percy. Da steht *O. T. King*, sonst nichts. Und bezahlt hat er bar, im Voraus.«

»Für wie lange?«, hakte Jenny sofort nach.

»Eine Woche«, antwortete Brentley. »Für bis nach der Jubiläumsfeier. Das war dem wichtig, die wollte er nicht verpassen.«

»O. T. King?«, murmelte Harriman. »Was soll denn dieses Alias bedeuten?«

»*One True King*«, spekulierte Jenny sofort. »Der einzig wahre König.«

»Grundgütiger ...«, erwiderte der Tierarzt kopfschüttelnd.

»Soll ich euch aufschließen?«, bot Brentley an. Er hielt den Zimmerschlüssel schon in der Hand.

Jenseits der Schwelle erwartete sie ein gekonnt eingerichtetes Gästezimmer, das durch die Dachschräge noch gemütlicher wurde. Jenny sah einen schmalen Schrank, einen Sessel mit Beistelltisch, ein Bett und einen Fernseher. Rechts neben dem Schrank ging es in eine fensterlose Nasszelle, kaum größer als Millies Vorratskammer in der Harbour Road. Das Zimmer selbst bot eine Aussicht auf den Vorgarten, komplett mit Birke, Grillstelle und parkenden Autos.

»Hier sind zwei Koffer«, verkündete Verkaik.

Der Constable ging vor dem Bett, das ungemacht war, in die Hocke und zog die Gepäckstücke, die er entdeckt hatte, unter dem Bettgestell hervor. Die Koffer waren dunkelbraun und aus abgewetztem Leder, sie schienen einige Jährchen auf dem Buckel zu haben.

Verkaik öffnete sie nacheinander, sichtlich gespannt … und verzog dann jedes Mal das Gesicht. »Leer.«

»Na dann.« Jenny öffnete stattdessen den Kleiderschrank.

Sofort fand sie Derek Jones' Besitztümer: drei warme Pullover, zwei Hemden, eine Leinenhose und einen Regenschirm. Dazu Stiefel, Socken, Unterwäsche.

»Im Bad ist Waschzeug«, meldete Harriman. Er hatte einen genaueren Blick in das Kabuff geworfen. »Zahnbürste, Rasierschaum, Kamm …«

»Rasierschaum?« Der Constable hob verwirrt den Blick. »Jones hatte doch einen Bart!«

»Noch, schätze ich«, sagte Jenny. »Er wollte sich vielleicht fein machen für den großen Tag. Mission ›Frisch rasiert zur Parade‹.«

»Grundgütiger …«, murmelte Harriman wieder.

Im Nachttisch, der links neben dem Bett stand, fand Jenny ein Schulheft. Es sah kaum weniger ramponiert aus als der Koffer, und als sie es aufschlug, starrte sie auf mehrere eng und händisch beschriebene Seiten. Keine einzige Zeile von ihnen konnte sie entziffern.

»Ist das Ihre Schrift, Mr Brentley?« Sie hielt dem Vermieter das Heft hoch.

Der schüttelte den Kopf. »Nee. Das sehe ich zum ersten Mal.«

»Zeigen Sie mal her«, bat Harriman. Er trat neben sie und betrachtete die Seiten. Dann hob er anerkennend eine Braue. »Das ist eine Art Tagebuch. Ein Bericht von Jones über seine Reise nach North Hubbington. Hier, hören Sie.« Er blätterte zurück. »*Elf Uhr. Der Zug nach Liverpool startet pünktlich, wenigstens das. Ich werde den Anschluss wohl erreichen und muss die Nacht nicht irgendwo im Nichts verbringen. Wobei: Ins Nichts fahre ich ohnehin, oder? An den Allerwertesten der Welt. Ich gestehe: Ich bin aufgeregt. Wie wird North Hubbington auf mich reagieren? Wird man mich überhaupt erkennen?*«

»Der Zug aus Wrexham«, begriff Jenny. »Der von der Überwachungskamera.«

»Es muss so sein.« Verkaik war wieder aufgestanden. Auch er lauschte nun gebannt. »Was steht da noch, Dag?«

Jenny staunte. »Dass Sie das lesen können!«

Harriman zwinkerte ihr zu. »Ich bin Arzt, oder etwa nicht? Wie Sauklaue geht, gehört da zur Grundausbildung.«

Jenny schmunzelte. Wenn sie an ihre Dozenten an der Uni dachte, traf diese Behauptung *definitiv* zu.

»Und was steht da jetzt noch?«, hakte Verkaik nach.

Harriman blätterte um. »Moment, hier kommt jede Menge langweiliger Kram über die Fahrt … über schlechten Kaffee am Umsteigebahnhof …« Wieder blätterte er, dann sogar ein drittes Mal. »Ah, jetzt wird's interessanter: *Ankunft in North Hubbington. Das Kaff hat sich kein bisschen verändert, ehrlich. Ein paar neue Häuser sind vielleicht dazugekommen, und am Hafen war früher definitiv mehr los. Aber sonst? Jetzt bin ich mir sogar absolut sicher, dass man sich hier an mich erinnern wird. In North Hubbington ist seit damals ja quasi die Zeit stehen geblieben.«*

»Da hat er nicht ganz unrecht«, meinte Brentley. Er stand in der offenen Tür, lehnte sich an den Rahmen und hörte zu. Dabei hatte er die Arme vor der Brust verschränkt und blickte fragend von einem zum anderen. »Was soll sich auch groß ändern? Aber erinnern? Nee, mir hat der Kerl nichts gesagt. Auch optisch nicht.«

»Und doch!«, sagte Harriman. »Und doch! Hört mal hier: *Es gelingt! Kaum habe ich meine Fühler ausgestreckt, kommt auch prompt schon eine Reaktion. Man sagt mir, man wisse noch sehr genau, wer ich bin und was Sache war. Ich habe sogar einen Termin bekommen, gleich heute noch. Wir wollen die ganze Geschichte in Ruhe besprechen, fernab von allem, was uns stören oder ablenken könnte. Und dann? Tja, dann wird wohl endlich Gerechtigkeit einkehren in North Hubbington. Dann wird dieses verschlafene Fleckchen ihn ein für alle Mal erkennen – seinen einen und wahren König. Hörst du, Helena? Du hattest recht. Ich brauchte wirklich nur wieder herzukommen, und alles andere fügt sich dann wie von selbst. Danke, dass du mir diesen Rat noch geben konntest. Danke, meine Königin.«*

Brentley kratzte sich ratlos am Kopf. »Königin?«

»Er hat die Idee von seiner toten Partnerin«, begriff Jenny. »Oder zumindest den Ansporn, sie in die Tat umzusetzen. Helena Rickham muss ihn darin bekräftigt haben, nach all der Zeit zurück nach North Hubbington zu kommen. Zum Fest.«

»Und ich ahne auch, was er mit diesem ominösen Termin meint«, bestätigte Harriman.

»Etwa ein Treffen draußen auf Rankins Hof?«, fragte Verkaik. »Ein Treffen mit dem Mörder?«

»Es spricht viel dafür, finden Sie nicht?«, sagte Jenny.

»Wenn wir nur wüssten, zu wem er da die Fühler ausgestreckt haben will!«, murmelte Harriman.

Jenny dachte nach. Ihr erster Instinkt sagte ganz klar »John McDonald«, aber mit dem wahren »wahren König« von North Hubbington hatten sie doch kürzlich erst gesprochen. Er schwor Stein und Bein, von nichts etwas gewusst zu haben – nicht einmal von Derek Jones generell.

Aber er hatte auch kein Alibi, richtig?, erinnerte sie sich. *Zumindest kein nennenswert belastbares. Hm ...*

Harriman blätterte erneut weiter, doch allzu viel stand da nicht mehr – das konnte selbst Jenny sehen. Nur noch ein paar wenige Zeilen, der Rest des Schulheftes war leer.

»Das hier muss er kurz vor seinem Termin notiert haben«, sagte Harriman. »Kurz vor dem Tod. Hört mal: *Gleich breche ich auf. Garfield erwartet mich am vereinbarten Ort. Wir werden dann alles klären, da bin ich mir sicher. All hail the king!*«

»Garfield?«, wiederholte Verkaik. »Wer oder was soll das sein?«

»Ich fürchte, das ist die alles entscheidende Frage«, murmelte Jenny. Irgendetwas klingelte da bei ihr, doch sie konnte es nicht greifen. »Gibt es jemanden dieses Namens im Dorf?«

Die drei Männer schüttelten den Kopf.

»Das wüsste ich«, versicherte Harriman. »Jemand, der heißt wie eine Zeichentrickkatze? Nein, wirklich. Das wäre mir nicht entgangen.«

»Vielleicht ist der Name auch ein Alias«, schlug Verkaik vor. »Der Täter wollte nicht, dass Jones ihn irgendwo namentlich nennt.«

Kann sein, dachte Jenny. Sie sah erneut zum Kleiderschrank. Die Hosen und Hemden des Toten hingen säuberlich an Kleiderbügeln, nur ein einziger Bügel war frei geblieben – und zwar der in der Mitte. »Kann es sein, dass dort das Kostüm hing? Das von Jones, meine ich? Das, was er mit hierhergebracht hat?«

»Durchaus vorstellbar«, antwortete Harriman. »Er hat das Kostüm angezogen und sich damit auf den Weg zu Garfield gemacht. Als ›einzig wahrer‹ König.«

Zu Rankins Hof, dachte Jenny.

Und mit einem Mal sah sie es.

KAPITEL 21

Der Abend schlug mit voller Wucht zu. Kaum war die Sonne über dem Firth versunken, kam die Kälte des Meeres zurück nach North Hubbington – und sie brachte Freunde mit.

Jenny schauderte nicht nur innerlich, als die Regentropfen dick und fest gegen Dag Harrimans Autofenster schlugen, aufgepeitscht von einem Wind, der so unerbittlich war wie Edna Green.

»Und Sie sind sich wirklich sicher?«, fragte der Tierarzt.

Er saß noch am Steuer und zog gerade die Handbremse an. Jenny saß neben ihm auf dem Beifahrersitz. Sie seufzte.

»›Sicher‹ ist das falsche Wort«, gestand sie, nur um sich gleich wieder zu korrigieren. »Ich … Doch ich bin sicher. Es spricht alles dafür. Garfield ist kein Name, sondern ein *Spitz*name. Und wenn mich nicht alles täuscht, dann führt er hierher – ob ich das nun glauben kann oder nicht.«

Das Haus lag direkt vor ihnen. Harriman hatte am Straßenrand geparkt, und nur ein kniehohes Mäuerchen aus rotem Backstein, eine brusthohe Hecke und ein kleiner Vorgarten trennten sie noch von der Eingangstür. Die Fenster im Erdgeschoss waren dunkel, doch unter dem Dach des quadratischen Altbaus brannte Licht.

»Es ist jedenfalls wer daheim«, bemerkte Harriman. »Wenigstens das.«

»Dann finden wir doch einfach heraus, ob wir richtigliegen«, sagte Jenny.

Es tat gut, das so zu sagen. So überzeugt und ohne Zögern. Seit ihrer Ankunft in North Hubbington hatte Jenny nur wenige Situationen erlebt, in denen sie sich nicht ständig hinterfragt hätte – sich oder die Situation, in der sie sich befand. Doch jetzt war das anders. Seit der Lektüre des Reisetagebuchs von Derek Jones war ihr einiges klarer.

Nein, dachte sie. *Eigentlich schon seit Längerem. Seit …*
Seit Harpo.

Ruckartig öffnete sie die Beifahrertür. Kalter Wind schlug ihr entgegen, als sie sich – mutig, aber auch betont überhastet – dem Regen stellte. Im Gegensatz zu der Richtung, die ihre Gedanken gerade hatten einschlagen wollen, schien der Regen eindeutig das kleinere Übel zu sein.

»Kommen Sie, Dag?«, fragte sie.

Er grunzte widerwillig, folgte aber prompt. Jenny sah hinter sich und erkannte zwei Scheinwerfer, die von der Kreuzung her näher kamen. Einen Augenblick später hörte sie auch den Motor des Polizeiwagens über dem Rauschen des Windes.

»Scheint zu Hause zu sein«, sagte Percy Verkaik, als er ebenfalls angehalten hatte und ausgestiegen war.

Der Constable war aufgeregt, das sah man ihm an – auch daran, dass er zum ersten Mal, seit Jenny ihn kannte, seine Uniformmütze aufsetzte. Schief.

»Nach Ihnen, Constable«, forderte Jenny nun ihn zum Handeln auf. Einladend deutete sie zum Wohnhaus.

Verkaik straffte die Schultern und marschierte los. Harriman und Jenny folgten. Hinter dem kleinen Vorgarten ging es drei steinerne Stufen hoch bis zur Haustür. Jenny hatte sie gerade erreicht, da klopfte der Constable auch schon dagegen. Und gleich ein zweites Mal, deutlich lauter.

Nahezu zeitgleich ging im Erdgeschoss das Licht an. Durch einen schmalen Milchglasstreifen, der in die Haustür eingelassen war, konnte Jenny einen Schemen sehen, der größer wurde, näher kam. Dann glitt die Tür auf.

»Percy?«, wunderte sich Catriona Murray. Sie trug ein weites Sweatshirt über einer dunklen Hose. Das Haar hatte sie zu einem kleinen Pferdeschwanz gebunden. »Dag? Was … Was sucht ihr denn hier?«

»Dich, Cat«, antwortete Verkaik.

Murray schluckte sichtlich.

Sie gab überhaupt nichts zu!

Seit gut einer Stunde saß Catriona Murray nun schon in Verkaiks kleiner Polizeiwache, flankiert von Harriman und dem Constable selbst. Und obwohl die beiden Herren sie verbal in die Zange nahmen und nach Kräften versuchten, ihr Vernunft einzureden, blieb sie bei ihrer ursprünglichen Aussage. Sie wusste absolut nichts von Derek Jones und hatte ihn definitiv nicht getötet.

»Warum sollte ich, Dag?«, fuhr sie den Tierarzt an, inzwischen ganz schön ungehalten. »Ernsthaft? Was hätte der mit mir zu schaffen?«

Das war der Moment, in dem Jenny es nicht länger aushielt. Die ganze Zeit über hatte sie danebengestanden wie eine Unbeteiligte und das Verhör den Experten überlassen. Sie hatte sich mit verschränkten Armen gegen die Seitenwand des Zimmers gelehnt und einfach zugehört, zugeschaut. Nun ging das nicht mehr.

»Na, das ist doch offensichtlich!«, blaffte sie die andere Frau an. »Jones wollte John McDonald den Königsposten streitig machen, genau wie vor fünfzig Jahren seinem Vater. Und als Johns Festtagsassistentin konnten Sie das nicht zulassen. Sie haben ihn getötet, damit John seinen Traum bekommt und die Jubiläumsfeier ohne Probleme über die Bühne gehen kann.«

Murray sah sie unverwandt an. »Ich schätze, Sie haben einen ganzen Berg an Beweisen dafür, Doktor Little. Denn falls nicht, verbitte ich mir diesen Tonfall! Und überhaupt diese Behandlung hier! Also? Ich warte, Doktor Little. Zeigen Sie mir diesen Berg. Ach was, zeigen Sie mir nur einen *einzigen* Beweis! Der würde mir schon genügen. Ein Beweis, und ich gestehe Ihnen, was immer Sie wollen. Aber den haben Sie nicht! Den können Sie gar nicht haben, weil es nämlich keine Beweise für diesen Unsinn *gibt*, den Sie da behaupten!«

Sie war immer lauter geworden, immer wütender. Mit jeder Silbe hatte sie sich mehr aufgeregt. Das war gut, fand Jenny. Denn in den Romanen, die sie so liebte, machten Verdächtige stets Fehler, wenn sie die Kontrolle verloren. Dann verrieten sie sich.

Doch Catriona Murray beging keinen Fehler. Nicht den kleinsten, ehrlich gesagt. Also legte Jenny nach.

»Da!«, sagte sie, trat vor und knallte Derek Jones' Schulheft auf den Tisch, an dem die anderen saßen. Die Seite mit dem letzten Tagebucheintrag war bereits aufgeschlagen. »Da ist mein Beweis: *Garfield*. Das sind doch Sie, Cat. Das ist Ihr Spitzname. Garfield, die Katze. Cat.«

Murray blinzelte und starrte dann lange auf das Papier. Danach hob sie den Blick wieder, legte den Kopf in den Nacken und lachte schallend.

»Ist das alles? Mehr haben Sie nicht aufzubieten? Ein Name in einem Heft, der der Name einer Katze ist?« Sie sah zu Harriman, halb perplex und halb belustigt. »Du solltest deine Wahl einer Nachfolgerin noch mal überdenken, Dag. Die Frau ist betriebsblind. Die sieht Tiere, wo gar keine sind!«

»Jeder im Ort nennt Sie Cat, darauf wette ich«, rechtfertigte sich Jenny. Harriman schüttelte prompt den Kopf, doch davon ließ sie sich nicht beirren. »Und Garfield *ist* eine …«

»*Haud yer Wheesht!*«, unterbrach Murray sie streng. Obwohl Jenny den Satz nicht verstand, war ihr die Bedeutung sofort klar: Halten Sie die Klappe! »Garfield ist ein Wort in einem Schulheft, verdammt noch mal. Nicht mehr als das. Ein Wort. Habe ich es geschrieben? Werde ich im Zusammenhang mit diesem Wort erwähnt? Nein, Doktor Little. Nein zu alledem. Von daher bleibt es dabei: Sie erfinden Märchen, weil Sie in Ihrer Ermittlung auf keinen grünen Zweig kommen. Und so ungern Sie es hören wollen: Diese Märchen werden Ihnen dabei nicht helfen. Das Einzige, was sie Ihnen einbringen, ist eine Verleumdungsklage von mir, wenn Sie sich nicht langsam mal abregen und mich in Ruhe lassen. Ich habe nichts getan – Ihnen nicht und auch sonst niemandem.«

Das saß. Die Worte hallten durch die still gewordene Wache wie ein Echo von den Bergen. Constable Verkaik guckte ganz bedrückt aus der Wäsche, doch Harriman stand von seinem Platz auf und breitete die Arme aus.

»Oookay«, sagte er gedehnt. »So kommen wir nicht weiter. Cat, wir *werden* dich gehen lassen. Aber bevor es so weit ist, habe ich noch ein paar Fragen, die ich loswerden muss. Sollen wir eine Pause einlegen und kurz rauchen gehen? Nach ein wenig frischer Luft geht es uns bestimmt allen besser.«

Die Angesprochene seufzte. »Na, wenn's denn sein muss …«

Auch sie stand auf, und Verkaik folgte ihr. Als sie nach draußen gingen, nahm Harriman Jenny kurz zur Seite.

»Lassen Sie sich nicht provozieren, meine Liebe«, raunte er ihr zu. »Behalten Sie einen kühlen Kopf. Verhörsituationen sind anstrengend – für die Verdächtigen genauso wie für Ermittler. Es dauert, bis man jemanden ›knackt‹. Und Cat ist alles andere als dumm.«

Sie runzelte die Stirn. »Dann halten Sie sie für schuldig?«, fragte sie mit ebenfalls gesenkter Stimme. »Obwohl Sie gerade sagten, Sie würden sie gehen lassen?«

»Ich weiß es nicht«, erwiderte er ehrlich. »*Sie* glauben an ihre Schuld, und das allein ist Grund genug für mich, gründlich vorzugehen. Und ich finde, es schadet nie, die zu verhörende Person in dem Glauben zu lassen, sie sei im Grunde schon vom Haken. Menschen werden leichtsinnig, wenn sie sich sicher fühlen.«

Dankbarkeit wallte in Jenny auf. Schweigend folgte sie ihm ins Freie.

Doch auch nach der kleinen Pause kam keine Bewegung in das Verhör. Murray blieb bei ihrem Nein zu allen Vorwürfen, und kein Argument der Welt schien sie davon abbringen zu können. Am Ende blieb Constable Verkaik nichts anderes übrig, als einen Schlussstrich zu ziehen.

»Ich bringe dich in die Arrestzelle, Cat«, sagte er. »Für den Moment.«

»Was?« Sie schnaubte. »Mit welcher Berechtigung?«

»Betrachte es als Hilfe, die du uns bei der Ermittlung gewährst«, gab er zurück.

»Wie soll das euch helfen?«, erwiderte sie aufgebracht. »Davon findet ihr euren Mörder auch nicht schneller!«

»Trotzdem habe ich als Constable das Recht, dich kurzzeitig in Gewahrsam zu nehmen«, rechtfertigte er sich. »Wenn ich das Gefühl habe, es nützt den Ermittlungen und so weiter.«

Catriona Murray lachte wieder, spöttisch und auch ein wenig ungläubig. Doch sie fügte sich der Aufforderung und ging ohne Gegenwehr in die kleine Zelle. »Ihr hört allesamt von meinem Anwalt«, drohte sie dabei. »Nur dass ihr es wisst, ja? Das hier hat noch ein Nachspiel.«

»Puh«, murmelte Harriman, als die Zellentür hinter ihr geschlossen war. »Das war nicht ohne, echt nicht.«

»Und es wird langsam spät«, stimmte Verkaik zu. Er sah auf seine Armbanduhr. »Schon nach neun. Wir vertagen uns auf morgen früh und greifen dann mit frischem Geist neu an, einverstanden? In der Zelle läuft sie uns nicht weg, und bis zum Morgen kann ich sie problemlos hierbehalten. Daran ändert auch ein Anwalt nichts.«

Harriman seufzte. »Na dann.«

Sie verabschiedeten sich voneinander und gingen, Harriman mit sichtbaren Bedenken. Jenny konnte es ihm nicht verübeln. Er kannte Murray, und jetzt saß sie – auch seinetwegen – in einer Zelle.

»Wissen Sie was, Jenny?«, fragte er, kaum dass sie die Wache verlassen hatten. »Ich glaube, ich gönne mir auf den Schreck einen kleinen Schlummertrunk drüben im *Drunken Rover*. Eine aus dem Dorf ist unsere Hauptverdächtige? Da brauche ich einen Schluck, so leid es mir tut. Leisten Sie mir Gesellschaft?«

Sie überlegte kurz, schüttelte dann aber den Kopf. Es half ihm sicher mehr, wenn er allein war – oder von Leuten umgeben, die ihn *nicht* an den Fall erinnerten. Außerdem war sie tatsächlich müde. »Beim nächsten Mal, Dag. Einverstanden?«

»Aber klar«, versprach er ihr, winkte und spazierte in Richtung des Pubs weiter.

Jenny sah ihm nach und ein letztes Mal zurück zur Wache. Dann ging auch sie.

Das Haus in der Harbour Road war dunkel, als sie die Tür aufschloss. Eine ungewöhnliche Kälte herrschte jenseits der Schwelle, und es war mucksmäuschenstill. Jenny hängte ihre Jacke an die Garderobe und schaltete im Wohnzimmer das Licht an. »Millie?«, rief sie. »Sind Sie hier irgendwo?«

Dann erst bemerkte sie den Zettel.

Ich besuche meine Schwester, stand auf einem kleinen Papier direkt neben dem Telefon. *Falls Sie Hunger haben, finden Sie einen kleinen Imbiss in der Küche.*

Jenny erinnerte sich dunkel, dass Millie von Verwandten gesprochen hatte. Sie wohnten gleich hier im Ort, richtig? Just als sie sich zu dem versprochenen Imbiss aufmachen wollte, klingelte das Telefon. Sie hob ab. »Ja?«, fragte sie. »Millie, sind Sie das?«

»Äh …«, erklang eine Männerstimme im Hörer. »Ich fürchte, nein. Doktor Little?«

Erst im zweiten Moment erkannte sie die Stimme. »Die bin ich, bitte entschuldigen Sie. Father Green, richtig?«

»Ganz genau«, antwortete der Geistliche. »Und ich bin derjenige, der sich entschuldigen muss. Für die späte Störung.«

Jenny sah zur Standuhr – zehn vor zehn – und schüttelte den Kopf, obwohl er es natürlich nicht sehen konnte. »Ach was, Father. Ein Arzthaushalt ist immer erreichbar, auch einer für Tiere. Ich schätze, davon kann ein Priester ebenfalls ein Lied singen.«

»In der Tat.« Green lachte kurz. »In der Tat.«

Jenny ließ sich in den Sessel neben dem Telefon sinken und schlug die Beine übereinander. Der Tag war einmal mehr lang gewesen – und er schien noch nicht vorbei zu sein. »Was kann ich für Sie tun? Geht es wieder um Etheldreda?«

»Nein, nein«, wiegelte er gleich ab. »Meine liebe Frau weiß gar nichts von diesem Telefonat. Ich bin noch in der

Sakristei, verstehen Sie? Es geht um … Na, wie sage ich das am besten?«

Erst jetzt bemerkte sie das Zögern in Greens Tonfall. Er druckste herum, als schämte er sich für seinen Anruf. Oder als hätte er Angst vor der eigenen Courage?

»Father?«, fragte sie, als er nicht weitersprach.

Green seufzte. »Doktor Little, es ist vielmehr so, dass *ich* etwas für *Sie* tun kann. Vielleicht.«

»Vielleicht«, wiederholte sie verständnislos.

»Ganz recht. Ich muss nur aufpassen, wie.«

Jenny blinzelte. Verwirrt sah sie zu Boothby, der auf einer Decke lag und schlief. Von ihm konnte sie keine Erklärungen erwarten. »Ich fürchte, ich kann Ihnen nicht folgen, Sir. Was meinen Sie mit …?«

Die Erkenntnis kam so plötzlich, dass sie ihr den Atem verschlug. Von einem Augenblick auf den anderen ergab alles einen Sinn, wo eben noch Fragezeichen gewesen waren.

Die Beichte, dachte sie. *Es geht um die Beichte.*

Green bestätigte es nicht, jedenfalls nicht mit Worten. »Erinnern Sie sich an unser Gespräch vom Nachmittag, Doktor Little? An die Fragen, die Sie mir gestellt haben, und die Antworten, die ich Ihnen nicht geben konnte?«

»N… Natürlich«, erwiderte sie.

Einmal mehr kribbelten ihre Fingerkuppen. Jetzt kam er, oder? Der entscheidende Beweis, der ihr noch fehlte. Father Green servierte ihn ihr gleich auf dem Silbertablett.

»Nun«, fuhr Green fort. »Ich habe Ihnen damals die Wahrheit gesagt, und ich will auch jetzt nicht lügen. Wenn jemand zu mir käme … Wenn man mich um das Sakrament der Beichte bitten würde … Ich würde diesen Wunsch gewähren, Doktor Little. Ungeachtet dessen, wer ihn äußert und was gebeichtet würde. Die Lippen eines Priesters sind versiegelt, genau wie die einer Ärztin es mitunter sein müssen. Das sind wir unseren ›Klienten‹ schuldig, nicht wahr?«

Aber?, dachte Jenny.

»Aber ich bin auch ein Mensch, dem der Sinn nach Gerechtigkeit steht«, fuhr Father Green fort. »Jemand, der *alle* seine Schäfchen stützen und *unter*stützen möchte.«

»Sie war bei Ihnen«, keuchte Jenny. »Das ist es, was Sie mir sagen wollen, oder? Sie hat Sie heute im Beichtstuhl aufgesucht und Ihnen alles gestanden.«

Green stutzte hörbar. »Sie? Doktor Little, ich fürchte, ich verstehe nicht ganz. Dachten Sie an eine weibliche Pers…«

Er kam nicht dazu, den Satz zu beenden, denn mit einem Mal war die Leitung tot. Jenny begriff es nur langsam.

»Hallo?«, fragte sie in den Hörer. »Father Green? Sind Sie noch dran?«

Nichts. Keine Antwort kam aus dem Apparat, keine Reaktion von dem Geistlichen.

Ausgerechnet jetzt!, ärgerte sie sich. *Green wollte gerade den entscheidenden Tipp geben!*

Aber hatte er das nicht ohnehin getan? Sie stutzte. Er hatte überrascht gewirkt, als sie von Catriona Murray hatte beginnen wollen. Fast so, als riefe er nicht wegen einer Frau an.

Sondern wegen eines Mannes? Jenny runzelte die Stirn. Welcher Mann könnte das denn sein?

Sie legte den nutzlosen Hörer zurück auf die Gabel und schlang die Arme um den Oberkörper. Es war immer noch eiskalt im Haus, und nach einer Weile beschloss sie, in die Küche zu gehen und Feuer im altmodischen Aga-Herd zu machen. Dort würde sie warten, bis Harriman nach Hause kam und nach der Heizung sah.

»Und vielleicht finde ich ja auch noch den Imbiss, den Millie versprochen hat«, murmelte sie.

In dem Moment wurde Boothby wach … und begann sofort zu knurren. So kannte sie das Tier gar nicht. Boothby war sonst ein wahres Seelchen und gemütlich wie sein Herrchen. Nun fletschte er sogar die Zähne.

Fragend blickte Jenny zu ihm. »Was hast du denn? Schlecht geschlafen?«

Erst dann begriff sie, dass er an ihr vorbei in Richtung Flur sah. Jenny drehte sich um – gerade noch rechtzeitig, um den schwarzen Schatten zu sehen, der mit rasender Geschwindigkeit auf sie zuhielt!

KAPITEL 22

Im *Drunken Rover* war nicht allzu viel los. Der Großteil des Dorfes schien sich wohl auf den baldigen Festtag vorzubereiten und gönnte seiner Leber eine kleine Pause. Nur ein paar Arbeiter vom Hafen waren gekommen, darunter Robert Kirk und sein Kumpel O'Malley, sowie ein Paar mittleren Alters, deren Anoraks und Wanderstiefel sie ganz klar als Touristen enttarnten. Sie unterhielten sich gerade mit Milton Miller, der es sich auch im *Rover* nicht nehmen ließ, seine Zigarillos zu schmauchen.

Aber wenn unsereins sich hier eine Pfeife ansteckt, dachte Harriman belustigt, *wird direkt geschimpft. Für den alten Milton gelten Ausnahmeregeln.*

Er fand einen Platz am Tresen und ein Schälchen mit gesalzenen Nüssen. Beide sagten ihm ausgesprochen gut zu und trösteten sogar über die ungleiche Behandlung beim Rauchverbot hinweg.

Mairi kam zu ihm herüber. »'n Abend, Dag.« Sie stand wie üblich hinter der Theke und bediente die Gäste. »Ein Pint zu deinen Nüsschen? Oder lieber etwas Härteres?«

»Elektrolyte sind wichtig«, sagte er und nickte. »Damit soll man nicht geizen.«

Die Wirtin lachte. »Also beides, hm? Kommt sofort.«

Mairi Blair trug an diesem Abend eine dunkle Jeans zu einem farblich passenden und mit weißen Punkten gemusterten Oberteil. Im Nu hatte sie ihm ein frisches Belhaven gezapft und sah ihn fragend an, als sie danach zu den Whisky- und Schnapsflaschen deutete. »Single Malt?«, fragte sie.

»Ist der Papst katholisch?«, entgegnete er.

Mairi nahm einen elfjährigen Meikle Tòir aus dem Regal, einen von der Speyside, und goss zwei Fingerbreit ein. Harriman lief das Wasser im Mund zusammen.

»Slàinte«, wünschte die Wirtin, als sie die Gläser vor ihm abstellte.

»Auf das deine«, wünschte er lächelnd und führte den Whisky an den Mund. Er roch wunderbar rauchig, versprach aber auch eine spätere Süße. Genau das Richtige nach dem langen Tag.

»Ihr wart erfolgreich, hab ich gehört«, sagte Mairi. Sie war bei Harriman stehen geblieben und sah ihn fragend an. »Bei der Sache mit dem toten König, meine ich.«

Harriman hob eine Braue. »Spricht sich das so schnell herum?«

»Logo.« Sie beugte sich vor. »Aber meint ihr das wirklich ernst? Cat?«

»*Jenny* meint es ernst«, betonte er und senkte gleichzeitig die Stimme. »Sie ist felsenfest überzeugt davon. Ehrlich gesagt hat sie vom ersten Tag an gedacht, es sei jemand aus dem Dorf gewesen. Von daher darf ich jetzt nicht überrascht sein, schätze ich. Wenngleich …«

»Wenngleich du dir Cat als Mörderin genauso wenig vorstellen kannst wie ich«, beendete sie den Satz, als er nicht weitersprach. Auch Mairi redete nun leiser, fast schon verschwörerisch. »Mensch, Dag. Ich kenne die doch! Seit gemeinsamen Kindertagen! Ja, sie kann eine ganz schöne Zicke sein, wenn sie es möchte, aber eine Mörderin?«

»Jenny meint, wir dürfen uns nicht blenden lassen«, erklärte er. »Ohne Alibi sei erst mal *jeder* verdächtig, ganz ungeachtet dessen, ob wir ihn kennen oder nicht. Ich muss gestehen, dass ich ihr da vollumfänglich zustimme – auch wenn es mitunter schwerfällt.«

»Und Cat hat kein Alibi?«

Er grunzte ungehalten. »Sie sagt, sie habe zur Tatzeit geschlafen. Das kann niemand beweisen, und bislang können wir es auch nicht widerlegen. Mal abwarten, was sich ergibt.«

Mairi seufzte schwer. »Ausgerechnet Cat. Ehrlich, Dag – manchmal kann man sich nur noch wundern, oder? Du denkst, du kennst die Leute, aber dann kommt so etwas. Sie kommt oft her, weißt du? Ist immer interessiert und engagiert, wenn es ums Dorfleben geht. Sie hilft freiwillig beim Altentag und hat auch schon meinem Bruder assistiert, als er keine weitere Aufsicht für einen Schulausflug finden konnte. Cat *lebt* für North Hubbington. Deswegen macht sie sich ja auch so für Emmas Mann und die Eintausend-Jahr-Feier stark. Ohne sie und die anderen Helfershelfer wäre Johns großer Tag nicht halb so groß, da bin ich überzeugt.«

»Wem sagst du das?«, erwiderte Harriman nur und nahm einen Schluck vom Meikle Tòir. Genießerisch schloss er die Augen und spürte dem warmen Brennen in seinem Rachen nach.

»Gut, ihre Hündchen bräuchte ich jetzt nicht«, fuhr Mairi derweil fort, »aber jeder, wie er möchte …«

Harriman öffnete die Augen wieder. »Hündchen?«, fragte er verständnislos.

Sie winkte ab. »Ach was. Ich meine nur all die Junggesellen, die um so eine herumschwärmen wie übereifrige kleine Kläffer. Cat ist Single und attraktiv, das zieht die regelrecht magisch an. Auch hier im *Rover* kann man das beobachten.

Wann immer Cat kommt, wird die Bude voller. Der halbe Rugby-Verein steht doch auf die, beispielsweise. Und Cat *liebt* diese Art von Aufmerksamkeit, auch wenn sie die Hündchen selbstverständlich an der langen Leine zappeln lässt. So war die immer schon.«

Harriman griff zum Pint. Es mochte blasphemisch anmuten, parallel zum edlen Single Malt den Geschmack eines schnöden, wenngleich natürlich frischen Bieres zu genießen, aber in dem Fall drückte er gern ein Auge zu. Schließlich hatte er nie behauptet, Connaisseur zu sein.

Doch irgendetwas an Mairis Worten ließ ihn stutzen. »Hm«, machte er nachdenklich. »Wer ist denn im Rugby-Verein? Ich meine, wer zählt alles so zu diesem Pulk an Verehrern?«

Er wusste selbst nicht genau, warum er das fragte. Die Worte kamen gewissermaßen instinktiv, lagen einfach plötzlich auf seinen Lippen. Das geschah oft, wenn er einen Fall löste. Von einem Augenblick auf den anderen legte sein Hirn, sein Unterbewusstsein oder der berühmte sechste Sinn einen anderen Gang ein, und im ersten Moment stand er selbst staunend daneben.

»Och, die sind nicht weiter erwähnenswert«, fand Mairi. »Die üblichen Verdächtigen eben. Millers Jüngster, der Colin. Liam Benedict, drüben aus der Moore Road. Sasha Derricksen kennst du auch, oder? Dessen Kater hat ja ständig irgendein Wehwehchen. Das sind noch Kindsköpfe, Dag. Kinder in Männerkörpern. Nichts, was man ernst nehmen könnte – wenn du verstehst. Kein echtes Partner-Material. Das weiß auch Cat. Aber anhimmeln lässt sie sich von diesen Milchbubis trotzdem gern. Und von Callum brauchen wir gar nicht erst anzufangen. Der ist ja selbst für einen Milchbubi noch nicht reif genug. Aber er ist bis über beide Ohren in Cat

277

verschossen. So richtig peinlich doll. Der arme Spinner würde alles für die tun, obwohl er natürlich nie im Leben eine Chance bei ihr hätte ...«

Callum! Genau. Harriman erschrak so sehr, dass er sich verschluckte und husten musste. Erst nach gut zehn Sekunden, in denen er japsend und hustend auf Mairis Tresen gehangen hatte, fing er sich wieder und atmete tief ein.

»Alles in Ordnung, Doc?«, rief Robert Kirk herüber. Der gesamte Schankraum sah inzwischen zu Harriman. Sogar die Touristen wirkten besorgt.

»Da war wohl der Fusel zu stark, hm?«, scherzte sein Sitznachbar O'Malley. »Keine Kondition mehr, Harriman? Sie sehen aus, als wäre Ihnen der Geist vom alten Jones erschienen.«

Harriman wischte sich die Tränen aus den Augenwinkeln und atmete aus. »Nein«, sagte er dann. »Kein Geist. Aber eine Idee ...«

Am Anfang war das Schwarz, und das Schwarz war gut. Nichts tat weh, niemand machte einem Angst. Schwärze war wie Leere, und in der Leere gab es keine Probleme.

Doch auf das Schwarz folgte das Licht. Jenny Little stöhnte, kaum dass sie zu sich kam. Ihr gesamter Körper, der ihr eben noch selig fremd gewesen zu sein schien, tat plötzlich weh, als hätten gleich zehn Lizzies zusammen mit ihr Fußball gespielt. Was in aller Welt war mit ihr? Mühsam öffnete sie die Augen.

Callum Mackenzie, der Knecht vom Fraser-Hof, war direkt vor ihr. Seltsam ... Fragend sah er sie an. Fragend ... und ein bisschen aggressiv. Nein, mehr als nur ein bisschen. Das bewies auch das lange Küchenmesser in seiner linken Hand.

»Doc?«, sagte er. »Doc Little? Sind Sie wieder wach?«

Jenny stöhnte erneut. Ganz langsam kehrte die Wirklichkeit zu ihr zurück. Ihr wurde klar, dass sie in Dags Wohnzimmer war, auf dem Fußboden saß, mit der Wand in ihrem Rücken. Ein dumpfer, seltsam breit wirkender Schmerz dröhnte in ihrem Schädel, der von der Schläfe auszugehen schien. Ihre Zunge lag schwer in ihrem Mund und kam ihr vor wie ein Fremdkörper. Und irgendetwas bellte in der Ferne?

»Hey!«, drängte Callum. Er streckte die freie Hand aus, stupste sie an der Schulter an. »Hey, ich rede mit Ihnen. Sind Sie wach, Doc?«

»Call… Callum?«

Das Sprechen fiel ihr schwer. Sie war müde. Grundgütiger, so entsetzlich müde! Warum eigentlich?

Geschulte Instinkte setzten ein. Sie fluteten ihr Gehirn mit Informationen aus dem Studium und diversen Praktika. Wörter wie »Gehirnerschütterung« schwebten plötzlich vor ihrem geistigen Auge, wie »Schockzustand« und »Trauma«. Riesengroß waren diese Begriffe in ihrer Vorstellung, weiße, wabernde Lettern, die um ihre Aufmerksamkeit buhlten.

Und mit einem Mal kam die Erinnerung zurück! Jenny sah Boothby wieder vor sich, der in den Flur schaute und zu knurren begann. Dicht gefolgt von dem schwarzen Schatten, der auf sie zuschoss. Rasend schnell. Gnadenlos. »Callum!«, keuchte sie.

»Ganz genau, Doc. Wir müssen reden, verstanden?« Er packte sie nun an den Schultern und zwang sie grob auf die Beine. Die Klinge des Küchenmessers kam dabei ihrer wehrlosen Wange gefährlich nah. Ehe Jenny richtig begriff, wie ihr geschah – oder sich dagegen wehren konnte –, hatte er sie auch schon in den Sessel geschubst. Unsanft plumpste sie auf das Polster, aber sie war wieder weg von dem Messer. Wenigstens das.

»Callum, was … Was tun Sie hier?«

»Sind Sie taub, Doc?« Abermals beugte er sich zu ihr, sah ihr tief in die Augen. Seine Hände zuckten dabei – nervös und unruhig. Aufgestaute Energie in seinem Inneren suchte ein Ventil. »Das hab ich doch gerade gesagt. Ich will reden. Mit Dag und Ihnen. Weil das so nicht geht!«

Wieder zuckte seine Hand. Die freie Rechte ballte sich zur Faust und schwebte dann drohend vor ihrem Gesicht. Auch die Klinge näherte sich ihr wieder.

»Wie …« Jenny räusperte sich. Noch immer fühlte sie sich seltsam taub. Gleichzeitig hatte sie aber auch die größte Angst ihres Lebens. Selbst wenn sie es gewollt hätte, wäre sie nicht zu einer Bewegung fähig gewesen – geschweige denn zur Flucht. »Wie sind Sie hier hereingekommen?«

Die Frage war unsinnig, denn die Antwort hatte keine Relevanz. Er war hier, nur das zählte. Und es gab unzählige wichtigere Fragen, die sie ihm *eigentlich* stellen musste. Doch sie traute sich nicht. Noch nicht. Sie musste Zeit gewinnen.

»Na, durch die Hintertür«, gab er zurück. Dabei zuckte er mit den Schultern, als würde es auch ihn keinen Deut interessieren. »Doktor Harriman tut immer so, als wäre sein Haus absolut einbruchssicher. Aber wenn man weiß, wie es geht, braucht man diesem Witz von einer Hintertür echt nur einen kräftigen Tritt zu verpassen. Und schon ist man drin in der guten Stube. Cool, oder?«

»S… Sehr cool«, hörte Jenny sich bestätigen.

Hinter ihrer Stirn überschlugen sich die Gedanken. Mit einem Mal sah sie, was sie die ganze Zeit schon hätte erkennen müssen. Satzfetzen hallten durch ihre Erinnerung, mahnend und warnend zugleich. Damals hatte sie sie kaum beachtet, nun kehrten sie mit voller Wucht zurück.

Catriona Murray spielt in einer anderen Liga als Callum hier, hörte sie Harriman sagen. *Ach was, auf einem anderen Planeten!*

Dann kam Callum selbst, frech lachend und durch und durch unbekümmert. *Cat sagt, sie kann Männer nicht ernst nehmen, die sich nicht behaupten können.*

Und zu guter Letzt hörte sie sich selbst fragen, wer genau diese Cat sei, von der Callum da sprach. *Sein Liebchen aus dem Dorf?*

Ich geb ihr ja immer Spitznamen, hatte der Knecht vom Fraser-Hof verkündet. *Um sie zu ärgern. Auch das mögen Frauen manchmal, Doc. Ernsthaft, das stimmt!*

»Wo … Wo ist Boothby, Callum?«

»Wer?« Er runzelte die Stirn. »Ach, der Hund? Den hab ich in die Küche gesperrt. War mir zu wild. Der hat die ganze Zeit laut gebellt, Doc. Ernsthaft, der hat Lärm geschlagen wie bescheuert!«

Tatsächlich: Kaum hatte er es gesagt, hörte sie auch Boothby wieder. Er bellte tatsächlich, und das Kratzen, das dazu erklang, stammte wahrscheinlich von seinen Pfoten, die sich vergeblich an der Küchentür abmühten. *Guter, armer Boothby!*

»Was wollen Sie hier?«, fragte sie erneut und zwang sich inständig, nicht zu dem Messer zu schauen.

Doch sie ahnte es längst. Ihre Eingeweide schienen sich zu einem Ball aus nackter Panik verknotet zu haben, und die Angst jagte einen Kälteschauer nach dem anderen über ihren Körper. Es *konnte* nur einen Grund geben, der Callum Mackenzie um diese Uhrzeit in die Harbour Road lockte. Und obwohl sie explizit danach gefragt hatte, fürchtete sie seine Antwort.

Sag es nicht, dachte sie, während ihr entsetzter Blick durch das Wohnzimmer huschte, auf der Suche nach irgendetwas, was sich als Waffe verwenden ließ. *Bitte nicht.*

Sie fand nichts. Nichts, was sie von ihrer Position aus erreichen konnte. *Er* hatte das Messer. Und jetzt antwortete er.

»Hab ich doch gesagt!«, schimpfte er. »Um mit Ihnen zu reden. Damit Sie einsehen, welchen Fehler Sie begangen haben. Damit Sie begreifen, dass Sie sich mit den Falschen anlegen.«

Oh, das wusste sie! Und ob sie das wusste. Sie war keine Detektivin, erst recht keine Heldin. Helden wurden nicht überrumpelt – und wenn doch, ertranken sie danach nicht in ihrer eigenen Angst, die sie fast lähmte. Helden setzten sich durch und retteten alles und jeden. Jenny konnte sich nicht einmal selbst retten.

Tränen stiegen ihr in die Augen. Die Erkenntnis traf sie hart und unerbittlich: Sie konnte sich nicht mehr retten. Es war vorbei. Sie war allein im Wohnzimmer, allein mit *ihm*. Und seine Absichten waren absolut klar. Derek Jones' mahnendes Beispiel machte sie mehr als deutlich.

Wieder zuckte Callums Faust vor, ohne sie zu berühren. Er bremste sich, noch. Doch es fiel ihm sichtlich schwer.

»O… Okay«, stammelte sie und gab sich alle Mühe, es leicht und freundlich klingen zu lassen, obwohl ihre Stimme dabei zitterte. »Das ist gut, Callum. R… Reden wir. Über Cat, richtig? Über Ihre Freundin.«

Die Erwähnung des Namens zauberte ihm tatsächlich ein Lächeln aufs grimmige Gesicht. Die Hand mit dem Messer sank – ein wenig. »Und ob das richtig ist!«, sagte er. »Über Cat. Meine Freundin. Wir sind zusammen, Doc. Ja, das sind wir. Sie weiß es vielleicht noch nicht, doch so ist es. Wobei: Doch, eigentlich weiß sie es längst. Sie *muss* es wissen. Sie hat es nur noch nicht gesagt, aber das kommt noch.«

Er nickte vor sich hin. »Ganz bestimmt. Sie mag mich nämlich, wissen Sie? Viel mehr als alle anderen. Das hat sie auch noch nicht gesagt, aber das spüre ich. So etwas spürt man, Doc. Oder? Sie kommen doch aus der großen Stadt, Sie müssen das wissen. So etwas spürt man, und wenn man es spürt, dann ist es auch so. Stimmt's, oder hab ich recht?«

»S... Stimmt«, log Jenny schnell. »Das spürt man tief im Herzen.«

Abermals überschlugen sich ihre Gedanken. Callum war ein noch simplerer Geist, als sie gedacht hatte. Nichts von dem, was er da voller Stolz verkündete, entsprach der Wahrheit – zumindest nicht, wenn man diese objektiv betrachtete. Es waren Einbildungen, seine ganz eigene Fantasie, in die er sich offenbar hineingesteigert hatte.

Harriman hatte es selbst gesagt, damals auf dem Fraser-Hof: Catriona Murray war auf gar keinen Fall Callums Freundin, sondern spielte in einer ganz anderen Liga als er. Der Knecht mit seinem simplen Gemüt malte sich das alles nur so aus, wie er es haben wollte. Und er schien es zu glauben.

»Sie hat Sie bestimmt sehr gern, Callum«, fuhr Jenny fort, einfach um irgendetwas zu sagen. Irgendetwas, was ihn beschäftigte, ablenkte, ihm recht gab. Etwas, was das Messer gesenkt hielt. »Da bin ich mir sicher.«

»Natürlich.« Er nickte wieder fest, mehrfach, und lächelte verliebt. Es wirkte fast kindlich, und so ähnlich klangen auch seine Worte, die er im Brustton der Überzeugung vortrug. Sein Fantasiegebilde. »Wir werden zusammen wegziehen, wissen Sie das? Das hab ich mir so ausgedacht, Doc. Das hab ich für uns vor. Wir ziehen ganz weit weg, mindestens nach Cumbridge. Irgendwohin, wo uns niemand stören kann. Und dann fangen wir ganz neu an. Dann baue ich uns einen eigenen schönen Hof, und Cat kann das Haus einrichten, wie es ihr gefällt, und das Mittagessen kochen. Das wäre doch super, denken Sie nicht auch, Doc?«

Sein Lächeln war echt, seine Begeisterung ehrlich. Er glaubte an diese Zukunft, die doch so unrealistisch war wie Barbies Traumhaus. Das sah man ihm an. Und er glaubte an Catriona Murrays Rolle in ihr.

»Auf jeden Fall.« Nun war Jenny es, die nickte. »Das klingt herrlich. Ein eigener schöner Hof …«

Sie musste etwas tun, verdammt! Wie lange sollte sie ihn denn noch hinhalten? Früher oder später würde er handeln. Dann würden Fäuste und Klingen sprechen. Wenn sie eine Chance haben wollte, musste sie ihm zuvorkommen.

Nur wie? Einmal mehr sah sie sich um, hektisch, panisch.

»Aber Sie, Doc?«, fuhr er fort. »Sie verbauen uns diesen Plan gerade. Sie und Doc Harriman … Und Percy! Sie haben Cat ins Gefängnis mitgenommen. Das haben sie im *Rover* erzählt. Alle im Dorf wissen es schon, Doc. Und alle halten Cat jetzt für eine Mörderin. *Meine* Cat! Das stimmt nicht. Das ist falsch! Sie hat nichts gemacht.«

»Ich weiß, Callum.« Nervös leckte sie sich über die Lippen. Obwohl sie am ganzen Körper fror, liefen ihr Schweißperlen von der Stirn und den zitternden Nacken hinunter. »Jetzt weiß ich es. Grundlegend falsch ist das.«

Er horchte auf. »Dann können Sie es … reparieren? Denn wenn nicht, Doc …«

Seine Faust zuckte wieder vor, schwebte plötzlich ganz dicht vor ihrer Nase. Jenny erschrak so sehr, dass sie leise aufschrie – und sich sofort wieder bremste.

Lass ihn nicht wissen, dass du dich fürchtest!, tadelte sie sich in Gedanken. *Wenn er das begreift, ist es vorbei. Halte ihn am Reden, lenke ihn ab. Aber zeig ihm um Himmels willen nicht, wie ernst die Situation ist! Solange er das nicht selbst thematisiert, lass ihn.*

»Wenn nicht, muss ich Sie dazu zwingen«, drohte Callum. Er fuchtelte mit der Klinge in der Luft herum, hin und her, ganz dicht vor ihren Augen. »Sie und Doc Harriman und Percy. Dann muss ich Ihnen eben klarmachen, dass das so nicht geht.«

»S… Sicher, Callum«, hauchte Jenny.

»Cat hat den Typen nicht erschlagen«, sagte er. »Das war die gar nicht, echt nicht. Sie ist komplett unschuldig, und deshalb gehört sie auch nicht ins Gefängnis. *Ich* hab das gemacht. Sie hat mir erzählt, wann er kommt. Und dann hab ich getan, was gut für sie war. Was ihr helfen würde. Das tun Männer nämlich für ihre Frauen, ja. Die kümmern sich um sie und helfen ihnen, wo sie nur können.«

»Ja«, wisperte sie und sandte ein stummes Stoßgebet gen Himmel. »Genau das, Callum. Ganz genau. So einen Mann, der so hinter mir steht, würde ich mir auch wünschen …«

»Cat hat gemeint, der Jones würde unser Fest stören. Sie hat gesagt, er ist gekommen, um Unfrieden zu säen – so wie er es vor fünfzig Jahren schon mal getan hätte. Er wollte unser König sein, Doc, wussten Sie das? Schon damals, als Johns Vater an der Reihe war, wollte dieser Jones ihm den Thron streitig machen. Ausgerechnet so ein Taugenichts und Raufbold aus dem Hafen, der gar nicht aus North Hubbington stammt, sondern nur kurz mal hier gewohnt hat. Pah! Ausgerechnet der wollte unsere Krone? Das ist doch lächerlich! Und jetzt passiert das schon wieder? Wegen desselben Raufbolds?«

Callum schüttelte den Kopf, fest und streng. »Die viele Arbeit, die ganze Planung – alles wäre umsonst gewesen! Verstehen Sie? Cat und die anderen haben bestimmt zwei

Jahre daran gearbeitet. *Schwer* gearbeitet, das können Sie mir glauben. Soll ich diesem Jones das etwa durchgehen lassen? Nee.«

»Nein.« Mehr bekam sie gerade nicht heraus. Ihr Körper verweigerte ihr den Dienst.

Callum merkte es kaum. »Er hat ja auch damals schon ordentlich Stunk deswegen gemacht, hat die Cat gesagt. Sie hat das in alten Aufzeichnungen aus der Zeit gelesen, als sie das neue Fest vorbereitet haben. Jones muss Johns Vater damals sogar vor dem halben Dorf mit Prügel gedroht haben, damit er freiwillig abdankt und Platz für ihn macht. Das steht da wirklich, Doc! Cat sagt, aus den alten Akten geht klipp und klar hervor, dass Jones damals mit ein paar Hafenarbeitern zu Johns Vater gegangen ist, um ihm Angst zu machen und ihn zum Abdanken zu zwingen. Aber der alte McDonald hat sich nicht einschüchtern lassen. Nein, das hat der nicht. Denn er war der Gute in der Geschichte … und Jones der Böse.«

Jenny schwieg. Sie ließ Callum reden, denn solange er sprach, tat er nichts anderes. Außerdem war das, was er hier von sich gab, das reinste Geständnis. Falls sie diese Nacht überlebte, würde es sich noch als ausgesprochen hilfreich erweisen.

Also überlebe!, rief sie sich in Gedanken zu. *Überlebe, verdammt noch mal!*

Nur: Wie? Sie konnte ja kaum einen Muskel rühren.

»Und jetzt wollte dieser Jones wieder für Unfrieden und Stunk sorgen!«

Callum nickte und schnaubte empört. »Als er zurückkam, nach all der Zeit«, sagte er, »da ist die Cat aus allen Wolken gefallen. Das ging alles von Jones aus, echt. Jones hatte ihr geschrieben, aus heiterem Himmel. Wussten Sie das? Na ja, eigentlich hat er John geschrieben, aber Cat ist ja in Johns Königsgefolge und im Vorbereitungskomitee und hat den Brief zufällig abgefangen. Im Büro des Komitees, meine ich. Noch bevor John den überhaupt sehen konnte. Na, und da stand es dann, schwarz auf weiß. Jones wollte zurück nach North Hubbington kommen, pünktlich zur Eintausend-Jahr-Feier, und endlich das bekommen, was er damals nicht bekommen hat: den Königstitel. Das war dem echt total wichtig. Wie eine fixe Idee war das für den, hat Cat mir gesagt. Und, Doc, Sie haben ihn ja selbst gesehen, den Kerl, oder? In seinem Königskostüm auf dem Heuschuppen? Der hatte sich eine Kopie unseres Kostüms anfertigen lassen, können Sie sich das vorstellen? Komplett mit Kilt und allem Pipapo! Der kam allen Ernstes in voller Montur nach North Hubbington gefahren, fünfzig Jahre später! Ich meine, wie krank *war* dieser Typ denn?«

Callum lachte spöttisch und starrte noch immer ungläubig vor sich hin. Für einen kurzen Augenblick achtete er nicht auf Jenny! Das war vielleicht ihre Chance!

Sie wollte schon aus dem Sessel aufspringen und flüchten, als der Moment wieder verging, noch bevor sie sich auch nur hatte regen können. Also blieb sie sitzen und tat, als wäre nichts geschehen. Auch das, so schien es, glaubte Callum Mackenzie blind.

Aber ich kann *mich bewegen*, sagte sich Jenny Little. *Ich muss es nur wollen, verdammt. Und den richtigen Moment erwischen.*

»Er hat in seinem Brief wohl geschrieben, er käme, um alte Rechnungen zu begleichen, noch immer offene Wunden zu heilen und verbrannte Brücken neu aufzuschlagen ...« Callum lachte wieder, abfällig und scharf. »Pff. Haben Sie so was Dummes schon mal gehört? Irgend so ein pathetisches

Geschwafel war das. Sollte nur als Erklärung hinhalten, ganz bestimmt. Als Entschuldigung. Aber in Wahrheit ging es dem um was ganz anderes, hat Cat vermutet. In Wirklichkeit wollte der nur wieder Stunk machen. Da bin ich mir sicher, und Cat war es auch. Also hat sie diesem Jones an Johns Stelle geantwortet. Sie hat es ganz offiziell getan, so richtig förmlich und freundlich. Und sie hat ihn hierher eingeladen – aber nicht, um mit ihm über die Feier zu sprechen. Nein, Sir, das absolut gar nicht. Sondern um ihm den ganzen Unfug *auszu*reden! Sie hatte echt Angst, der würde unsere ganze schöne Feier sprengen, für die sie so hart geplant und gearbeitet hat. Die Feier – das ist doch ihr Baby, wissen Sie? Schon lange. Was wäre ich denn für ein Freund, wenn ich zuließe, dass ihr das jemand verdirbt – ihr und John?«

Das war alles höchst faszinierend. Obwohl sich Jenny fürchtete wie nie zuvor in ihrem Leben, gab es immer noch einen rationalen, ermittlerischen Teil ihres Verstandes, der die vielen Informationen, die Callum ihr lieferte, bereitwillig aufnahm. Der sie aufsaugte wie ein Schwamm das Wasser. Die Lücken im Derek-Jones-Puzzle schlossen sich endlich, und der Mörder selbst sorgte dafür!

»Und er ist tatsächlich gekommen!« Callum gluckste vor Vergnügen, doch dieses Mal blieb das Messer, wo es war – direkt vor Jennys Gesicht. »Können Sie sich das vorstellen? Raus auf Bryces Bauernhof ist der gefahren, extra deswegen. Und das Kostüm! Damit hatten wir nie gerechnet, dass der auch noch im Kostüm kommt. Das war echt die Sahnehaube, Doc. Unbezahlbar. Der muss alte Fotos von Johns Vater ausgegraben haben. Oder er hatte ein besseres Gedächtnis als alle anderen alten Knacker, die ich kenne, zusammen. Die Kostümkopie sah haargenau so aus wie das Original, hat Cat gesagt … Die kennt das ja.«

»Und dann haben Sie ihn erschlagen?«, fuhr Jenny ihn an und erschrak im ersten Moment selbst über ihren Ton. »Einfach so?« Doch der Mut dazu war plötzlich da, und die Worte waren aus ihr herausgeplatzt, ungeachtet aller möglicher Konsequenzen. Denn im Schatten hatte sich gerade etwas bewegt, oder etwa nicht? Hinten im Flur und in Callums Rücken …

»Ich hatte den Kerl schon die ganze Zeit beobachtet, schon seit seiner Ankunft im Dorf. Und bei dem Treffen mit Cat, da habe ich mich in einer dunklen Ecke des Heuschuppens versteckt, hinter großen Heuballen. Einfach nur um zuzuhören, verstehen Sie? Ohne Hintergedanken. Selbst Cat wusste gar nicht, dass ich da bin. Und auch Jones hat mich nicht bemerkt, glaube ich. Da noch nicht.«

Er lächelte kurz, und sein Blick ging ins Leere. Dann fuhr er fort. »Ich habe zugehört, wie sie geredet haben, und ich habe gesehen, wie frustriert Cat war, als dieser sture Idiot keine Vernunft annehmen wollte. Wieder und wieder hat sie auf ihn eingeredet, er solle diesen bescheuerten Plan fahren lassen. Nie und nimmer würde North Hubbington ihm den Vorzug vor John geben, und all das. Sie hat es ihm klipp und klar gesagt, aber er wollte nicht hören. Wollte es einfach nicht einsehen. Und irgendwann ist Cat dann gegangen. Die hat vielleicht geschäumt, Doc. Das können Sie sich gar nicht vorstellen. Wütend wie nur was war die, und dabei ganz traurig. Ehrlich, die hatte Tränen in den Augen. Und als sie dann weg war … Na ja, da bin *ich* aus meinem Versteck gekommen.«

Nun seufzte er. Es klang fast angestrengt … oder genervt. »Es war meine Idee, das Treffen auf dem Rankin-Hof zu machen. Wussten Sie das, Doc? Ich wollte nicht, dass man Cat und diesen Idioten von Jones zusammen im Dorf sieht, und der Rankin ist ein echt übler Konkurrent von meinem Bauern. Der will uns schaden, wo er nur kann. Da habe ich gedacht, das ist der perfekte Ort für so ein Gespräch. Ungestörter als da kann man nirgends sein. Aber als ich aus dem Versteck und auf Jones zugegangen bin … Da war der Ort auf einmal noch viel, viel perfekter. Denn dann ging alles wahnsinnig schnell. Ich hatte kaum zwei Worte gesprochen, da habe ich auch schon auf ihn eingeprügelt. Auf seinen lächerlichen Hut, seinen strunzdummen Sturkopf.«

Callum schüttelte den Kopf. »Ich hab wirklich gedacht, Percy, Harriman und Sie würden Bryce Rankin verhaften, Doc. Davon war ich ausgegangen. Ich meine, wer sollte es denn sonst gewesen sein? Der Jones lag ja auf Rankins Heuboden. Aber Sie? Sie haben ihm kaum einen zweiten Blick gegönnt. Nur kurz gesprochen haben Sie mit dem, richtig? Und ihn dann abgehakt. Das weiß ich von Rory, der ist Knecht auf dem Rankin-Hof.«

»Sie haben ein unschuldiges Leben genommen, Callum«, sagte Jenny. Bei dem Geständnis klingelten ihr die Ohren. Die Szene, die Callum beschrieben hatte, stand so klar vor ihrem geistigen Auge, als hätte sie sie miterlebt. »Sie haben getötet.«

»Ja, was denn sonst?«, blaffte er sie an. »Sie haben den Kerl nicht erlebt, Doc! Sie waren nicht dabei. Nie im Leben wäre der wieder nach Hause gefahren. Nicht kampflos, das können Sie mir glauben. Cat hat sich in aller Ruhe angehört, was Jones zu sagen hatte. Ganz gefasst und beherrscht hat sie ihm erklärt, dass er seinen Willen nicht bekommen würde. Aber schon als der in dieser Kopie von Johns Königsoutfit ankam, war mir klar, wohin die Reise geht. So ein Idiot wie der gibt nie klein bei. Nie und nimmer. Der versteht nur, wenn man ihn zwingt. Und wie der aufgetreten ist, total siegessicher. Der hat echt geglaubt, die Krone steht ihm zu! So einer nimmt keine Vernunft an. Der kennt nur seinen eigenen Willen.«

»Also haben Sie ihn ihm genommen«, sagte Jenny leise.

»Ich hab nur getan, was nötig war«, erwiderte der Knecht nicht ohne Stolz. »Für meine Freundin ... und für unsere Feier. Es war ganz leicht, Doc, wirklich. Es dauerte nur Sekunden. Genau wie das hier.«

Mit diesen Worten ließ er die Hand mit dem Küchenmesser vorzucken. Und Dag Harriman schoss.

KAPITEL 23

Jenny sprang auf, als Callum mit schmerzverzerrter Miene zur Seite kippte. Die Kugel hatte ihn am Arm gestreift und gereicht, ihm das Messer aus der Hand zu treiben. Mit dem schmalen Baumwollläufer von Harrimans kleinem Couchtisch band sie den Arm schnell ab, um die Blutung zu stoppen. Dann erst sah sie zu ihrem Retter. »Musste ... das sein, Dag?«

Harriman verstaute die Pistole wieder in der Manteltasche. Dabei blickte er pikiert drein. »Ich denke schon, meine Liebe. Dieser Wahnsinnige war drauf und dran, Sie zu *töten!*«

»Aber ...«

»Kein Aber«, beharrte Harriman. »Ich habe ihn entwaffnet, genau das war mein Plan. Sie könnten sich bei mir bedanken, so Sie mögen. Oder meine berühmte Zielsicherheit loben.«

»Danke, Cowboy«, erwiderte sie. Sie mochte keine Waffen, hatte sie nie gemocht. Eric war eine Weile zum Sportschießen gegangen, und schon das hatte sie nicht nachvollziehen können. Waffen verletzten, töteten gar. Was sollte daran lobenswert sein?

Callum Mackenzie lag rücklings vor der Couch. Er war blass geworden und hielt sich stöhnend den blutenden Arm. Fassungslos sah er zu Harriman auf. »Doc? Sie ... Sie haben mir wehgetan!«

»Und jetzt werde ich dir helfen, Callum«, sagte der Angesprochene gelassen. »Genau wie Doktor Little. Keine Sorge. Aber zuerst werde ich Constable Verkaik rufen, damit wir diese leidige Angelegenheit ein für alle Mal beenden.«

»Also haben Sie alles mitgehört?«, fragte Jenny. Instinktiv hob sie das Messer vom Boden auf, sicher blieb sicher. »Sie wissen, was er gesagt hat?«

»Die letzten paar Sätze«, antwortete er. »Mehr nicht. Ich war im Pub, als mir endlich ein Licht aufging und mir Callums Verliebtheit in den Sinn gekommen ist. Als ich hergekommen bin, um Sie zu informieren, ist mir Boothby schon aufgeregt bellend entgegengelaufen. Er muss sich irgendwie befreit und das Haus verlassen haben. Bei meiner Ankunft stand die Hintertür jedenfalls offen. Auf demselben Weg bin ich unbemerkt hereingekommen und habe gerade noch den Schluss dessen gehört, was unser Freund Callum hier zugegeben hat. Den entscheidenden Teil.« Er sah Jenny anerkennend an. »Sie lagen richtig, Jenny. In allen Punkten.«

Nun griff er nach dem Telefon und runzelte prompt die Stirn. »Nanu?«

»Das hab ich ausgestöpselt, Doc.« Trotz der Schmerzen, die er zweifellos hatte, lachte Callum. »Vorhin schon. Clever, oder? Wie so ein echter Profieinbrecher.«

»Dann stöpseln wir es eben wieder ein«, brummte der Hausherr. Seufzend bückte er sich zur Telefonbuchse hinunter, die an der Seitenwand neben dem Durchgang zum Flur lag, und ließ den Worten Taten folgen.

Während Harriman mit der Polizeiwache telefonierte, dabei Callum jedoch die ganze Zeit nicht aus den Augen ließ, sah Jenny erneut nach dem Verletzten. Callum schien es den Umständen entsprechend gut zu gehen. Der provisorische Druckverband tat seinen Job, und der unerwartete Angriff hatte dem Knecht den Wind aus den Segeln genommen. Er wehrte sich nicht, nicht einmal als Jenny Desinfektionsmittel und *richtige* Verbände aus der Praxis holte und seine Streifwunde reinigte.

»Das heilt wieder, Callum«, sagte sie dabei. »Da bleibt maximal eine kleine Narbe.«

Er lächelte. »Sie sind lieb, Doc Jenny. Es ist gut, dass Sie die neue Tierärztin sind.«

Wenige Minuten später traf Verkaik ein, einen Jenny unbekannten Humanmediziner namens Dalton im Schlepptau, der aussah, als hätte der Constable ihn aus dem Bett geklingelt. Harriman und Jenny informierten über das Geschehen der vergangenen Minuten. Dann widmete Doktor Dalton sich dem Knecht, und Verkaik las ihm seine Rechte vor.

»Wir haben ihn, Jenny«, raunte Harriman. Er war neben sie getreten, während die Profis ihr Werk vollbrachten, und sein Tonfall klang erleichtert. »Endlich und tatsächlich! Wir haben ihn. Sie lagen von Anfang an richtig.«

»Ich? Ich bitte Sie, Dag! Callum hatte ich nicht auf dem Schirm.« Verwundert sah sie ihn an. »Hätte ich das hier kommen sehen, hätte ich mich nie im Leben so überrumpeln lassen.«

»Nicht den Angriff, nein. Aber die Tätergruppe. Sie waren vom ersten Tag an überzeugt, es sei jemand aus dem Dorf. Und Sie haben uns zu Cat gelotst, zu John McDonald und der ganzen Königssache. Sie wussten, wohin die Spur nur führen kann. Doch ich habe es nicht sehen wollen. Vor lauter Heimatgefühlen war ich blind für die Wahrheit.«

»Na ja«, erwiderte sie. »Einigen wir uns darauf, dass wir beide Fehler gemacht haben. Okay? Wir sind Amateure, Dag. Leidenschaftliche Amateure, die am Ende ein ordentliches Quäntchen Glück gebraucht haben, um ins Ziel zu gelangen.«

»Und Ende gut, alles gut.« Er lächelte. »Ja, darauf können wir uns einigen.«

Verkaik und Dalton halfen Callum auf die Beine. Dann führten sie ihn ab.

»Wir werden eure Aussagen brauchen, Dag«, sagte der Constable. »Deine und die von Doktor Little. Im Moment seid ihr die wichtigsten Zeugen in diesem Fall.«

Harriman nickte. »Natürlich, Percy. Gleich morgen früh, einverstanden?«

»Morgen früh.« Auch Verkaik nickte nun. »Na klar.« Er wollte weitergehen, drehte sich aber nach nur einem Schritt erneut zu Harriman und Jenny um. »Wir haben ihn! Endlich!«

Ein Lächeln umspielte Harrimans Mundwinkel. »In der Tat, Percy. Es ist geschafft.«

Kaum waren die beiden Männer mit Callum gegangen, schloss Harriman die Haustür. »Wären Sie so freundlich, nach Boothby zu sehen, meine Liebe? Der Gute verlustiert sich gerade vor den Garagen. Ich habe ihn lieber draußen gelassen. Er kann wieder reinkommen, denn für heute machen wir die Schotten dicht, würde ich vorschlagen. Jedenfalls so dicht, wie sie angesichts des Zustands unserer armen Hintertür noch sein können, für die ich gleich morgen einen Handwerker herbestellen werde.«

»Klingt gut«, antwortete sie. Mit einem Mal fühlte sie sich unfassbar erschöpft und müde. Lag das am Adrenalin? Dann stutzte sie. »Und was ist mit Millie? Die ist noch bei ihrer Schwester.«

»Wo sie auch sicherlich gerne bleiben wird, wenigstens für diese Nacht«, erwiderte ihr Gegenüber. »Ich rufe kurz an und unterrichte sie entsprechend. Ein Glück, dass sie nicht hier war!«

Jenny sah das ganz genauso. Sie fand Boothby hinter dem Haus. Er trottete sofort zu ihr, als sie auf die Schwelle trat, und sie beugte sich zu ihm hinunter.

»Na, Großer?« Sie strich ihm über den Kopf. »Dich sperrt keiner ein, was? Danke für die Hilfe!«

Er gähnte nur und ging zurück in Richtung Wohnzimmer, um seine so unsanft gestörte Nachtruhe fortzusetzen. Das, fand Jenny, war keine schlechte Idee.

»Wir sehen uns morgen, Dag«, rief sie ihrem Gastgeber zu, kaum dass sie wieder im Flur war. »Ich gehe schlafen.«

»Tun Sie das, meine Liebe.« Er winkte ihr zu und stand dabei schon halb im Detektivzimmer, das er soeben geöffnet hatte. Dabei lag ein Ausdruck beinahe kindlicher Begeisterung auf seinen Zügen – und nicht wenig Stolz. »Gute Nacht.«

»Gute Nacht.« Jenny erklomm die Stufen und ging in ihr Zimmer. *Nur kurz ins Bad und dann schlafen …*

Im Nullkommanichts war sie im Bett und zog die Decke bis dicht unters Kinn.

Dann atmete sie durch.

KAPITEL 24

Die Sonne stand schon hoch am Himmel, als sich die Wagen in Bewegung setzten. Laut brummten die Motoren der Traktoren, und die ein oder andere Bremse quietschte. Dann begann die große Fahrt.

Jenny Little stand an der Brüstung des letzten und schönsten der drei Paradewagen und sah hinunter auf die Straßen von North Hubbington. Die Luft war angenehm warm und roch nach der Weite und Würze des Firth. Obwohl sie die eigentliche Feststrecke noch gar nicht erreicht hatten, konnte Jenny schon einige Kinder aus dem Ort sehen, die begeistert lachend und johlend neben den Wagen herliefen wie eine kleine Eskorte. Und irrte sie sich, oder ließ Father Green sogar die Kirchenglocken läuten? Alles zu Ehren des Königs?

»Na?« John McDonald lächelte. »Hab ich zu viel versprochen?«

Er stand ebenfalls oben auf dem Paradewagen, der mit allerlei farbigen Tüchern, Blumen und Wappen verziert war. McDonald trug das Kostüm seines Vaters, komplett mit Kopfbedeckung und Umhang, und wirkte dabei so glücklich wie ein Kind im Spielzeugladen. Mit der einen Hand winkte er den Kindern zu, in der anderen hielt er einen Becher voller Alkohol.

»Nein«, antwortete Jenny. »Ich glaube nicht.«

Seit der Nacht und Callum Mackenzies Geständnis war viel passiert. Jenny und Harriman hatten sich nach nur wenig

Schlaf zu Verkaiks Wache begeben, um ihre Aussagen zu Protokoll zu geben. Dort hatten sie erfahren, dass der Knecht vom Fraser-Hof einmal mehr gestanden hatte – bereitwillig, wie es hieß. Offenbar hatte er Catriona Murray helfen wollen, und die Polizei glaubte seinen Worten, die Murray nach anfänglichem Zögern ebenfalls bestätigte.

Soweit Jenny wusste, wurde Callum noch am heutigen Tag in die Stadt überführt und am Montag dem Haftrichter präsentiert. Dann würde man über seinen Verbleib bis zur Verhandlung entscheiden. Harriman und Verkaik gingen davon aus, dass er mit einer empfindlichen Haftstrafe rechnen musste. Mord war kein Kavaliersdelikt – auch dann nicht, wenn man sich dabei wie ein Kavalier fühlte.

»Der kommt nie wieder nach North Hubbington zurück«, hatte Harriman prognostiziert. »Dafür ist schlicht zu viel passiert. Das hier ist jetzt verbrannte Erde für Callum, Jenny. In North Hubbington findet der keinen Platz mehr.«

Jenny hatte nur genickt, erleichtert über das Ende der Ermittlung.

Kurz darauf waren sie McDonald über den Weg gelaufen. Der Mann der Krämerin war bereits in vollem Ornat gewesen und hatte Jenny sofort angesprochen, um ihr einen Platz auf seinem Festwagen anzubieten.

»Sie sind ja jetzt eine von uns, Doktor Little«, hatte er gesagt. »Und nach der Sache mit diesem Jones …« Er zwinkerte ihr zu. »Nun ja. Ich kann vielleicht keinen Widersacher auf dem Thron brauchen, aber ich freue mich immer über ein größeres Gefolge. Es kann ja nicht sein, dass eine Majestät allein da oben auf dem Wagen steht.«

»Das ist natürlich ein Argument«, hatte Harriman amüsiert zugestimmt. »Anders sähe das nicht gut aus.«

Jenny hatte dennoch gezögert. »Im Ernst? Ich? Da finden sich doch bestimmt deutlich besser geeignete Kandidaten. Was ist mit Ihnen, Dag?«

Er hatte sofort abgewinkt. »Glauben Sie mir, meine Liebe. Mein Platz ist bei Millie und Boothby am Wegesrand. Nehmen Sie ruhig den im Rampenlicht. John hat nicht unrecht: Sie gehören jetzt dazu, und das soll jeder sehen.«

Also stand sie hier oben, gleich neben dem schottischen Eintagskönig. Und ob sie es nun erwartet hatte oder nicht: Sie genoss den Tag kaum weniger als er.

Die Festwagen bogen nun in die Schulstraße ein. Von fern erklangen schon fröhliche Dudelsackklänge. Bald, das wusste Jenny, würden sie den Kern der Strecke erreichen – den Bereich, an dem weitaus mehr als nur ein paar Kinder ihnen zujubelten. Schon jetzt war ihr, als könnte sie die Dörfler lachen und plaudern hören. North Hubbington hatte sich viel zu erzählen, insbesondere nach der vergangenen Nacht. Doch heute, so ahnte sie, würde der Ort vor allem feiern.

Der vorderste Wagen, der des Junggesellenvereins – alle im landestypischen Kilt –, ließ seine laute Hupe ertönen. Prompt brandete Applaus auf. Selbst die Aktiven auf dem mittleren Wagen, den die Heimatfreunde gezimmert hatten und dessen Seiten ein gezeichnetes Bild des Hafens und des Firths zierten, jubelten mit. Auch diese Männer trugen den klassischen Schottenrock.

»Es tut mir leid«, platzte es plötzlich aus Jenny heraus. »Wirklich, John. Sogar sehr.«

Verwundert sah er sie an. Dann verstand er. »Dass Sie mich verdächtigt haben? Ach, Kindchen, das war doch vollkommen richtig. Sie mussten so denken, das lag ja auf der Hand. Und im Grunde hatten Sie ja auch vollkommen recht:

Der Täter war quasi im Umfeld des Königs zu finden, es war nur nicht der König selbst.«

John schüttelte den Kopf. »Wenn überhaupt, dann muss *ich* mich entschuldigen. Weil es mir nie in den Sinn gekommen wäre. Die arme Cat … Sie ist immer so … so freundlich, so hilfsbereit. So im Dorf engagiert, verstehen Sie? Sie hat das alles hier stets sehr, sehr ernst genommen, und das hat mir gefallen. Und sie hat nicht verdient, wozu das alles geführt hat.«

Jenny nickte. »Es war nicht ihre Schuld. Und auch nicht Ihre, John. Callum ist sein eigener Herr, und nur er trägt die Verantwortung.«

»Trotzdem …« John seufzte. »Cat ist heute nicht gekommen, wussten Sie das? Sie schämt sich zu sehr. All die Monate der Arbeit, und dann kann sie den großen Tag gar nicht genießen.«

»Aber sie wird wieder«, sagte Jenny. »Geben Sie ihr Zeit, es zu verarbeiten.«

»Ja. Wahrscheinlich haben Sie recht. Hätte ich diesen Brief von Derek Jones an ihrer Stelle im Büro des Festkomitees gefunden, dann wäre das alles anders gelaufen. Ich bin absolut sicher, dass man mit diesem Mann hätte reden können. Ganz egal, wie verquer seine Erwartungen und Motive auch waren, früher oder später hätte er Vernunft angenommen und sich getrollt, genau wie damals. Da braucht es doch keine Gewalt!«

»Finde ich auch«, sagte Jenny ganz entschieden. »Aber lassen Sie uns die trüben Gedanken auf morgen verschieben. Einverstanden? Sie laufen nicht weg, und heute geht es einzig und allein um North Hubbington.«

»Auf die nächsten tausend Jahre!«, erwiderte John lachend.

Er klatschte begeistert in die Hände, und die kleine Kolonne an Festwagen erreichte den Ortskern des Dorfes.

Tatsächlich schien ganz North Hubbington gekommen zu sein. Überall vor den Häusern, in offenen Türen und an den Fenstern standen Menschen. Männer und Frauen in Kilt und Festtagskleidern, Kinder und Tiere tummelten sich am Rand der geschmückten Route. Vor der Kirche standen einige Frauen, die Jenny in der Sprechstunde erlebt hatte – und Edna Green war mitten unter ihnen.

An der Ecke zum *Hub* winkte Emma McDonald im Feiertagsgewand der Parade zu, begleitet von Robert Kirk, Fleischer Stewart und dem alten O'Malley. Und aus der offen stehenden Eingangstür des *Drunken Rover* lachten ihr die Blair-Geschwister entgegen. Seamus und Mairi hatten sich für den großen Tag ebenfalls herausgeputzt – und ihren Pub gleich mit, wie es schien, denn an der Fassade wehten Wimpelketten im leichten Wind.

Doch, wirklich, dachte Jenny, den Blick noch immer auf den Grundschullehrer gerichtet. *Der macht was aus sich. Das kann nicht jeder Mann.*

Dann sah sie ihre eigenen Leute. Millie und Dag Harriman standen vor dem Rathaus, wo Bürgermeister Nigel Dugan in ein Gespräch mit Bauer Rankin und Paddy Fraser verwickelt war. Sie winkten, kaum dass die Parade näher kam, und strahlten dabei über das ganze Gesicht.

»Doktor Little«, rief Millie ihr über das Dudelsackgetöse zu. »Da hat sich die ganze Mühe ja mehr als gelohnt. Eben noch neu im Ort, jetzt schon im Gefolge des Königs. Was für ein Auftakt für Ihre Zukunft in North Hubbington!«

Ja, was für ein Auftakt! Jenny dachte kurz nach. Seit wenigen Tagen erst war sie hier am Firth. In der kurzen Zeit hatte sie ein halbes Dorf an Menschen kennengelernt, unzählige

Tiere behandelt und sogar bei der Aufklärung eines Verbrechens geholfen. Sie war in Lebensgefahr geraten, hatte ihre Beziehung verloren und, auch wenn sie es sich nur zögernd eingestand, einen *neuen* interessanten Mann kennengelernt. Quasi postwendend. Und es hatte ihr Spaß gemacht. Wirklich: Fast alles daran war schön gewesen.

Nur auf Callums Messer hätte ich gut und gern verzichten können, fand sie. *Und auf die Angst.*

Doch auch das war nun Vergangenheit. Sie war nach Schottland gekommen, um sich in einem Labor zu vergraben und ihre Tage in der Gesellschaft von Erlenmeyerkolben, Mikroskopen und Computern zu fristen. Stattdessen hatte sie ein Abenteuer erlebt, wie es vielleicht nur die Provinz erzählen konnte. Und sie hatte es in vollen Zügen genossen.

Was bedeutete das? Was sagte das aus – über sie und die Zukunft?

Die gleiche Frage stellte Millie ihr nach dem Festumzug, zumindest indirekt. Der Großteil der Aktiven hatte sich in den *Rover* begeben, kaum dass die Wagen ihre Schuldigkeit getan hatten, und die übrigen Dörfler folgten ihrem Beispiel. Die Türen und auch Fenster des Pubs standen weit offen, sodass die Menschen auch draußen stehen und trinken konnten. Mairi und Seamus hatten hier eine Reihe von Stehtischen aufgebaut. Wer keinen Platz am *Rover* fand, dem stand auch der angrenzende Rathaussaal zur Verfügung, aus dem leise, aber fröhliche Musik ins Freie drang. John und Emma McDonald tanzten dazu – mitten auf der Hauptstraße.

»Doktor Little«, begann Millie. Sie stand am Tresen, flankiert von Jenny und Harriman. Die Haushälterin hielt ein Cocktailglas in der Hand und war so festlich gekleidet, als wollte sie gleich drei Sonntagsgottesdienste hintereinander besuchen. Auch Harriman hatte sich herausgeputzt. »Ich wollte Sie vorhin nicht damit belästigen, aber da war wieder ein Anruf für Sie. Dieser Mann aus London, Sie wissen schon. Er klang, als wartete er noch auf Ihre Rückmeldung. Und, nun ja, er klang ein wenig ungeduldig …«

Eric? Oder Bellicat? Sie wusste es nicht. London war ihr schon eine ganze Weile nicht mehr in den Sinn gekommen, oder? Jenny fragte sich, warum das so war. Und warum die Erkenntnis sie kein bisschen störte.

»London, sagen Sie?«, schaltete Harriman sich ein. Er hatte gerade an einem frischen Belhaven genippt und fuhr sich nun mit dem Handrücken über den Mund, um den Bierschnäuzer abzuwischen, der auf seiner Oberlippe glänzte. »Was wollen die denn noch? London ist doch Schnee von gestern, Frau Kollegin. Oder?«

Jenny zögerte nicht lange. Ihr Blick ging einmal durch den Schankraum, verharrte kurz auf Constable Verkaik, auf den tanzenden McDonalds vor den Fenstern, auf Seamus Blair, der seiner Schwester als Bedienung aushalf. An ihm blieb er sogar besonders lange hängen. Dann sah sie zurück zu Dag Harriman. »Ja«, antwortete sie. »Ich denke, das ist es. Mal sehen, was die Zukunft bringt, wenn ich sie lasse.«

»Hier bei uns?« Harriman lächelte. »Na, ganz einfach: Neue Mordfälle wird die bringen, meine Liebe. Und viele, viele Tiere …«